向志柱 著

《稗家粹编》与中国古代小说研究

创于1897
商务印书馆
The Commercial Press

目 录

第一章　作为新资料的《稗家粹编》
及其研究价值

中国古代小说研究的创新，一在资料，二在方法，三在观点，而瓶颈则在于缺乏新资料，许多问题在没有新的文献材料可资补证时，只好暂时悬置。本书就是希望利用新资料《稗家粹编》，来促进中国古代小说的深入研究。

第一节　作为海内孤本的《稗家粹编》及其编辑

《稗家粹编》八卷，现存明文会堂万历二十二年（1594）序刻本，仅藏中国国家图书馆，为海内孤本。

国家图书馆所藏《稗家粹编》，与《游览粹编》六卷 6 册、《寸札粹编》上下两卷 2 册、《寓文粹编》上下两卷 2 册、《谐史粹编》上下两卷 2 册，共五种二十卷 20 册，合称《胡氏粹编五种》（《北京图书馆古籍善本书目》"子部丛书"类[1]和《中国古籍善本书目》"丛部"卷三三[2]著录）。各册紫封面，书脑顶端题楷体红字册次，起"一"迄"二十"，系图书入库后工作人员所题，无题签。正文版心分题各《粹编》书名。每种《粹编》前后两处往往钤有郑振铎（1898—1958）

1　《北京图书馆古籍善本书目》，书目文献出版社 1987 年版，第 1765 页。
2　《中国古籍善本书目》，上海古籍出版社 1990 年版，第 246 页。

的藏书章，即卷一首钤"长乐郑振铎西谛藏书"篆体章，卷末或跋尾钤"长乐郑氏藏书之章"。《稗家粹编》《游览粹编》《寸札粹编》《谐史粹编》四种都曾由陶湘收藏，后转归郑氏，再由郑捐献国家图书馆。

《五粹编》之名"出于《汇刻书目（初编）》，后又为《增订丛书举要》《丛书目录汇编》《丛书大辞典》所引"[1]。明代藏书家赵用贤（1535—1596）《赵定宇书目》对五种《粹编》就是分别著录[2]。明万历四十三年（1615）序刻本、陈邦俊编《广谐史》在征引文献中对《谐史粹编》《寓文粹编》也是分别著录。雍正年间《浙江通志》卷二五二著录了《寓文粹编》上下卷。《胡氏粹编五种》的题名，系始于郑振铎《西谛书目》。后来国家图书馆沿袭之。

《稗家粹编》计8册，版框276mm×173mm，但版心有190mm×138mm、195mm×135mm、197mm×135mm不等。竹纸，时见帘纹。白口，左右双边，花鱼尾，半页10行20字，但有数处违例。如卷六《庆云留情》："俊雅风流不让潘安之貌。""流不让潘"四字只占三字位置。《京师士人》尾部连续三行每行21字。这似系校对时发现讹误而挖改所致。

但现存《稗家粹编》按一卷一册形式装订，已非原始形式。因为《赵定宇书目》"稗统续编"类著录：稗家粹编 二册入小说。[3]

《稗家粹编》有二序一跋，分别是胡文焕序、程思忠（心甫）序和庄汝敬跋。胡文焕自序标明撰序时间"万历甲午仲春望日"，万历甲午即万历二十二年（1594）。可知，《稗家粹编》的出版应在1594—1596年之间。

《稗家粹编》各卷卷端题：

---

1 王宝平：《胡文焕丛书考辨》，《中华文史论丛》2001年第1期（总第65辑）。
2 《赵定宇书目》，上海古籍出版社2005年版，第193页。
3 同上。

钱唐　　胡文焕　　德甫　　选辑

友人　　庄汝敬　　修甫　　编次

佺孙　　光盛　　校正

胡文焕，字德甫，一字德父，号全庵，别署抱琴居士、西湖醉渔、全道人等。浙江钱塘人。生卒年月不详，一般认为生活在万历中晚期。

胡文焕 1593 年编选的《群音类选》收录有胡氏自己的作品。【南大石调·催拍】《落第》云："时不利兮时不利兮，三战徒劳，半世羁迟，一事无成，两鬓如丝。"套数《自叹》云："自怜愁病度春秋，倒做了苗而不秀。看看霜点鬓，渐渐雾遮眸。蜗角蝇头，半生来，一无成就。"说明胡文焕在 1593 年之前参加过三次科举。又云"半世""半生"，一般在 30 多岁之后。古代社会，"人生七十古来稀"，若以半世为 35 岁计算，胡文焕的出生在 1558 年前后。另据地方志记载，胡文焕万历四十三年（1615）转赴兴宁署知县[1]。可见，胡文焕 1615 年仍然在世。那么，胡文焕的生卒约为 1558—1615 年间。

有学者认为，胡文焕"青年时经商南北，致富后在金陵、杭州操刻书业"[2]。但从胡文焕留存的作品来看，似无致富的心态。

胡文焕曾入国子监读书，为监生。《大明一统赋》（四卷）卷端题："国子监学正臣莫旦谨撰，国子监监生臣胡文焕谨校"。另外，《新刻士范》和《新刻文字谈苑》卷端俱题："诚心生钱唐胡文焕校。"陈邦俊《广谐史目》介绍胡文焕为太学生[3]。查《杭州府志》，无胡文焕中举、岁贡等记载，也没有标明其监生身份。

1　光绪《兴宁县志》卷十一"秩官·知县"，《中国地方志集成·湖南府县志辑》第 26 册，江苏古籍出版社 2002 年版，第 250 页。

2　徐学林：《试论古代徽州地区的刻书业》，《出版史料》1993 年第 1 期。

3　陈邦俊辑：《广谐史》，《四库全书存目丛书》子部第 252 册影印，齐鲁书社 1995 年版。

　　胡文焕所习举业为《易经》。庄汝敬《〈胡氏诗识〉序》云："德甫固素业《易》，悦诗以学而深有所得也。"胡光盛所跋亦云："余叔祖读《易》之暇，诵《诗》而有得也。"[1]

　　胡氏至少三次应试并失利。胡文焕【催拍】《落第》自言"三战徒劳，半世羁迟"，应该三次参加科举。程思忠（心甫）《稗家粹编序》云："胡德父氏天才超卓，学问宏博，于书一览，即无所遗。其举子业既高雅不群，而古文辞又横绝一世，行将历金门、登紫阆矣。"[2] 同书胡文焕序作于1594年，程氏所序应不相隔太远。万历十七年（1589）、二十年（1592）、二十三年（1595）都是科举年。胡文焕很可能1595年再次应试。胡文焕《白下寄张叔元》："回首明秋，岁月无几，志在庙廊，愿言努力。"[3] 胡文焕将其落第指斥为仇家陷害："想他每鹿鸣咏诗，也都是当年见遗，努力休违，努力休违。否泰循环，可卜其机，一任仇雠，陷井相欺。"[4] 但具体情节无考。

　　胡氏久有出仕之意："水土之恩、廊庙之思，则未曾少置五内也。"[5] "素有江湖廊庙之志，志虽未遂，而仁心则有所同出。"[6] 胡氏后来出仕，很可能因其监生身份援例做官。[7] 胡文焕万历四十一年（1613）

1　胡文焕：《胡氏诗识》，明万历癸巳（1593）刻本，藏北京大学图书馆。
2　胡文焕：《〈稗家粹编〉序》，《北京图书馆古籍珍本丛刊》第80册，书目文献出版社1988年版，第2页。本书所引，俱从影印本，必要时校以原刻本，以后不再一一标注。
3　《寸札粹编》卷下，《北京图书馆古籍珍本丛刊》第80册，第454页。
4　胡文焕：【催拍】《落第》，载谢伯阳编：《全明散曲》第3册，齐鲁书社1994年版，第2928页。
5　胡文焕：《救荒本草序》。
6　胡文焕：《皇舆要览序》。
7　《明史》卷六十九《选举志一》："同处太学，而举、贡得为府佐贰及州县正官，官、恩生得选部、院、府、卫、司、寺小京职，尚为正途。而援例监生，仅得选州县佐贰及府首领官；其授京职者，乃光禄寺、上林苑之属；其愿就远方者，则以云、贵、广西及各边省军卫有司首领，及卫学、王府教授之缺用，而终身为异途矣。"

任耒阳县丞[1]，万历四十三年（1615）转赴兴宁署知县[2]，在任颇有政声[3]。胡文焕大约在55岁始得为官，确实是不得志[4]。

胡文焕体弱多病。胡文焕自己多次在文中和书信中言及。《茶集序》中自述："予有诸疾。"《量酒赋》亦云："余以嗜酒，肺病日缠。"[5]《无量生记》云："万历壬辰（1592）春，胡子偶得暴疾。……逾年始获小愈。"[6]《示侄孙光盛》云："痰火作，楚秋石鸡酥丸，觅便先寄来。"[7]《柬庄修父》云："不佞近得心疾……期先生惠我药石。"[8]胡文焕可能有肺病、心病、痰火等。

胡氏负才好酒，后因病暂戒。《柬庄修父》云："不佞近得心疾，把酒间即颓然不辨南北，遂弗复沾口。"[9]【浪淘沙】《道情》云："因病搅年华，愿学仙家。从今戒却酒和花。"[10]《心丹歌》云："我今止酒觉气清……"[11]但是后来又开始有节制地小饮。其《无量生记》云："或有时接见，或有时托辞以却之，纵接见间，亦不深相款纳也。较

1　康熙五十五年《耒阳县志》卷四记载，光绪十一年《耒阳县志》卷四注明"沿旧志"。

2　光绪《兴宁县志》卷十一"秩官·知县"，《中国地方志集成·湖南府县志辑》第26册，江苏古籍出版社2002年版，第250页。

3　光绪《兴宁县志》卷十一"秩官·政绩"："存心清洁，运政平明，不两月民颂大兴。"见《中国地方志集成·湖南府县志辑》第26册，江苏古籍出版社2002年版，第269页。

4　胡文焕任职从政两条资料有抵牾之处：第一，康熙《耒阳县志》载，胡文焕万历四十一年任，下任王之龙万历四十五年任县丞。胡文焕在任时间应为四十一年至四十五年，与《兴宁县志》载四十三年（1615）任兴宁知县相抵牾。第二，从兴宁知县的职位来看，侯之宣万历四十年任，傅其德四十三年任，且傅其德于同年修县志。显然胡文焕没有任职时间。第三，光绪《兴宁县志》编写人员根据《郴州总志》补进官正荣和胡文焕，造成短短的三年时间里有四位知县，即侯之宣万历四十年任，官正荣署，胡文焕四十二年署，傅其德四十三年任。胡文焕知县之说有待详考。

5　《游览粹编》卷一，《北京图书馆古籍珍本丛刊》第80册，第221页。

6　同上书，第234页。

7　《寸札粹编》卷下，《北京图书馆古籍珍本丛刊》第80册，第454页。

8　同上。

9　同上。

10　《游览粹编》卷六，《北京图书馆古籍珍本丛刊》第80册，第352页。

11　《游览粹编》卷五，《北京图书馆古籍珍本丛刊》第80册，第310页。

之昔日伯仲高阳、仿佛平原，与夫马周、李白动以斗斛计者，终相去远矣。"[1]虽为喻辞，却也非常真实。胡文焕好茶："弟自别曲侯后，卢仝七碗颇亦吃得。"[2]这种爱好也许与戒酒和药石有关。胡文焕《茶集序》云："医家论茶性寒能伤人脾，独予有诸疾必藉为药石，每深得其功效。"

胡氏好琴识音。张纶《新刻文会堂琴谱后序》云："胡德父笃意于声律，别群才之恶美，辨宫商之雅淫……"胡文焕《峄阳居士传》云："明兴，（峄阳居士）始偕胡子德甫自钱唐游于白下，书斋中起卧与俱。"[3]琴被拟人化为峄阳居士，胡氏将自己描写成琴继子期、孔子、蔡邕等之后的异代知音。胡氏别号抱琴居士，亦透露其所好。

胡文焕后来好养生之术，多刻医书，又潜心道学，自号全庵、全道人等，与胡氏的身体和习性息息相关。

胡文焕涉猎甚广，志在著述。其《读书说》自述："矢心穷力以笔耕，以书为仇，不问寒暑，夜以继日，形容为之憔悴。"[4]庄汝敬与胡文焕的书信亦言："足下杜迹闭门，雅志著述。"[5]胡文焕著有杂剧《桂花风》和传奇《奇货记》《犀佩记》《三晋记》《余庆记》等（俱佚），以及《文会堂琴谱》等。现存诗文 180 篇（首），其中自编《游览粹编》收 108 篇（首）；自编《群音类选》收小令 63 首，套数 18 篇；《兰皋明词汇选》收 5 篇；《六言诗集》收 14 首。另有序跋若干篇。

作为晚明最著名的出版商之一，胡文焕曾建文会堂刻书、藏书。

1　《游览粹编》卷二，《北京图书馆古籍珍本丛刊》第 80 册，第 235 页。
2　《寸札粹编》卷下，《北京图书馆古籍珍本丛刊》第 80 册，第 235 页。
3　《谐史粹编》卷上，《北京图书馆古籍珍本丛刊》第 80 册，第 376 页。
4　《游览粹编》卷三，《北京图书馆古籍珍本丛刊》第 80 册，第 250 页。
5　《寸札粹编》卷下，《北京图书馆古籍珍本丛刊》第 80 册，第 455 页。

刻书主要在万历二十年（1592）至万历二十五年（1597）的六年间[1]，刻书 500 多种，以《格致丛书》和《百家名书》最为有名。胡文焕万历三十一年（1603）从所刻古籍中汇辑百种左右成《百家名书》，万历三十七年（1609）又遴选 140 种集成《格致丛书》[2]。另外比较重要的还有《胡氏粹编》5 种、《寿养丛书》35 种、《医经萃录》20 种、《诗法统宗》45 种、《群音类选》四十六卷（今存三十九卷）、《文会堂琴谱》六卷等。

　　胡文焕刻书影响很大。一是中国丛书的编选始自胡文焕，所刻丛书如《格致丛书》《百家名书》等影响深远。二是胡文焕是当时杭州最有名的出版家之一，版式很有特色且统一，字体几乎一致，自成"胡文焕板"。三是刻书范围广。正如胡文焕万历己酉（1609）《格致丛书》序云："平生殚精劳神，旁搜诸子百家，上自训诂、小学、诗诀、文评、天文、地志、历律、刑名，下至稗官、医卜、老佛、边夷、鸟兽、草木。"四是刻书数量最多。张秀民认为所刻总数约 450 种[3]，徐学林统计胡氏刻书总子目在 600 种以上，1300 余卷[4]。

　　但是，胡文焕刻书时间不长，数量极多，随得随刻，较为草率，又无法多方涉猎考证，错讹颇多，受到指责也较多。《四库全书总目》

1　王宝平《胡文焕丛书考辨》统计，胡文焕所刻书载有年月的序跋 49 条，俱在 1592—1597 年六年间，无一例外。其中 1592 年 12 种，1593 年 23 种，1594 年 3 种，1595 年 1 种，1596 年 8 种，1597 年 2 种。最后是万历己酉（1609）年撰《格致丛书》序。

2　《格致丛书》久不见总目，收书多少，众说纷纭。《四库全书总目》认为"世间所行之本，部部各殊，究不知全书凡几种"；《澹生堂藏书目》列 46 种；《汇刻书目初编》举 346 种；徐学林认为"不同子目近 350 种、900 余卷"（《试论徽州地区的古代刻书业》，《出版史料》1993 年第 1 期）。山东图书馆所藏《格致丛书》卷首有胡文焕万历己酉（1609）序："合古今凡有一百四十种，皆宛委、石渠、羽陵、大酉之秘，随得随刻，不加铨次，不复品骘，总名之曰《格致丛书》。"序后载有《格致丛书总目》，起《尔雅》，终《为政九要》，正好 140 种。（参见王宝平《中国胡文焕丛书经眼录》，第 15—16 页。）

3　张秀民：《中国印刷史》，上海人民出版社 1989 年版，第 367 页。

4　徐学林：《试论徽州地区的古代刻书业》，《出版史料》1993 年第 1 期。

对著录的胡文焕著作几乎都进行了批评。

如《古器具名》附《古器总说》条云："文焕不能考定，乃剽窃割裂，又从而汩乱之。其钩摹古篆，亦不解古人笔法，尤讹谬百出。不知而作，其此书之谓欤。"[5]

再如《格致丛书》条："是编为万历、天启间坊贾射利之本。杂采诸书，更易名目。古书一经其点窜，并庸恶陋劣，使人厌观。且所列诸书，亦无定数。随印数十种，即随刻一目录，意在变幻，以新耳目，冀其多售。"[6]

以后诸家多沿袭《四库提要》的评价，对胡文焕讥评甚多。如《汇刻书目》评价《格致丛书》："是编杂采诸书，更易名目，古书一经其点窜，使人厌观。"叶德辉甚至直斥胡文焕《格致丛书》"割裂首尾，改换头面，直得谓之焚书，不得谓之刻书"[7]。直到 20 世纪 80 年代以后，学界对明代坊刻本以及胡文焕才采取了宽容也更允当的态度，认为胡文焕刻书功大于过。[8]

在晚明坊刻注重射利的时代潮流和氛围里，抄撮成书，乱题易名，已是普遍。胡文焕作为一个书坊，不必过于苛求。事实上许多珍稀秘籍文献得以流传下来，实赖胡文焕之功颇多。所以，胡文焕刻书对保留文化遗产的功绩，应该给予应有的重视。

庄汝敬、胡光盛分别系胡文焕的友人和侄孙，生平事迹俱不详。据胡光盛在《寸札粹编》跋后钤印"光盛"和"孟显之章"，可知胡光盛字孟显。

5　《四库全书总目》卷一一六子部谱牒类存目，中华书局 1965 年版，第 997 页上。

6　《四库全书总目》卷一三四子部杂家类存目，第 1137 页下。

7　叶德辉：《书林清话》卷五"明人刻书之精品"，中华书局 1957 年版，第 127 页。

8　张秀民《中国印刷史》（上海人民出版社 1989 年版）、魏隐儒编著《中国古籍印刷史》（印刷工业出版社 1988 年版）、罗宝树编著《中国古代印刷史》（印刷工业出版社 1993 年版）、曹之《中国古籍编撰史》（武汉大学出版社 1999 年版）、肖东发《中国图书出版印刷史论》（《北京大学出版社 2001 年版）等。

　　《胡氏粹编》五种收录了庄汝敬和胡光盛的多篇著述。胡光盛被《游览粹编》收录《夏日读书述》《漳州纪泉碑》《罚穷鬼判》《读书真乐行》5篇，被《谐史粹编》收录《金光先生纪略》《白额侯年表》2篇，被《寓文粹编》收录《梦游仙对》1篇，被《寸札粹编》收录《漳州寄邵中黄》《柬陆妇翁》《答安彦明索文》3篇。庄汝敬被《谐史粹编》收录《朱明神传》1篇，被《寸札粹编》收录《答胡德甫》1篇。《谐史粹编》收录的《金光先生纪略》《白额侯年表》《朱明神传》，引经据典，骈丽典雅，体现出较高的文字水准。胡文焕《罚穷鬼判》重在言穷鬼予人之穷苦和悲伤，应罚穷泄愤；胡光盛《奖穷鬼判》则重在"居安虑危"，以利人磨砺进取，当奖。一罚一奖，各执一端，游戏成分很明显，但体现了较高的文字素养。

　　胡文焕《示侄孙光盛》云：

　　　　入泮后，心不可骄，志不可惰，姻事付之量力，不可怨天尤人，方是儒者气象。过元宵即来京看书，以图上进，恋恋故乡，非男子事也。家中古书，可带数册，舟中亦堪遣兴。湖笔佳者，不妨多制，草书急需用耳。痰火作，楚秋石鸡酥丸，觅便先寄来。来时须约庄先生偕行，凡事资之有益。关河迢递，尤当临深履薄。[1]

从信中可以见出胡文焕对侄孙胡光盛的谆谆教诲和期待，对朋友庄汝敬的器重和倚重。

　　正是庄汝敬和胡光盛较好的文字素养和亲密关系，为他们协助胡文焕编辑《稗家粹编》奠定了良好基础。

1　《寸札粹编》卷下，《北京图书馆古籍珍本丛刊》第80册，第454页。

第二节 作为小说选本的《稗家粹编》及其价值

《稗家粹编》八卷二十一部，共收录文言小说 146 篇。从今天已知和现存的小说出处来看，《稗家粹编》收录广泛，名篇比比皆是，体现出编者较高的艺术眼光。

除 2 篇为唐前外，其余为唐宋元明小说。40 多篇出处未明但同时见于他书，20 多篇未见他书。另有 20 多篇较罕见[1]，如《锺节妇传》《吴贞女传》《孙氏孝感录》《孔琼英》《严威误宿天妃宫记》《王乔二生》《洞霄遇仙录》《求仙记》《钱益学佛》《云从龙溪居得偶》《卫生悔酒》《许慕洁失节》《柏长春月下见妻》《杨允和记》《白犬报冤记》《钱长者阴德传》《董生恶心》《陈氏妒悍》等未见他书；《李主遇仙源宫土地》仅见《武当嘉庆图》，《杜丽娘记》仅见余公仁本《燕居笔记》。另外，《蒋妇贞魂》《吴将忠魂》《严景星逢妓》《偈斯文遇》《郑荣见弟》《张客旅中奇遇》《孔淑芳记》《公署妖狐》《拜月美人》《梅妖》及《灯妖夜话》（《鸳渚志余雪窗谈异》佚文）等仅见于《古今清谈万选》或《幽怪诗谭》。

在版本方面，《稗家粹编》也值得重视。如《武媚娘传》《续天宝遗事传》与习见本不同，前者增加了作者和元人的多篇诗词，应是明人所作；后者依次摘录《开元天宝遗事》，但以杨妃近侍韦月娥亲历者的叙事视角进行了重新编辑处理，体现了物是人非的兴亡之感，是比较成功的作品。《裴珙》与习见本有很大不同，《稗家粹编》《阳山顾氏文房小说》《太平广记》形成了罕见的不同版本的三种类型。另外，《稗家粹编》与《太平广记》选文同者 30 篇，但取材于传本，独立于《太平广记》的版本系统。大量古体小说整理本

---

1 程毅中先生认为实际上似还不止此数。参见程毅中《古体小说论要》，华龄出版社 2009 年版，第 73 页。

常以《太平广记》为据，事实上《稗家粹编》也应当成为参校对象。[1]《稗家粹编》所收《剪灯新话》的《永州野庙记》《修文舍人传》《太虚司法传》《富贵发迹司志》等 4 篇，异文甚多，未见于他本，就是难得的参校资料。

更加重要的是，《稗家粹编》是一个选本，其价值不仅在于其自身的丰富内涵，而且在于所涉及的广阔世界。《稗家粹编》具有明确的出版时间，有二十多篇珍稀小说，有许多重要的富有学术探讨意义的异文，与文言小说的编选、通俗类书的编辑、话本小说和诗文小说改编、汇编型小说的创作有着千丝万缕的关系，从而具有重要的文献价值和小说研究价值。

第一，《稗家粹编》牵涉众多的短篇类型的小说原本和汇编类选本以及汇编型创作，涉及的小说集就有《玄怪录》《剪灯新话》《艳异编》《广艳异编》《情史》《熊龙峰小说四种》《百家公案》及“三言”等不下二十种，从而使《稗家粹编》研究辐射出古代小说尤其是明代小说史发展的一个状貌，成为“小题大做”的一个有效选题。

第二，《稗家粹编》不仅是对唐以来许多小说补阙、校勘、释疑的重要参考书，并且在古代小说和戏曲研究的本事研究、版本研究及变迁轨迹等方面具有重要的资料价值，为古代小说、戏曲的深入研究奠定坚实的基础。

第三，《稗家粹编》的引入既能订正前人之误，又能发现新问题，势必引起学界对古代小说研究中许多成说和结论进行重新思考和审视。

但是，《稗家粹编》除了被《赵定宇书目》著录外，几百年来，一直未见其他书目著录和文献提及。著名藏书家和文学研究专家郑

1　李剑国先生在修订完善《唐五代传奇集》（中华书局 2015 年版）时，把《稗家粹编》纳入引用与参考书目，并得出了许多重要结论。

振铎获得《胡氏粹编五种》(含《稗家粹编》)后,曾撰文对其中的《游览粹编》的价值进行了充分肯定:

> (《游览粹编》)所载诗、文、词、曲,多罕见者。就用作明代文学的资料的一点上看来,似较一般的《明文授读》《明文在》尤为重要。卷六的诗余类和曲类,尤多珍秘之作,谜类之寄物哑谜亦极该重视。……这是白话文学、方言文学里很重要的资料。[1]

但是郑振铎没有指出《稗家粹编》的小说性质,也没有继续研究。同时因为《稗家粹编》被郑氏所私藏,他人难得一见,对《稗家粹编》的研究,学界自然无法跟进了。国家图书馆将《胡氏粹编》纳入馆藏古籍珍本丛刊于 1988 年影印出版,但一直没有引起相关研究者关注。

各种小说史、文学史以及小说研究都没有将《稗家粹编》纳入学术视野。如《中国文言小说书目》(1981)、《中国古代小说百科全书》(1993)、《中国文言小说总目提要》(1996)、《中国古代小说总目》(2004)、《中国古代小说总目提要》(2005)、《宋代志怪传奇叙录》(1997)、《中国小说选本研究》(2003)、《明代传奇志怪小说研究》(2006)、《中国古代文言小说总集研究》(2006)等等,都没有涉及《稗家粹编》。借助中国知网,以"稗家粹编"为关键词进行"全文"检索,2006 年之前,没有一篇论文提及《稗家粹编》。

直到 2006 年,笔者才发现《稗家粹编》的小说性质,并于次年在《文学遗产》撰文介绍《稗家粹编》的研究价值,同时使用该资

---

[1] 郑振铎:《记一九三三年间的古籍发现》,载《中国文学研究》(下),人民文学出版社 2000 版,第 454—455 页。

料撰写发表了一系列论文[1]。至此，文言小说选集《稗家粹编》才进入古代小说研究者的视野。程毅中先生在专著《古体小说论要》中提到：

> 大概在《古今清谈万选》之后，有一部胡文焕编的《稗家粹编》，是向志柱先生新发现的又一部唐宋元明古体小说的选集。《稗家粹编》一书是向志柱先生首先发现并介绍给读者的。我在向先生的提示下，查阅了原书，觉得的确很值得一提。[2]

2009 年，笔者完成《稗家粹编》的整理点校，中华书局 2010 年将之纳入《古体小说丛刊》出版，并列入《2011—2020 国家古籍整理出版规划》。《稗家粹编》重新进入了大众视野。

第三节　展开《稗家粹编》研究的逻辑和路径

中国古代小说研究欣欣向荣，已经取得了丰硕的成果。但也存在扎堆名著而造成的高密度重复和研究格局严重失衡、发现新材料的"瓶颈"、"大文化"研究的过度泛化与考据的困境等许多问题[3]。本书抛开名家名著研究，针对研究对象是新资料的特点，以求是出

1　主要有：《新资料〈稗家粹编〉的研究价值》，《文学遗产》2007 年第 6 期；《论〈孔淑芳双鱼扇坠传〉的来源、成书及其著录》，《明清小说研究》2006 年第 3 期；《〈玄怪录〉新校本与〈稗家粹编〉本异文》，《书品》2007 年第 1 辑；《〈牡丹亭〉蓝本问题考辨》，《文艺研究》2007 年第 3 期；《〈百家公案〉本事考补》，《社会科学辑刊》2007 年第 2 期；《两种〈秋香亭记〉不同自传心态》，《社会科学研究》2007 年第 3 期；等等。
2　程毅中：《古体小说论要》，华龄出版社 2009 年版，第 72 页；亦见北京出版社 2017 年版，第 109—110 页。
3　胡海义：《〈胡氏粹编〉与中国古代小说》，《中华读书报》2009 年 4 月 29 日。

新为原则，强调"宽度"与"深度"的辩证关系，着力于版本研究、本事研究、成书研究等基础性研究，从《稗家粹编》自身研究和相关研究两个方面展开。

本书强调问题意识，加强文本细读，加强对原始文献的考辨与梳理，注重论题的探讨性和论点的创新性。本书在对《稗家粹编》所收篇目进行本事来源考订的基础上，从文言小说集、话本小说、诗文小说集、文言小说选集、通俗类书、小说书目等不同类型切入，设立十章七个专题：一是《稗家粹编》与《玄怪录》《剪灯新话》《鸳渚志余雪窗谈异》等文言小说集研究，因为《稗家粹编》大量选载《玄怪录》《剪灯新话》《鸳渚志余雪窗谈异》，特设三章；二是《稗家粹编》与《湖海奇闻》《古今清谈万选》《幽怪诗谭》等诗文小说研究；三是《稗家粹编》与《清平山堂话本》《熊龙峰四种小说》等话本集研究；四是《稗家粹编》与《百家公案》等汇编型小说研究；五是《稗家粹编》与《太平广记》《艳异编》《续艳异编》《广艳异编》《情史》《逸史搜奇》等文言小说选集研究；六是《稗家粹编》与《国色天香》《绣谷春容》《万锦情林》等通俗类书研究；七是《稗家粹编》与《宝文堂书目》等著录的小说类书目研究等。这就对《稗家粹编》所涉的古代小说世界展开了全面系统的研究。

本书小处着笔，大处着眼，以点带面，注重实证研究，着重探讨《稗家粹编》的文献价值和小说研究价值，主要包含《稗家粹编》的版本研究、选编研究、辑佚和校勘价值研究、小说价值研究，以期确立《稗家粹编》的资料价值、研究价值以及在中国古代小说研究史上的地位。

第二章 《稗家粹编》篇目来源考

《稗家粹编》八卷二十一部，共收录文言小说146篇，其中伦理部9篇、义侠部6篇、徂异部5篇、幽期部11篇、重逢部3篇、宫掖部3篇、戚里部4篇、妓女部6篇、男宠部2篇、梦游部10篇、星部1篇、神部11篇、水神部2篇、龙神部1篇、仙部15篇、鬼部20篇、冥感部4篇、幻术部3篇、妖怪部18篇、禽兽部2篇、报应部10篇。

但《稗家粹编》不著撰人和出处。经查，除2篇为唐前外，其余均为唐宋元明的小说。其中79篇已明确原始出处，主要出自35种小说，其中《玄怪录》12篇、《续玄怪录》3篇，《剪灯新话》11篇、《剪灯余话》3篇，《鸳渚志余雪窗谈异》13篇且含佚文《灯妖夜话》；40多篇出处未明但同时见于他书；20多篇未见于他书。

与小说选集相比，《稗家粹编》与《太平广记》同者30篇，与《艳异编》同者41篇，与《广艳异编》同者23篇，与《续艳异编》同者14篇。《稗家粹编》与《古今清谈万选》同者21篇（标题不同，但文字普遍同）；《稗家粹编》与《幽怪诗谭》大致同者13篇（往往标题和文字都有较大变动）。《稗家粹编》与《逸史搜奇》同者21篇，与《一见赏心编》同者26篇，与《虞初志》同者9篇。

下面按照来源出处、收录情况以及改编情况等，依篇序予以揭明。

第一节　原始出处明确者七十九篇

（篇名前所题序号，以《稗家粹编》收录顺序为准）

1.《甘节楼记》

出《鸳渚志余雪窗谈异》帙上。亦见《万锦情林》卷三、林近阳本《燕居笔记》卷五、余公仁本《燕居笔记》卷七。

2.《名闺贞烈传》

出《鸳渚志余雪窗谈异》帙下。亦见林近阳本《燕居笔记》卷九、余公仁本《燕居笔记》卷九。

9.《刘方三义传》

出《花影集》卷一。亦见林近阳本《燕居笔记》卷九、何大抡本《燕居笔记》卷七、余公仁本《燕居笔记》卷九；《情史》卷二节选，题《刘奇》。

10.《柳氏传》

出《本事诗》卷一。亦见《太平广记》卷四八五、《艳异编》卷二三、《虞初志》卷五、林近阳本《燕居笔记》卷九、余公仁本《燕居笔记》卷九、《一见赏心编》卷十一。陈翰《异闻集》辑录，《类说》二八节选，题《柳氏述》。

11.《侠客传》

出《鸳渚志余雪窗谈异》帙下。亦见《鹤林玉露》甲篇卷三，《剑侠传》卷四《秀州刺客》，然都较简单。

13.《侠妇人传》

出《夷坚志》乙志卷一。亦见《逸史搜奇》庚集五；《国色天香》卷九、《剑侠传》卷四、《奇女子传》卷四、《情史》卷四，俱题《董国度妾》。

14.《昆仑奴传》

出《传奇》。《太平广记》卷一九四注引《传奇》。亦见《艳异编》卷二四、《情史》卷四、《古今说海》说渊五、《逸史搜奇》丁集十、《剑侠传》卷三；《一见赏心编》卷十一，题《红绡妓》。《类说》卷三二《传奇》节选，题《崔生》。

15.《红线传》

出《甘泽谣》。亦见《艳异编》卷二四、《剑侠传》卷二、《虞初志》卷二；《一见赏心编》卷十一，题《红线女》；《奇女子传》卷三，题《红线》。

16.《尼妙寂》

出《玄怪录》。亦见《太平广记》卷一二八（引作《续幽怪录》）、《逸史搜奇》辛集六；《奇女子传》卷三、《虞初志》卷四，俱题《谢小娥》。陈翰《异闻集》辑录，题《谢小娥》；《类说》卷十一节选，题《申兰申春》。

17.《章子厚》

出《投辖录》，但异文甚多。亦见《艳异编》卷二五、《情史》卷十八；《宋人小说类编》卷四之九，题《禁街遇丽》。

18.《狄氏》

出《清尊录》。亦见《艳异编》卷二五、《古今说海》、《说郛》卷一一、《绣谷春容》、重编《说郛》卷三四、《情史》卷三、《一见赏心编》卷十一；《宋人小说类编》卷四之九，题《狄氏求珠遭局骗》等。

19.《王生》

出《清尊录》。亦见《说郛》卷一一、《艳异编》卷二五、《情史》卷三；《宋人小说类编》卷四之九，题《王生拾瓦错姻缘》。

20.《李将仕》

出《夷坚志》补卷八，亦见《艳异编》卷二五、《情史》卷十八。

22.《兰蕙联芳记》

出《剪灯新话》卷一,题《联芳楼记》。亦见《艳异编》卷一八、《绣谷春容》卷二、《万锦情林》卷三、林近阳本《燕居笔记》卷五、何大抡本《燕居笔记》卷五,俱题《联芳楼记》;《情史》卷三,题《薛氏二芳》;《一见赏心编》卷三,题《兰蕙传》。

28.《凤尾草记》

出《剪灯余话》卷三。亦见何大抡本《燕居笔记》卷六。

30.《秋香亭记》

出《剪灯新话》附录。亦见《万锦情林》卷二(无目有文)、林近阳本《燕居笔记》卷七、余公仁本《燕居笔记》卷七。

33.《秋千会记》

出《剪灯余话》卷四。亦见《广艳异编》卷九、《续艳异编》卷五、《香艳丛书》十七集;《情史》卷十,题《速哥失里》。凌濛初《初刻拍案惊奇》卷九《宣徽院仕女秋千会 清安寺夫妇笑啼缘》据此改编。

34.《芙蓉屏记》

出《剪灯余话》卷四。亦见《万锦情林》卷一、林近阳本《燕居笔记》卷六、何大抡本《燕居笔记》卷六、余公仁本《燕居笔记》卷七;《情史》卷二,题《崔英》。凌濛初《初刻拍案惊奇》卷二十七《顾阿秀喜舍檀那物 崔俊臣巧会芙蓉屏》据此改编。

36.《长恨传》

有《太平广记》和《文苑英华》两种版本。《太平广记》卷四八六题《长恨传》,署陈鸿撰,附《长恨歌》。《文苑英华》卷七九四题《长恨歌传》,无歌。《艳异编》卷一一、《虞初志》卷二、《绿窗女史》宫闱部、重编《说郛》卷一一一等,俱依《太平广记》。《稗家粹编》与《文苑英华》系统同。亦见《一见赏心编》卷九《贵妃传》。

50.《枕中记》

出《异闻集》，亦见《文苑英华》八三三、《虞初志》卷三；《太平广记》卷八二，题《吕翁》。陈翰《异闻集》辑录，《类说》二八节选；《三洞群仙传》卷十四节选。

51.《王生渭塘奇遇记》

出《剪灯新话》卷二。亦见《艳异编》卷二二，题《渭塘奇遇》；《情史》卷九，题《王生》；《绣谷春容》卷四，题《王生渭塘得奇遇》；《万锦情林》卷二、林近阳本《燕居笔记》卷七、余公仁本《燕居笔记》卷七、《一见赏心编》卷四，俱题《渭塘女》。

52.《韦氏》

出《玄怪录》。亦见《逸史搜奇》癸集十，题《张楚金》。

53.《薛伟》

出《续玄怪录》。亦见《太平广记》卷四七一，《逸史搜奇》庚集一；《古今说海》说渊三五，题《鱼服记》。

54.《吴全素》

出《玄怪录》。亦见《逸史搜奇》己集六；《古今说海》说渊五九，题《知命录》。

56.《永州野庙记》

出《剪灯新话》卷三。

57.《赵旭》

出《通幽记》。亦见《太平广记》卷六五、《一见赏心编》卷六，题《青童传》；《情史》卷十九，题《青童君》（有删略）。《类说》卷六〇《拾遗总类》节选，题《天上青童》。

58.《沈亚之》

出《沈下贤文集》卷四，题《异梦录》。见《艳异编》卷二二、《情史》卷九、《顾氏文房小说》本《博异志》；《古今说海》说渊三，题《邢凤》；《太平广记》卷二八二引《异闻集》，题《邢凤》。《类说》卷二四节选，引《博异志》，题《舞鞋弓弯》。

60.《成令言遇织女星记》

出《剪灯新话》卷四,题《鉴湖夜泛记》。亦见《广艳异编》卷五、《续艳异编》卷三,俱题《灵光夜游录》;《万锦情林》卷一、林近阳本《燕居笔记》卷七、余公仁本《燕居笔记》卷七,俱题《成令言遇仙记》。

61.《天王冥会录》

出《鸳渚志余雪窗谈异》帙上。《古今清谈万选》卷一《张生冥会》据此改编。

64.《龚元之遇岳神》

出《庚巳编》卷一，题《兖州岳庙》。

65.《龚弘遇赴任城隍》

出《涉异志》。

66.《丹景山报应录》

出《效颦集》卷下，题《丹景报应录》。

68.《修文舍人传》

出《剪灯新话》卷四。

69.《萧志忠》

出《玄怪录》。亦见《太平广记》卷四四一、《逸史搜奇》庚集六;《广艳异编》卷二十八，题《丹飞先生》;《一见赏心编》卷十三，题《晋州猎记》。《类说》卷十一节选，题《滕六降雪巽二起风》;《三洞群仙传》卷十八节选。

70.《掠剩使》

出《玄怪录》。亦见《逸史搜奇》癸集五。《类说》卷十一节选，题《陇右山川掠剩史》;《稗史汇编》卷一三五节选，题《掠剩使》。

71.《富贵发迹司志》

出《剪灯新话》卷三。

72.《郑德璘传》

出《传奇》。亦见《情史》卷八、《艳异编》卷二、《古今说海》说渊六、余公仁本《燕居笔记》卷九《逸史搜奇》丙集五;《太平广记》卷一五二，题《郑德璘》;《绣谷春容》卷四，题《德璘娶洞庭韦女》。《类说》三二《传奇》节选，题《郑德璘》。

74.《许汉阳》

出《博异志》。亦见《太平广记》卷四二二、《顾氏文房小说》本《博异志》、《逸史搜奇》庚集六。《类说》卷二四《博异志》节录,题《海龙王女》。

75.《太上真人度唐若山》

出《仙传拾遗》。亦见《太平广记》卷二七、《历世真仙体道通鉴》卷三十五，俱题《唐若山》。《三洞群仙录》卷三节选。

76.《裴航遇云英记》

出《传奇》。亦见《太平广记》卷五〇;《艳异编》卷四,题《裴航》;《情史》卷十九，题《云英》;《醉翁谈录》辛集卷一，题《裴航遇云英于蓝桥》;《绣谷春容》卷四，题《裴航遇蓝桥云英》;《一见赏心编》卷六，题《云英传》。《类说》三二《传奇》节选 ;《三洞群仙录》卷一节选。《清平山堂话本》卷二《蓝桥记》据此改编。

78.《崔书生》

出《玄怪录》。亦见《太平广记》卷六三、《艳异编》卷三六;《万锦情林》卷一、林近阳本《燕居笔记》卷七、余公仁本《燕居笔记》卷七,俱题《崔生遇仙记》;《绣谷春容》卷四,题《崔生聘玉卮娘子》;《情史》卷十九,题《玉卮娘子》;《一见赏心编》卷六,题《玉卮传》。《类说》卷十一节选,题《王母玉女卮娘子》;《三洞群仙传》卷十一节选。

79.《鬻柑老人录》

出《鸳渚志余雪窗谈异》帙上。

80.《朱氏遇仙传》

出《鸳渚志余雪窗谈异》帙下。亦见《广艳异编》卷三、《续艳异编》卷二、《情史》卷十九,俱题《蓬莱宫娥》;林近阳本《燕居笔记》卷九、余公仁本《燕居笔记》卷九,俱题《朱氏遇仙传》。《广艳异编》卷二三和《续艳异编》卷二的《海月楼记》,相同甚多,似为据此改写。

81.《杜子春》

出《玄怪录》。亦见《太平广记》卷十六、《绣谷春容》、《古今说海》说渊十、《一见赏心编》卷十二、《逸史搜奇》己集三。《类说》卷十一节选,题《贫居膏肓》;《三洞群仙传》卷六节选。

82.《裴谌》

出《玄怪录》。亦见《太平广记》卷十七(引作《续玄怪录》)《艳异编》卷四、《古今说海》说渊二八、《一见赏心编》卷七;《逸史搜奇》丙集七,题《王恭伯传》。《三洞群仙录》卷二节选。

84.《刘阮天台记》

出《幽明录》,题《刘晨阮肇》。亦见《太平广记》卷六一,题《天台二女》;《醉翁谈录》辛集卷一,题《刘阮遇仙女于天台山》;《绿窗新话》卷上,题《刘阮遇天台女仙》;《绣谷春容》卷四,题《刘阮天台仙女》;《情史》卷十九,题《天台二女》。

85.《崔少玄传》

见《太平广记》卷六七,题《崔少玄》,注出《少玄本传》。

86.《麒麟客》

出《续玄怪录》。亦见《太平广记》卷五三、《绣谷春容》卷八、《广艳异编》卷三、《一见赏心编》卷五。《三洞群仙传》卷十六节选。

87.《工人遇仙》

出《博异志》。亦见《太平广记》卷二十、《一见赏心编》卷五、《逸史搜奇》辛集七,俱题《阴隐客》;《广艳异编》卷四题《天桂山宫志》;

《历世真仙体道通鉴》卷四十四题《房州工人》。《顾氏文房小说》本《博异志》节录；《类说》卷二四《博异志》节录，题《天柱山梯仙国》。

88.《陈光道遇蔡筝娘传》

出《夷坚志》支甲卷七，题《蔡筝娘》。亦见《一见赏心编》卷六，题《筝娘传》。

90.《裴珙》

出《集异记》卷一。亦见《顾氏文房小说》本、《太平广记》卷三五八《逸史搜奇》壬集一、《虞初志》卷一。明末无名氏《我侬纂削》抄录，改题《借马送魂》。

92.《鬼携误卷》

出《夷坚志》丙卷七，题《蔡十九郎》。施显卿《古今奇闻类记》卷六选入。

94.《牡丹灯记》

出《剪灯新话》卷二。亦见《艳异编》卷四十、《香艳丛书》八集，俱题《双头牡丹灯记》；何大抡本《燕居笔记》下层卷五，题《牡丹灯记》；《情史》卷九，题《符丽卿》。

95.《金凤钗记》

出《剪灯新话》卷一。亦见《艳异编》卷三九、何大抡本《燕居笔记》下层卷五；《情史》卷九，题《吴兴娘》。

97.《王煌》

出《玄怪录》。亦见《广艳异编》卷三三。《类说》卷十一节选，题《娶耐重鬼》。

104.《绿衣人传》

出《剪灯新话》卷四。亦见《艳异编》卷三九、余公仁本《燕居笔记》卷八；《情史》卷十，题《绿衣人》。

105.《太虚司法传》

出《剪灯新话》卷四。

110.《离魂记》

出《离魂记》。亦见《艳异编》卷二十、《绣谷春容》卷四、余公仁本《燕居笔记》卷八、《虞初志》卷一;《太平广记》卷三五八,题《王宙》;《情史》卷九,《一见赏心编》卷十一,俱题《张倩娘》;《绣谷春容》卷四,题《张倩娘离魂奔婿》。陈翰《异闻集》辑录,《类说》二八节选。

111.《韦皋》

出《云溪友议》卷中,题《玉箫化》。亦见《太平广记》卷二七四、《艳异编》卷二十、《情史》卷十;《绣谷春容》卷四,题《玉箫再生为韦妾》。

112.《京师士人》

出《夷坚志》甲卷八,题《京师异妇人》。亦见《情史》卷九,题《观灯美妇》。

113.《崔护》

出《本事诗·情感第一》。亦见《艳异编》卷二十、《情史》卷十、《顾氏文房小说》本《本事诗》;《绣谷春容》卷四,题《崔护觅水逢女子》;《一见赏心编》卷四,题《城南女》。

114.《阳羡书生》

出《续齐谐记》。亦见《顾氏文房小说》本《续齐谐记》《艳异编》卷二五、《虞初志》卷一《续齐谐记》、《绣谷春容》卷八;《逸史搜奇》癸集七,题《许彦相》。《类说》卷六节选,题《书生吐女子》。

117.《郭代公》

出《玄怪录》。亦见《艳异编》卷三二;《一见赏心编》卷十三,题《乌将军》;《古今说海》说渊四九,题《乌将军记》;《逸史搜奇》戊集六,题《郭元振》。《类说》卷十一《幽怪录》节选,题《乌将军娶妻》。

118.《弊帚惑僧传》

出《鸳渚志余雪窗谈异》帙上。亦见《广艳异编》卷二一、《续艳异编》卷九，俱题《寋绒记》；《国色天香》卷七，题《弊帚记》；《绣谷春容》卷十三，题《竹帚精记》；余公仁本《燕居笔记》卷九，题《弊帚记》；《情史》卷二一，题《笤帚精》。《古今清谈万选》卷三《邪动少僧》据此改编。

119.《招提琴精记》

出《鸳渚志余雪窗谈异》帙上。亦见《广艳异编》卷二二、《续艳异编》卷九，俱题《招提嘉遇记》；《国色天香》卷七，题《琴精记》；余公仁本《燕居笔记》卷八，题《招提琴精记》；《情史》卷二一，题《琴精》。《古今清谈万选》卷三《窗前琴怪》据此改编。

121.《临江狐》

出《庚巳编》卷二。

123.《犬精》

出《庚巳编》卷九。

124.《袁氏传》

出《传奇》。亦见《艳异编》卷三二、《一见赏心编》卷十三、《古今说海》说渊十三、《逸史搜奇》乙集十；《太平广记》卷四四五，题《孙恪》。《类说》卷三二《传奇》，有目无文。《古今清谈万选》卷三《洛中袁氏》据此改编。

125.《懒堂女子》

出《夷坚志》补卷二二。亦见《艳异编》卷三四，题《舒信道》；《情史》卷二十一，题《鳖精》；余公仁本《燕居笔记》卷八，题《舒信道白鳖记》。《夷坚志补》叶本、《艳异编》、余公仁本《燕居笔记》、《情史》四本几乎同，与明钞本《夷坚志》近。

126.《陈岩》

出《宣室志》卷八,题《猿化妇人》。亦见《太平广记》卷四四四、《广艳异编》卷二七。

127.《谢翱》

出《宣室志》卷八。亦见《太平广记》卷三六四、《艳异编》三五;《一见赏心编》卷七,题《牡丹女》。《古今清谈万选》卷四《西顾金车》据此改编。

130.《灯妖夜话》

出《鸳渚志余雪窗谈异》帙下。《鸳渚志余雪窗谈异》目录有《妖灯夜话录》一篇,但缺佚不存,应即此篇。亦见《古今清谈万选》卷三《灯神夜话》。

132.《尹纵之》

出《玄怪录》。见《广艳异编》卷二六、《逸史搜奇》庚集四。《类说》卷十一节选,题《女留青花履》。

134.《景德幽涧传》

出《鸳渚志余雪窗谈异》帙上。

136.《华山客》

出《玄怪录》。亦见《逸史搜奇》壬集七;《广艳异编》卷二十九,题《狐仙》。《类说》卷十一节选,题《冢狐学道成仙》。

138.《倭人传》

出《鸳渚志余雪窗谈异》帙下。亦见《绣谷春容》卷八、《游览粹编》卷二、余公仁本《燕居笔记》卷九、《游翰稗编》卷二。

141.《李岳州》

出《续玄怪录》卷二。亦见《广艳异编》卷三十四、《逸史搜奇》庚集九;《太平广记》卷三四一,题《李俊》。

142.《卖妇化蛇记》

出《鸳渚志余雪窗谈异》帙上。亦见《国色天香》卷七,题《卖妻果报录》;《万锦情林》卷三、林近阳本《燕居笔记》卷五、余公仁本《燕居笔记》卷七,俱题《卖妇化蛇记》。

143.《录事化犬记》

出《鸳渚志余雪窗谈异》帙下,题《录事化犬说》,据《夷坚甲志》卷一一"大录为犬"改编。

第二节　原始出处未明但见于他书者四十三篇

5.《蒋妇贞魂》

见《古今清谈万选》卷二。《幽怪诗谭》卷一《途次悲妻》据此改编。

6.《吴将忠魂》

见《古今清谈万选》卷一。《幽怪诗谭》卷三《铁券投书》据此改编。

12.《虬须叟传》

见《广艳异编》卷十三、《续艳异编》卷七、《国色天香》卷九、《剑侠传》卷三、《情史》卷四等。亦见《说郛》卷一一《灯下闲谈》,无题。

21.《潘用中奇遇记》

见《万锦情林》卷四、何大抡本《燕居笔记》卷一;《艳异编》卷一八,题《潘用中奇遇》;余公仁本《燕居笔记》卷一,题《用中奇遇》;《情史》卷三,题《潘用中》;《一见赏心编》卷三,题《黄女传》。《百家公案》第五四回《潘用中奇遇成姻》、周清源《西湖二集》十二卷《吹凤箫女诱东墙》均据此改编。

24.《林士登》

见《万锦情林》卷四、何大抡本《燕居笔记》卷一、余公仁本《燕居笔记》卷一;《绣谷春容》卷一,题《戴伯龄私通士登》。

25.《金钏记》

见《广艳异编》卷八、《续艳异编》卷四;《情史》卷三,题《章文焕》。

26.《张幼谦记》

见《情史》卷三,题《张幼谦》;《一见赏心编》卷三,题《惜惜传》。《百家公案》第五十七回《续姻缘而盟旧约》、《初刻拍案惊奇》卷二九《通闺达坚心灯火 闹图捷报旗铃》据此改编。

27.《金指环篇》

见《国色天香》卷二、余公仁本《燕居笔记》卷二。文中诗《指环篇歌》被《游览粹编》收录。

29.《并蒂莲花记》

见《广艳异编》卷九、《续艳异编》卷五;《情史》卷十一,题《并蒂莲》。

31.《杜丽娘记》

见余公仁本《燕居笔记》卷八,目录题《杜丽娘牡丹亭还魂记》,正文题《杜丽娘记》。何大抡本《燕居笔记》卷九《杜丽娘慕色还魂》据此敷衍成篇。汤显祖《牡丹亭》据此改编。卓发之的"少年著述"《杜丽娘传》,题材相同,二者关系待考。

32.《分镜记》

见《艳异编》卷二三,题《乐昌公主》;《情史》卷四,题《杨素》;何大抡本《燕居笔记》卷一,题《乐昌合镜》;《一见赏心编》卷四,题《德言妻》。

38.《馆陶公主》

见《艳异编》卷十五、《情史》卷十七。

39.《孙寿》

见《艳异编》卷十五。

40.《萧宏》

见《艳异编》卷十六。

41.《韩佽胄》

见《艳异编》卷十八。

42.《杨倡传》

见《太平广记》卷四九一（题下注房千里撰）、《艳异编》卷二九、《虞初志》卷四（注李群玉撰，误）、《情史》卷一、《青泥莲花记》卷四。

43.《盼盼守节》

见何大抡本《燕居笔记》卷一、余公仁本《燕居笔记》卷一。亦见《绣谷春容》卷一，题《盼盼燕子楼述怀》；《万锦情林》卷四，题《燕楼死节》；《艳异编》卷二七，题《张建封妓》；《情史》卷一，题《关盼盼》；《青泥莲花记》卷四，题《张建封妾盼盼》；《奇女人传》卷三，题《张建封妓》。《类说》二九《丽情集》节选，题《燕子楼》。

44.《严景星逢妓》

见《古今清谈万选》卷二，题《妓逢严士》。《幽怪诗谭》卷二《放流遇妓》据此改编。

46.《王魁负约》

宋夏噩著，然宋人刊刻唐陈翰《异闻集》时窜入。刘斧《摭遗》曾载，今已佚。《类说》卷三四《摭遗》、《绿窗女史》卷五、《侍儿小名录拾遗》、《艳异编》卷三十、《万锦情林》卷四、何大抡本《燕居笔记》卷一、余公仁本《燕居笔记》卷一、《青泥莲花记》卷五《桂英》、《情史》卷十六《王魁》，俱节选。《醉翁谈录》辛集卷二题《王魁负心桂英死报》最详。《永乐大典》卷二六○五 "梦人跨龙" 条，引出《摭遗新说》，为他本所无。

47.《汤赛师》

见《艳异编》卷二五。

48.《邓通》

见《艳异编》卷三一、《情史》卷二二。

49.《陈子高》

见《艳异编》卷三一、《情史》卷二二。

55.《荔枝入梦》

见《古今清谈万选》卷四,题《荔枝入梦》;《广艳异编》卷一二,题《荔枝梦》;《续艳异编》卷七,题《荔枝梦》。文渊阁《四库》本《天中记》卷五二、《渊鉴类函》卷四〇三"果部"五,俱节题。《佩文斋广群芳谱》卷六〇"果谱"中"荔支一"条和清郑方坤撰《全闽诗话》卷十二"荔支神"条都注出《广异记》。《幽怪诗谭》卷二《荔枝分爱》据此删添。

59.《金马绿衣记》

见《国色天香》卷二、何大抡本《燕居笔记》卷二。

62.《李主遇仙源宫土地》

见《武当嘉庆图》。

63.《野庙花神》

见《广艳异编》卷二三、《续艳异编》卷一九、《古今清谈万选》卷四。《幽怪诗谭》卷三《野庙花精》据此改编。

67.《舒大才奇遇》

见《广艳异编》卷一、《续艳异编》卷一,俱题《花蕊夫人》。

91.《徯斯文遇》

见《古今清谈万选》卷一。《幽怪诗谭》卷二《古冢谈玄》据此改编。

93.《邹宗鲁游会稽山记》

见《广艳异编》卷三二、《续艳异编》卷一三、何大抡本《燕居笔记》卷五,俱题《游会稽山记》;《情史》卷二十,题《花丽春》,有删改。

99.《郑荣见弟》

见《古今清谈万选》卷一。《幽怪诗谭》卷二《淮河泣弟》据此改编。

100.《褚必明野婚》

见《广艳异编》卷三二、《续艳异编》卷一四,俱题《褚必明》;《古今清谈万选》卷二,题《野婚医士》;《幽怪诗谭》卷五,题《假宿医缘》。

101.《张客旅中奇遇》

源出《夷坚志》丁卷十五《张客奇遇》。亦见《古今清谈万选》卷二,题《旅魂张客》;《情史》卷十六,题《念二娘》;《青泥莲花记》卷十三,题《念二娘》。《警世通言》卷三十四《王娇鸾百年长恨》入话据此改编。

103.《庆云留情》

见《广艳异编》卷三二、《续艳异编》卷一四,俱题《赵庆云》;《古今清谈万选》卷二,题《留情庆云》。《幽怪诗谭》卷三《室女牵情》据此改编。

106.《孔淑芳记》

源出《西湖游览志余》卷二十六《幽怪传疑》。亦见《古今清谈万选》卷二,题《孔惑景春》。《熊龙峰小说·孔淑芳双鱼扇坠传》据此改编。

115.《梵僧难陀》

见《艳异编》卷二五。

116.《画工》

见《艳异编》卷二五 ;《情史》卷九,题《真真》。

120.《白猿传》

见《顾氏文房小说》本 ;《太平广记》卷四四四,注引《续江氏传》;《一见赏心编》卷十三、《逸史搜奇》丁集四,俱题《欧阳纥》;《艳异编》卷三二、《虞初志》卷七、《情史》卷二一,俱题《猿精》。

128.《公署妖狐》

见《古今清谈万选》卷三《公署妖狐》。

129.《拜月美人》

见《古今清谈万选》卷三。《幽怪诗谭》卷六《瓜步娶偶》据此改编；《百家公案》第三回《访察除妖狐之怪》据此改编，但基本上是照抄。

131.《梅妖》

源出《祝子志怪录·柏妖》或《西樵野记·桂花著异》。见《艳异编》卷二五，题《桂花著异》；《古今清谈万选》卷四，题《绥德梅华》；《一见赏心编》卷八，题《桂花女》。《百家公案》第四回《止狄青家之花妖》和《幽怪诗谭》卷六《媚戏介胄》均据此改编。

133.《老树悬针记》

见《广艳异编》卷二三。

144.《许女雪冤》

源出《耳谈》卷二《许巡检女》。见《古今清谈万选》卷二，题《驿女冤雪》；《幽怪诗谭》卷三，题《驿女鸣冤》。《海公案》第十八回《许巡检女鸣冤》据此改编。

145.《雷生遇宝》

见《古今清谈万选》卷三，题《东墙遇宝》。《幽怪诗谭》卷三《财富福人》据此改编。

第三节　见于他书但版本差异较大者六篇

3.《锺节妇传》

《萍野纂闻》"兰溪节妇"有简短介绍，无姓名，出处待考。

35.《武媚娘传》

关于武则天的内容较常见，但增加了作者和元人的多篇诗词，应是明人所作。《阃娱情传》承袭甚多。

37.《续天宝遗事传》

依次摘录五代王仁裕《开元天宝遗事》，但以杨妃近侍韦月娥亲历者的叙事视角进行了重新编辑处理。

73.《王勃遇水神助风》

见于罗隐《中元传》。见于《类说》卷三四《摭遗》中《滕王阁记》，元陈靓《岁时广记》卷三五《记滕阁》，委心子《新编分门古今类事》卷三引，但异文甚多。

77.《许旌阳斩蛟》

《历代仙史》卷二《晋仙列传许真君》、《历世真仙体道通鉴》卷二十六《许太史》、《太平广记》卷一一一等，俱有许真君相关事迹，但出入甚大。《警世通言》卷四十《旌阳宫铁树镇妖》、邓志谟《铁树记》等敷衍甚详。

146.《唐珏徇义录》

唐珏故事，见于《南村辍耕录》卷四"发宋陵寝"，《觅灯因话》卷二《唐义士传》、《西湖二集》第二十六卷《会稽道中义士》等，但与本篇有异。

第四节　未见于他书者十八篇

4.《吴贞女传》　待考。

7.《孙氏孝感录》　待考。

8.《孔琼英》　待考。

23.《严威误宿天妃宫记》　待考。

文中诗"谩吐芳心说向谁？欲于何处寄相思？相思有尽情难尽，一日都来十二时"，亦见于张竹坡评点本《金瓶梅》第二十八回《陈敬济徼幸得金莲　西门庆胡涂打铁棍》。

45.《王乔二生》　待考。

83.《洞霄遇仙录》　待考。

89.《求仙记》 待考。

96.《钱益学佛》 待考。

98.《云从龙溪居得偶》 待考。

《百家公案》第七回《行香请天诛妖妇》据此改编。

102.《卫生悔酒》 待考。

107.《许慕洁失节》 待考。

108.《柏长春月下见妻》 待考。

109.《杨允和记》 待考。

122.《猫精》 待考。

135.《白犬报冤记》 待考。

137.《钱长者阴德传》 待考。

139.《董生恶心》 待考。

《觅灯因话》卷一《桂迁感梦录》部分情节似受此影响。

140.《陈氏妒悍》 待考。

《百家公案》第六回《判妒妇杀妾子之冤》据此改编。

第三章　《稗家粹编》与《玄怪录》研究

牛僧孺《玄怪录》和李复言《续玄怪录》是中国古代著名的传奇小说集，深刻影响了后世的小说和戏曲创作。《玄怪录》全本已佚，今存明陈应翔四卷本和崇祯年间高承埏《稽古堂群书秘简》十一卷本，俱是44篇。另外《太平广记》尚有13篇引作《玄怪录》，但不见于今存本。《稗家粹编》选收《玄怪录》13篇《续玄怪录》3篇，成为"玄怪"系列的重要选本，具有重要的研究价值。

第一节　《稗家粹编》是《玄怪录》的重要选本

《玄怪录》是中唐时期承上启下、极为重要的一部传奇小说集，不仅在当时名气很响，而且对后世的影响也很大。《太平广记》《类说》《异闻总录》《古今说海》《才鬼记》《绀珠集》《艳异编》《五朝小说》《绿窗女史》《情史》《古今谭概》《说郛》《逸史搜奇》等都选录了该书。[1]

（一）《太平广记》收录《玄怪录》37篇：

现见于明刻本《玄怪录》的有:《巴邛人》、《崔书生》、《张左》、

1　参见程毅中重校本《玄怪录》"前言"，中华书局2006年版。

《董慎》、《南缵》、《顾总》、《刘讽》、《李泌》(改题《许老翁》)、《齐饶州》、《周静帝》(改题《居延部落主》)、《古元之》、《曹惠》、《元无有》、《侯通》、《萧志忠》、《来君绰》、《滕庭俊》、《杜子春》、《张老》、《尼妙寂》、《刁俊朝》、《刘法师》、《柳归舜》、《裴谌》。《郭代公》一篇，乃同名异文。

未见于明刻本《玄怪录》的有：《杜巫》、《崔尚》、《郑望》、《元载》、《魏朋》、《窦玉》(收入《续玄怪录》)、《岑顺》、《韦协律兄》、《苏履霜》、《景生》、《崔绍》、《卢顼表姨》、《淳于矜》。

(二)《逸史搜奇》收录《玄怪录》26篇：

《齐饶州》、《裴谌》(改题《王恭伯》)、《崔环》、《董慎》、《郭代公》、《杜子春》、《吴全素》、《张老》、《柳归舜》、《张宠奴》、《尹纵之》、《顾总》、《党氏女》、《李沈》、《尼妙寂》、《开元明皇幸广陵》(改题《叶仙师》)、《许元长》、《刘讽》、《叶天师》、《华山客》、《刁俊朝》、《元无有》、《掠剩使》、《马仆射总》、《岑曦》、《韦氏》(改题《张楚金》)。

(三)《古今说海》收录《玄怪录》6篇：

《杜子春》、《裴谌》(改题《王恭伯》)、《齐饶州》(改题《齐推女传》)、《郭代公》(改题《乌将军传》)、《柳归舜》、《吴全素》(改题《知命录》)。

(四)《异闻总录》收录《玄怪录》6篇：

《董慎》《南缵》《齐饶州》《张宠奴》《叶氏妇》《李沈》。

(五)《广艳异编》收录《玄怪录》10篇：

《来君绰》(改题《科斗郎君》)、《曹惠》(改题《轻素轻红》)、《滕庭俊》(改题《和且耶》)、《张左》(改题《兜玄国》)、《侯通》《刁俊朝》、《齐推女》、《华山客》(改题《党超元》)、《尹纵之》、《王煌》。

未见于44篇者：《岑顺》(改题《金象将军》)。

但笔者发现，《稗家粹编》收录《玄怪录》12篇：《尼妙寂》《韦氏》《吴全素》《萧志忠》《掠剩使》《崔书生》《杜子春》《裴谌》《王煌》

《郭代公》《尹纵之》《华山客》。《稗家粹编》另收《续玄怪录》3 篇：
《麒麟客》《王煌》《薛伟》。

　　在今所见本 44 篇中，除《太平广记》收录 25 篇、《逸史搜奇》
26 篇外，以《稗家粹编》收录 12 篇最多，而且《韦氏》一篇仅见于《稗
家粹编》和《逸史搜奇》，未被《太平广记》收录。《稗家粹编》与《太
平广记》仅有 5 篇相同，7 篇不同；《稗家粹编》与《逸史搜奇》仅
9 篇相同，3 篇不同。可见《稗家粹编》是《玄怪录》重要的选本。

　　另外，《类说》节选《玄怪录》25 篇[1]，数量虽多，但系节选，参
校意义不大。韩国学者宋伦美《唐人小说玄怪录研究》谈到《绀珠集》
和陶颋重编《说郛》收录引用 18 条，情况类似，不赘。

第二节　《稗家粹编》与《玄怪录》的重要异文

　　以陈应翔本为底本的《玄怪录》整理本，现有四种，区别不大。[2]
中华书局 2006 年新版的程毅中重校本，以崇祯年间高承埏《稽古堂
群书秘简》为底本，在底本的选择和校勘方面都有长足的进步，是

1　《类说》节选《玄怪录》25 篇，具体是：《杜子春》（题《贫居膏肓》）、《郭代公》（题
　　《乌将军娶妻》）、《张老》（题《韦女嫁张老》）、《尼妙寂》（题《申兰申春》）、
　　《崔环》（题《人矿院》）、《柳归舜》（题《君山鹦鹉》）、《崔书生》（题《王
　　母女玉卮娘子》）、《来君绰》（题《威污蠖》）、《曹惠》（题《轻红轻素二冥器》）、
　　《顾总》（题《死刘桢庇生顾总》）、《刘讽》（题《女郎传鸾脑令》）、《董慎》（题
　　《三耳秀才》）、《张左》（题《兜玄国》）、《叶天师》（题《胡僧咒海水》）、《萧
　　志忠》（题《滕六降雪巽二起风》）、《侯遹》（题《黄石化金》）、《巴邛人》（题《橘
　　中之乐不减商山》）、《刁俊朝》（题《瘿中猱》）、《古元之》（题《和神国》）、《掠
　　剩使》（题《陇右山川掠剩史》）、《开元明皇幸广陵》（题《明皇观扬州上元》）、
　　《华山客》（题《冢狐学道成仙》）、《尹纵之》（题《女留青花履》）、《王煌》
　　（题《娶耐重鬼》）；未见于 44 篇者：《狐诵通天经》。
2　程毅中点校本（中华书局 1982 年版），姜云、宋平校注本（上海古籍出版社 1995 年版），
　　李时人编校《全唐五代小说》本（陕西人民出版社 1998 年版），穆公校点《唐五代
　　笔记小说大观》本（上海古籍出版社 2000 年版）。

当前最高水平的《玄怪录》整理本。陈本和高本内容和篇数同，仅有文字差异，但是高本"更为完善，错误更少"。试举几例：

一是补阙。如陈本卷一《韦氏》："惟妻与妇□死，配役掖庭十八年，则天因降诞日，大纵籍役者，得□例焉。"此处阙文，所有已出点校本都没有配补，然而高本中二阙字分别是"免"和"随"，义通。陈本卷三《掠剩使》"人之转货求丐也，命当即□，忽遇物之箱稀"句，陈本"模糊"而致阙，据高本知，阙"叶"字，读如协，作"相合"之意；"箱"，作"简"。陈本卷四《马仆谢总》"乃从故道"之后阙76字，高本则完整无缺。

二是释疑。《韦氏》："恸哭开户，宛如故居之地，居之九年前从化。"以前普遍认为此句有脱误。高本作："居之九年，前后从化。""从化"即去世之义（如《高僧传》卷第十云："诃罗竭者……元康八年端坐从化"），本句指"居住九年，（妻、妇）先后去世"，就很好理解了。

陈本《掠剩使》："璞曰：'本司廨署，置在汧陇，阻吐蕃，将来虑其侵轶，当与阴道京尹，共议会盟。'"阴司之"廨署""置在汧陇"与"阻吐蕃"，其关系殊是费解。但高本为"本司廨署，置在汧陇间。吐蕃将来，虑其侵轶，当与阴道京尹，共议会盟"，却无此疑义，"阻"与"間"（"间"之繁体）形近而讹，当是。

再如《王煌》，《全唐五代小说》以陈本为底本，在第924—927页出校如下：

（1）煌召左右师骑。

出校："师骑"，疑为"饰骑"。

今高本即作"饰骑"。

（2）曰："郎何所偶，致形神如久耶？"
　　出校："久"，疑为"此"字。

今高本即作"此"。

（3）煌心不悦，以所谋之事未果，白不遗人请归，其意尤切。
　　出校：此句难解，疑有脱误。

"白不遗人请归"，高本作"白衣遣人请归"，即前文的"白衣姬"，文义即通。明显是"衣"讹作"不"，"遣"讹作"遗"。

（4）及时，煌坐堂中，芝田妖恨来。
　　出校："恨来"，疑此处脱字。

"恨来"，高本即作"果来"，前面已说"明日午时，芝田妖当来"，义通。

（5）例三千年一替。
　　出校：年，底本原阙，据《类说》补。

高本有"年"字。
显然，《全唐五代小说》出校的地方，高本其义都通。
另外还有一处为陈本所缺，《全唐五代小说》本无法出校的：

（6）汝可视其形状，非青面耐重鬼，即赤面者也。入反坐汝郎，郎必死。死时视之，坐死耶？

　　高本在"坐死耶"后面有"卧死耶"三字。单纯看来，陈本没有大失，但是与下文"煌得坐死，满三千年亦当求替。今既卧亡，终天不复得替矣"联系起来，"坐死"和"卧死"有不同的后果，那么，高本前后照应，自是更胜一筹。

　　高本之精善，由此可见。

　　程毅中以高本为底本，参校各本，择善而从，实际上组合成了一个新的《玄怪录》"百衲本"。如卷一《杜子春》，在除去题解的27条校勘记中，就有"'从'，原作'念'，据《广记》改"等改动情况6处。而且，程先生不仅仅是文字校勘，往往独具只眼，如认为《王煌》篇"鬼执煌，已死矣，问其仆曰"中"已死矣，问其仆"六字为衍文，极有见地。新点校本确实为我们提供了《玄怪录》研究最完善、最有价值的本子。

　　但是，稍有遗憾的是，《玄怪录》的另一个重要选本《稗家粹编》，新点校本没有提及。

　　《稗家粹编》本中"敬"作"恭"，"贞元"作"元和"等，往往避宋讳而改，未回改，应出宋本。《稗家粹编》本所收篇目，俱见陈本和高本，并且题目一致，应同源。

　　《稗家粹编》本《杜子春》中有"未顷火息而已"句，"火息"之后应有脱文。依陈应翔本、高承埏本，则脱"道士前曰出吾子之心喜怒哀惧恶欲皆能忘也所未臻者爱"24字；按《太平广记》本，则脱"道士前曰吾子之心喜怒哀惧恶欲皆忘矣所未臻者爱"22字。《稗家粹编》本此处所脱为跳行，那么《稗家粹编》本所据宋本，可能是24字或者22字一行。

　　上举的《韦氏》《掠剩使》《王煌》诸篇，《稗家粹编》本与高本同，我们完全可以用来补阙和释疑，且高本在《稗家粹编》之后刊行，更见《稗家粹编》本之价值。

而且，《稗家粹编》与高本也并非文字全同，且有多处胜于高本等。试举几条：

1.《裴谌》

《稗家粹编》：及京奏事毕，得归私第，请赵，竟怒曰……

"请赵"，陈本、高本、《太平广记》卷十七、《艳异编》（四十卷本）卷四、《古今说海》说渊二八、《逸史搜奇》丙集卷七、《一见赏心编》卷七等均作"诸赵"。

他本"诸赵兢怒"，让人以为有好几个赵姓女子，但是文中无指。"请"与"诸"，应形近而讹。《稗家粹编》本合情合理，且无歧义。李剑国《唐五代传奇集》据《太平广记》孙校本作"诣"，更通。[1]

2.《萧志忠》

《稗家粹编》："河东县尉崔知之第三妹，美淑媚绥。"

"媚绥"，陈本、高本、《广艳异编》作"媚缓"，《太平广记》《一见赏心编》作"娇艳"，《逸史搜奇》作"妖媚"。然《诗经·有狐》："有狐绥绥，在彼淇梁。"《诗经·南山》："南山崔崔，雄狐绥绥。"《寿康宝鉴》："玗鹑之奔奔求偶，狐之绥绥求媚。"《剪灯新话》卷二《牡丹灯记》："狐绥绥而有荡，鹑奔奔而无良。"《稗家粹编》更有出处。"绥"与"缓"应是形近而讹。

3.《郭代公》

《稗家粹编》：乡人治具相庆，会钱以酬公。公不受，曰："吾

1　李剑国：《唐五代传奇集》，中华书局 2015 年版，第 1065 页。

为人除害，非罴猎者。"

"治具相庆"，陈本和高本《玄怪录》《一见赏心编》《逸史搜奇》、《古今说海》等作"翻共相庆"，且"翻共"，语意不明。"钱"，陈本和高本《玄怪录》《一见赏心编》《逸史搜奇》《古今说海》等作"饯"。

除妖得胜，会餐以示庆贺，自然不必太推辞。但如果因除妖而接受会钱酬谢，则似乎太重。与诸本相比，《稗家粹编》本略胜一筹，且与下文"罴猎者"呼应。"钱"与"饯"亦是形近而讹。

4.《崔书生》

（1）《稗家粹编》：母在旧居，殊不知崔生纳室。以不告而娶归，启迎慈母。见女郎，女郎为妇之礼甚具。

按：诸书均收录，但异文甚多。

陈本：母在旧居，殊不知崔生纳室。以不告而娶，但启聘媵。母见女郎，女郎悉归之礼甚具。

高本：母在旧居，殊不知崔生纳室。以不告而娶归，但启聘媵。母见女郎，新妇之礼甚具。

《太平广记》：崔生母在故居，殊不知崔生纳室。崔生以不告而娶，但启以婢媵。母见新妇之姿甚美。

《一见赏心编》：崔生母在旧居，殊不知崔生纳室。崔生不告而娶，但启以婢媵。母见新妇之容仪礼甚备。

《艳异编》：母在旧居，殊不知崔生纳室。以不告而娶归，但启聘媵。母见女郎，新妇之容仪礼甚备。

据前文可知，崔生居东州逻谷口，其母仍在旧居。高本等似乎是崔生娶妇后回乡见母。而《稗家粹编》本是迎接母亲到逻谷口相会，

与下文"女郎乘马，崔生从送之，入逻谷三十余里"相合。诸本崔
生告母所娶为媵，对玉卮娘子带有欺骗性质，《稗家粹编》本则无此
义，并且强调了新妇的"为妇之礼"，导启下文玉卮娘子无辜被责。
相比而言，《稗家粹编》本语义最顺畅，且与下文崔母言"汝所纳新妇"
相对应。《稗家粹编》为胜。

（2）《稗家粹编》：青衣百许，迎拜女郎曰："小娘子，无行
崔生，何必将来！"于是独入，留崔生于门外[1]。

"独入"，诸本均作"捧入"。按："捧入"，有费解之处。在《稗
家粹编》本中，崔生因"无行"而不准入，玉卮娘子独入，很合情理。
而且，在结构搭配上，"独入"也与"留崔生于门外"相对应。可见
《稗家粹编》本较胜。

5.《尹纵之》

《稗家粹编》：女泣曰："妾父母严，闻此恶声，不复存命。
岂以承欢一宵，遂令死谢？缱绻之言，声未绝矣，必忘陋拙。
许再侍枕席，每夕尊长寝后，犹可潜来。"

"缱绻之言，声未绝矣，必忘陋拙。"高本作："缱绻之言，声未
绝耳，不忘陋拙。"
一说"不忘"，一说"必忘"，二者语意相反，但是高本语意平淡，
《稗家粹编》本则道出封建时代女性常常遭遇始乱终弃的悲苦处境，
涵义更加丰富。《稗家粹编》本似更好。

---

1 或可断作："青衣百许，迎拜女郎。曰：'小娘子无行，崔生何必将来！'于是独入，
留崔生于门外。"直接对崔书生而言，语带怨言。语义似可通。

当然，《稗家粹编》本也有似误之处，存而待考。

如《崔书生》："入逻谷三十余里，山间有川，川中异香珍果，不可胜纪。"两"川"字，《稗家粹编》本俱作"门"字，可能是形近而误。

再如《韦氏》结尾，高本、陈本和《逸史搜奇》本等作："噫！梦信足征也，则前所叙扶风公之见，又何以偕焉。"《稗家粹编》作："噫！梦信足征也，则人所叙凡梦中之见，又何以谐焉。""扶风公"即《玄怪录》卷三《张左》篇之扶风人申宗。既云"前所叙"，那么《张左》当在《韦氏》之前，但是今本在后，现在许多学者往往据此认为《玄怪录》并非旧本。《稗家粹编》异文，文义俱通，但亦有删改嫌疑。如果真是原本，则《玄怪录》非旧本之说不成立矣。

第三节 《稗家粹编·萧志忠》中严含质咏诗异文

《稗家粹编》卷四《萧志忠》中严含质所咏诗：

下玄八千亿甲子，丹飞先生严含质。
谪下中天被斑革，六十万甲子血食涧饮。
厕猿狄，下浊界，景云元祀升太一。

存在问题颇多。

一是在时间上异文颇多。"六十万甲子"，陈本、《广艳异编》、《逸史搜奇》与《稗家粹编》同。但谈本《太平广记》《一见赏心编》作"六十甲子"，高本、许本《太平广记》作"六千甲子"，殊是令人费解。

二是在字数和押韵、文义上无法周全。《太平广记》通行本断作

"六十【许本十作千——原注】甲子血食洞，饮厕猿狄下浊界"[1]，似有强断和句意不清之嫌；《全唐诗》卷八六七收入严含质二首，本篇题作《题壁》，作"谪下中天被斑革，六十甲子。血食洞饮厕猿狄，下浊界"，字数太参差；程毅中校注高本断作"六千甲子血食洞饮，厕猿狄，下浊界"，句意清楚，但是出现八字句，也不理想。此诗很可能有阙文或者衍文。

《一见赏心编》引录该诗时作：

下玄甲子八千亿，丹飞先生严含质。
谪下中天被斑革，六十甲子享血食。
饮厕猿狄下浊界，景云元纪升太乙。[2]

整首诗是非常齐整的格式。

冯梦龙也许看出此诗存在疑问，在《太平广记钞》卷七十六中将之删改为：

下玄八千亿甲子，丹飞先生严含质。
谪下中天被斑革，景云元纪升太一。[3]

1　汪绍楹点校：《太平广记》，中华书局1961年版，第3606页。张国风点校：《太平广记》，燕山出版社2011年版，第7909页。
2　洛源子编集：《一见赏心编》，台湾政治大学古典小说研究中心编：《明清善本小说丛刊初编》，台湾天一出版社1985年版。
3　冯梦龙：《太平广记钞》（四），载魏同贤主编：《冯梦龙全集》，上海古籍出版社1993年版，第3425页。

第四章 《稗家粹编》与《剪灯新话》研究

明瞿佑《剪灯新话》出版之后,影响很大,版本方面也颇为复杂。由于现存《剪灯新话》几种传本,底本相同,文字几乎相同,较少校勘价值。《稗家粹编》等收录《剪灯新话》的篇目,与通行本有异文几百处,具有重要的校勘价值,有利于探讨《剪灯新话》的版本与成书以及瞿佑的晚年心态。

第一节 《稗家粹编》与《剪灯新话》的版本及成书

一 《稗家粹编》是《剪灯新话》的重要选本

《剪灯新话》曾被多种选本选收,广泛流传。主要有以下几种:

1.《艳异编》收6篇:《联芳楼记》《渭塘奇遇》《绿衣人传》《滕穆醉游聚景园记》《金凤钗记》《双头牡丹灯记》(《剪灯新话》原作《牡丹灯记》)。

2.《广艳异编》收2篇:《灵光夜游录》(《剪灯新话》原作《鉴湖夜泛录》)、《翠翠传》。

3.《绣谷春容》收1篇:《联芳楼记》。

4.《万锦情林》收5篇:《成令言遇仙记》《联芳楼记》《秋香

亭记》《王生渭塘奇遇记》《滕穆醉游聚景园记》。

5. 何大抡本《燕居笔记》收 6 篇:《爱卿传》《金凤钗记》《联芳楼记》《牡丹灯记》《滕穆醉游聚景园记》《王生渭塘奇遇记》。

6. 林近阳本《燕居笔记》收 4 篇:《成令言遇仙记》《联芳楼记》《滕穆醉游聚景园记》《王生渭塘奇遇记》。

7. 余公仁本《燕居笔记》收 6 篇:《爱卿传》《渭塘奇遇》《绿衣人传》《滕穆醉游聚景园记》《鉴湖夜泛录》《秋香亭记》。

8.《稗家粹编》收 11 篇:《兰蕙联芳记》《秋香亭记》《渭塘奇遇记》《永州野庙记》《成令言遇织女星记》《修文舍人传》《太虚司法传》《富贵发迹司志》《牡丹灯记》《金凤钗记》《绿衣人传》。

《稗家粹编》所收篇目最多,超过《剪灯新话》全书的一半。且《永州野庙记》《修文舍人传》《太虚司法传》《富贵发迹司志》等 4 篇不见于他本。《稗家粹编》确实是《剪灯新话》的重要选本。

北京师范大学图书馆藏乾隆辛亥（1791）刻本《剪灯丛话》和咸丰辛亥（1851）刻本《秋灯丛话》收录了《剪灯新话》21 篇,国家图书馆藏同治十年文盛堂本《剪灯丛话》收了除《华亭逢故人》外的 20 篇,文字俱与《稗家粹编》本接近,仅有部分差异,而与《剪灯新话句解》本甚远。

《稗家粹编》收录《剪灯余话》3 篇，与通行本同，不赘。

二 《稗家粹编》与《剪灯新话》的异文及版本

关于《剪灯新话》的版本，乔光辉和日本学者市成直子进行了梳理[1]:洪武、永乐年间《剪灯新话》存在刻本；瞿暹刻本在正统七

---

[1] 〔日〕市成直子:《关于〈剪灯新话〉的版本》,《上海大学学报》（社科版）1995 年第 3 期；乔光辉:《〈剪灯新话〉的版本流变考述》,《中国典籍与文化》2006 年第 1 期。

年前后或稍后的天顺年间；现存《句解》本底本为瞿佑晚年重校本，即胡子昂本；朝鲜所藏《句解》本以瞿暹刻本为底本；日本内阁文库《句解》本乃翻刻本；诵芬室刊本以中国残本校以日本《句解》本而成，实为"杂烩本"；今周楞伽校注本《剪灯新话》[1]，主要依诵芬室本，又有所妄改。乔光辉后来又发现，黄正位刊本《剪灯新话》为早期刻本。[2]

《稗家粹编》收录《剪灯新话》11篇，与《句解》本有异文400多处。经查，异文普遍皆通。大致可分为三类：

第一，《稗家粹编》本胜于《句解》本者。

1.《太虚司法传》

　　遥望野中，灯烛荧煌，诸人揖让而饮。驰往赴之。(《稗家粹编》、黄正位刊本)

　　遥望野中，灯烛荧煌，诸人揖让而坐。喜甚，驰往赴之。(《句解》)

　　按："揖让而饮"与"揖让而坐"并无高下之分，然与下文"诸鬼怒曰：'吾辈方此酣畅，此人大胆，敢来冲突！正当执之以为脯卤耳'"联系起来，前后照应，《稗家粹编》本作"饮"字较好。

2.《金凤钗记》

　　防御谓生曰："郎君父母既殁，家业凋零。今既来此，可便于吾家宿食。故人之子，即吾子也，勿以兴娘殁故，自同外人。"

1　周楞伽校注：《剪灯新话》（外二种），上海古籍出版社1981年版。
2　乔光辉：《由黄正位刊本看瞿佑晚年对〈剪灯新话〉的重校》，《明清小说研究》2011年第2期。

（《稗家粹编》）

　　防御谓生曰："郎君父母既殁，道途又远。今既来此，可便于吾家宿食。故人之子，即吾子也，勿以兴娘殁故，自同外人。"（黄正位刊本、《句解》）

　　按："父母既殁，家业凋零"而求"宿食"的理由显然要比"父母既殁，道途又远"合理。如果家业尚在，可以图身，又何必担心路途遥远呢？《稗家粹编》本胜于《句解》本。

　　女赧然作色曰："吾父以子侄之礼待汝，置汝门下，而汝于深夜诱我至此，将欲何为？我将诉之于父，讼汝于官，必不恕汝矣。"生惧，不得已而从焉。（《稗家粹编》）

　　女忽頮尔怒曰："吾父以子侄之礼待汝，置汝门下，而汝于深夜诱我至此，将欲何为？我将诉之于父，讼汝于官，必不舍汝矣。"生惧，不得已而从焉。（《句解》）

　　黄正位刊本则杂糅，既取《稗家粹编》本的"赧然作色"，又取《句解》本的"必不舍汝矣"。

　　按："诉之于父，讼汝于官"是要挟，《稗家粹编》本"必不恕汝"的意思就是决不宽恕，其力度要大于《句解》本死皮赖脸式的"必不舍汝"，而且人物性格表现得更加鲜明。《稗家粹编》本似胜。

　　3.《太虚司法传》

　　天府以吾正直，命为太虚司法，职务繁冗，不得复再来人世矣。（黄正位刊本、《稗家粹编》）

　　天府以吾正直，命为太虚殿司法，职任隆重，不得复再来

人世矣。(《句解》)

"职务繁冗"而"不得复再来人世"的理由,显然比"职任隆重"充分。《稗家粹编》胜。

第二,《句解》本胜于《稗家粹编》本者。

1.《太虚司法传》

> 他如《左传》所纪晋景之梦,信有之,皆是物也。(黄正位刊本、《稗家粹编》)
>
> 他如《左传》所纪晋景之梦、伯有之事,皆是物也。(《句解》)

这里牵涉到"病入膏肓"和"相惊伯有"两个成语典故。《左传·成公十年》:(晋景)公梦疾为二竖子,曰:"彼良医也,惧伤我,焉逃之?"其一曰:"居肓之上膏之下,若我何!"伯有是春秋郑国大夫良霄之字。据《左传》可知:伯有贪愎而多欲,子晳好在人上,二子不相得。子晳攻伯有,伯有出奔,驷带率国人以伐之,伯有死。其后九年,郑人相惊以伯有,曰:"伯有至矣。"则皆走,不知所往。后岁,人或梦见伯有介而行,曰:"壬子,余将杀带也。明年壬寅,余又将杀段也。"及壬子之日,驷带卒,国人益惧。后至壬寅日,公孙段又卒,国人愈惧。子产为之立后以抚之,乃止。后子产解释伯有因强死而为厉鬼。可见,《稗家粹编》本有缺,《句解》文字内容胜。

2.《富贵发迹司志》

> 太师达理月沙颇知书好士,友仁献策于马首,称其意,荐于脱公。即署随军参谋,车马仆从,一旦赫然。及脱公征还,

友仁遂仕于朝，践履馆阁，经历省院，可谓贵矣。(《稗家粹编》、
黄正位刊本)

　　大帅达理月沙颇知书好士，友仁献策于马首，称其意，荐
于脱公。即署随军参谋，车马仆从，一旦赫然。及脱公征还，
友仁遂仕于朝，践历馆阁，翱翔省部，可谓贵矣。(《句解》)

　　按："太师"，《句解》作"大帅"。太师是正一品，大帅则是旧
时对高级统兵官的尊称。

　　元人石普，与何友仁经历非常类似，但系讨徐州而非伐高邮：
"石普，字元周，徐州人。至正五年（1345）进士，授国史院编修官，
改经正监经历。淮东、西盗起，朝廷方用兵，普以将略称，同金枢
密院事董钥尝荐其材，会丞相脱脱讨徐州，以普从行。徐平录功，
迁兵部主事，寻升枢密院都事，从枢密院官守淮安。"[1]

　　元丞相脱脱统兵讨伐张士诚起兵事，见《元史》本传："十二
年，红巾有号芝麻李者，据徐州。脱脱请自行讨之……遂屠其城。
帝遣中书平章政事普化等即军中命脱脱为太师，依前右丞相，趣还
朝。十四年，张士诚据高邮，屡招谕之不降。诏脱脱总制诸王诸省
军讨之。……十一月，至高邮。辛未至乙酉，连战皆捷。分遣兵平
六合，贼势大蹙。俄有诏罪其劳师费财……削其官爵，安置淮安。……
十五年三月，台臣犹以谪轻，列疏其兄弟之罪，于是诏流脱脱于云
南大理宣慰司镇西路……十二月己未，哈麻矫诏遣使鸩之，死，年
四十二。"[2]

　　据此可知，脱脱曾封太师，但没有等到征张士诚之役结束即被罢。
可见"脱公征还"乃虚构。将达理月沙的职务安排为大帅，较吻合"友

1　《元史》卷一九四《列传》第八十一，中华书局1976年版，第4404—4405页。
2　《元史》卷一三八《列传》第二十五，第3346—3348页。

仁献策于马首”和向上“荐于脱公”的用人过程。《句解》本较胜。

3.《王生渭塘奇遇记》

> 芙蓉十数本,颜色或深或浅,红萏绿水,上下相映,白鹭一群,游泳其下。(《稗家粹编》)
> ……白鹅一群,游泳其下。(黄正位刊本)
> ……白鹅一群,游泳其间。(《句解》)

白鹭为野生,而白鹅为家禽。若白鹭一群,则其地应偏僻,少人;为白鹅一群,则近有人家。渭塘有酒家,以《句解》为佳。

4.《永州野庙记》

> 如或不然,则风雨暴至,云雾昼暝,咫尺不辨,随失其人。如是者有年矣。(黄正位刊本、《稗家粹编》)
> 如或不然,则风雨暴至,云雾晦暝,咫尺不辨,人物行李,皆随失之。如是者有年矣。(《句解》)

“随失其人”,《句解》作“人物行李,皆随失之”,佳。

《龙图公案》第九十九则“玉枢经”对《永州野庙记》的改写是“不然,风雨暴至,云雾昼暝,咫尺不辨,随失其人,如是者有年”,与《稗家粹编》本最接近。

5.《绿衣人传》

> 天水赵源,早丧父母,未有妻室。游学至于钱塘……(黄正位刊本、《稗家粹编》)
> 天水赵源,早丧父母,未有妻室。延祐间,游学至于钱塘……

（《句解》）

按:"延祐"为元仁宗年号,在1314—1320年之间。《句解》本"未有妻室"后有"延祐间"三字,故事发生就比较具体了,《句解》当胜。

第三,《稗家粹编》和《句解》本各有千秋者。

1.《太虚司法传》

> 遇一兰若,急入投之,东西廊并无一人,殿上惟有佛像一躯,质状甚伟。大异计穷,见佛背有一穴,遂窜身入穴。佛言:"彼求之不得,吾不求而自得,今夜好顿点心,不用食斋也!"(黄正位刊本、《稗家粹编》)

> 遇一废寺,急入投之,东西廊并皆倾倒,惟殿上有佛像一躯,其状甚伟。见佛背有一穴,大异计穷,遂窜身入穴,潜于腹中,自谓得所托,可无虞矣。忽闻佛像鼓腹而笑曰:"彼求之而不得,吾不求而自至,今夜好顿点心,不用食斋也!"(《句解》)

按:"兰若"指寺院,是梵语"阿兰若"的省称,即比丘所居住的寺院总称。《句解》作全知视角,知是废寺;《稗家粹编》本采用限知视角,遇一寺庙而入,发现"东西廊并无一人",始知是"废寺",突出了恐怖和喜剧效果,应胜。但是《句解》添加了大异的心理描写"潜于腹中,自谓得所托,可无虞矣",然而却是自投罗网,颇见喜剧效果,而下文佛像"为门限所碍,蹶然仆地,土木狼藉,胎骨粉碎矣","自掇其祸",喜剧效果更浓,又显然是《句解》为胜。若将二者结合起来,则兼美矣。

再按:《剪灯新话》清江堂刊本插图文字作"大异被赶,急投兰若",与正文有异。

2.《富贵发迹司志》

> 因谒城隍祠，过东庑，见一司，题额曰："富贵发迹司。"（黄正位刊本、《稗家粹编》）
>
> 因谒城隍祠，过东庑，见一案，榜曰："富贵发迹司。"（《句解》）

按："司"，《句解》作"案"。"额"，《句解》作"榜"。与下文"祷毕，跧伏案幕之下"，"友仁始于案下匍匐而出，拜述厥由"联系起来，似乎用"案"较好。但是，"侧闻大王主富贵之案，掌发迹之权"；"惟友仁所处之司，不见一人，亦无灯火"，又似乎应该是"司"为好。

3.《秋香亭记》

> 又叙其始终离合之迹，以附于古今传记之末。（黄正位刊本、《稗家粹编》）
>
> 仍记其始末，以附于古今传奇之末。（《句解》）

按：此处异文可以体现瞿佑的文艺观，即对《剪灯新话》的文体定位问题。显然，早期瞿佑认为所作是"传记"，后来才改称"传奇"。但是人们还是将《剪灯新话》视为"传记"体。如胡子昂《〈剪灯新话〉卷后记》："就中舛误颇多，特为旁注详明，遂俾旧述传记，如珠联玉贯，焕然一新，斯文之幸耶！"《百川书志》六《史部·小史》："《剪灯新话》四卷，附录一卷。钱塘瞿佑宗吉著，古传记之派也。托事兴辞，共二十一段。"

《秋香亭记》的《稗家粹编》本与《句解》本重要异文很多，下节再详论。

　　总之，从异文的角度和难度可以看出，刻者（抄者）或者书坊既不必要也无须如此修改；刻者（抄者）或者书坊既无如此水平，也无如此时间和精力；而且异文普遍文义俱通，这些都表明，《稗家粹编》本和《句解》本异文都是作者所为。《稗家粹编》本是《剪灯新话》校勘的一个重要本子，不容忽视。

　　而且，我们还可以发现，二者异文的内容变化，非常符合作者前后的创作心态。

　　永乐十九年（1421）正月，距《剪灯新话》成书 44 年之后，时届 75 岁高龄的瞿佑曾与胡子昂等人校正过《剪灯新话》。瞿佑认为："盖是集为好事者传之四方，抄写失真，舛误颇多；或有镂版者，则又脱略弥甚。"[1] 如果确是这样，重校本的重点自然在改正"舛误""脱略"者方面。但是，今见所谓"舛误"者很少，"脱略弥甚"的情况仅见《牡丹灯记》一例。按照编辑惯例，《稗家粹编》本一般不删原文。《稗家粹编》对铁冠道人治祟之事极简，结尾部分仅 18 字（"居人大惧，后请四明山铁冠道人治之而灭焉"）一笔带过，《句解》本则详细描述，有很多情节：众人先往玄妙观谒魏法师求助；经法师指点向铁冠道人求助；铁冠道人下山、结坛拘女子与生并金莲到坛所；乔生、符女、金莲先后供状而被罚遣，字数达到 840 多字。此中原由，笔者将专文论述。胡子昂在《〈剪灯新话〉卷后记》结尾诗中说："牡丹灯下花妖丽，桂子亭前月色多。"但是，《稗家粹编》本和《句解》本中俱无花妖故事，似另有所本，或者已被删减。

　　《稗家粹编》与《句解》本的异文，其中较多、较大的变化，主要源于瞿佑的重新构思和修改。一般来讲，重新构思和修改的地方普遍较以前要好，但是随着创作环境的丧失和作者本人年高的影响，

1　《重校〈剪灯新话〉后序》，见《剪灯新话句解》附录，《古本小说集成》本。

亦有顾此失彼、前后失衡反而不及原先者。如：

1.《永州野庙记》

> 再经其处，则殿宇神像无存。问于村甿，则曰："某夜三更后，云雾晦冥，风雨大作，惟闻杀伐之声，惊动远近。明晨往视之，则神庙荡为灰炉，片尾不遗矣。一巨蛇长数十余丈，死于林木之下，而无其首。其余小蛇，死者无数。"（《稗家粹编》）

> 再经其处，则殿宇偶像皆荡然无遗。问于村甿，则曰："某夜三更后，雷霆风火大作，惟闻杀伐之声，惊骇叵测。旦往视之，则神庙已为煨烬。一巨白蛇，长数十余丈，死于林木之下，而丧其元。其余蚰虺螣蝮之属无数。腥秽之气，至今未息。"（《句解》）

按：《句解》对巨蛇添加白颜色的修饰，"蚰虺螣蝮之属"的各种蛇类的具体描述，以及"腥秽之气，至今未息"的渲染，远较《稗家粹编》本形象生动。《稗家粹编》本"云雾晦冥，风雨大作"，但《句解》改作"雷霆风火大作"与神庙被"煨烬"相对应，似乎更加准确。可见，《句解》本是在《稗家粹编》基础上的完善。

2.《成令言遇织女星记》

> 仙娥怃然曰："姮娥者，月宫仙女；后土者，地祇贵神；大禹开峡之功，巫山实佐之；而湘灵者，尧之女，舜之妃也。是皆贤圣之伦，贞烈之辈，乌有如世俗所谓哉？非若上元之降封陟，麻姑之过方平，兰香之嫁张硕，彩鸾之遇文箫，情欲易生，事迹难掩者也。"（黄正位刊本、《稗家粹编》、《广艳异编》）

> 仙娥怃然曰："嫦娥者，月宫仙女；后土者，地祇贵神；大禹开峡之功，巫神实佐之；而湘灵者，尧女舜妃。是皆贤圣之裔，

贞烈之伦，乌有如世俗所谓哉？非若上元之降封陟，云英之遇裴航，兰香之嫁张硕，彩鸾之遇文箫，情欲易生，事迹难掩者也。"（《句解》）

按："而湘灵者，尧之女，舜之妃也。是皆贤圣之伦，贞烈之辈"句，《句解》作"而湘灵者，尧女舜妃。是皆贤圣之裔，贞烈之伦"。细加分析，言湘灵为"贤圣之裔"可通，但是若嫦娥、后土（夫人）、巫神也都是"贤圣之裔"，就有不通之处了。《稗家粹编》笼统泛言姮娥、后土（夫人）、巫山（神女）、湘灵是"贤圣之伦，贞烈之辈"则通。

而"贤圣之裔"的说法，实是由下文所引起：

湘君夫人，贤圣之裔；李群玉者，果何人欤？（黄正位刊本、《稗家粹编》）

湘君夫人，帝舜之配，陟方之日，盖已老矣。李群玉者，果何人欤？（《句解》）

将《稗家粹编》的"湘君夫人，贤圣之裔"修改为《句解》的"湘君夫人，帝舜之配"后，就将未用到的原文"贤圣之裔"挪到前面了，但疏失也就产生了。这实在是修改时前后失应造成。

但《句解》将"麻姑之过方平"改换成"云英之遇裴航"，显然比《稗家粹编》更准确。麻姑为道教所信奉的元君、女真。唐杜光庭《墉城集仙录》云："麻姑，乃上真元君之亚也。"女仙位次中，麻姑仅在圣母元君（玄妙玉女）、金母元君（西王母）之后，显然属于地位较高的女仙。葛洪《神仙传》言麻姑与王方平仅在一起喝酒，没有亲昵关系。元赵道一《历世真仙体道通鉴》认为："麻姑，乃王方平之妹。"而上元与封陟、兰香与张硕、彩鸾与文箫、云英与裴航之间都有一段情感关系。所以,《句解》在《稗家粹编》基础上确实进一步完善。

3.《兰蕙联芳记》

　　　夏月于船头澡浴,亭亭碧波中微露其私嫪生之具,二女在楼于窗隙窥见之。(《稗家粹编》)
　　　夏月于船首澡浴,二女在楼于窗隙窥见之。(黄正位刊本《句解》)

　　按:《兰蕙联芳记》被众多书收录,但异文亦多。

　　　夏月于船首澡浴,二女于窗隙窥见之。(《国色天香》《绣谷春容》、何本《燕居笔记》)
　　　夏月于船首澡浴,二女在窗隙窥见嫪生之具。(《情史》)
　　　夏月于船首澡浴,亭亭碧波中微露其私嫪生之具,二女于窗隙窥见之。(《艳异编》)

　　《古今图书集成·闺媛传》所引,无"夏月澡浴"句:"生青年气韵温和,性质俊雅,二女在楼窥见,以荔枝一双投下。"

　　与《稗家粹编》文字同者有林本《燕居笔记》、《万锦情林》、《绿窗女史》《艳异编》《情史》五种;与《句解》本文字基本同者有《国色天香》《绣谷春容》《万锦情林》三种。

　　从以上诸本可以看出,《联芳楼记》初本应有"嫪生之具"等内容。如果没有,各种不同的版本当不会如此一致地添加。嫪生就是历史上与秦始皇母赵姬(赵太后)鬼混的嫪毐。嫪毐之阴特大:"吕不韦恐觉祸及己,乃私求大阴人嫪毐以为舍人,时纵倡乐,使毐以其阴关桐轮而行，令太后闻之，以唊太后。"[1] 在后世小说中，嫪毐成了阴大的典型。"嫪生之具"显然突出了情欲本能特征，有损才子佳人的浪漫情境。瞿佑晚年定稿加以修改，因"亭亭碧波中微露其私嫪生之具"有淫秽之嫌而将之删去，确是明智之举。

　　国色天香花两枝，芳心犹是未开时。娇容尚未经风雨，全仗东君好护持。（《稗家粹编》）

　　玉砌雕栏花两枝，相逢恰是未开时。娇姿未惯风和雨，吩咐东君好护持。（《句解》）

　　《万锦情林》《绿窗女史》、林本《燕居笔记》与《稗家粹编》同。《国色天香》《绣谷春容》《万锦情林》、何本《燕居笔记》与《句解》本同。

　　按：二诗诗境相同，但《句解》本稍含蓄。此诗之发蒙，似与《青琐高议》别集卷四《张浩 花下与李氏结婚》之"映日香苞四五枝，我来恰见未开时……"有关。但《警世通言》第二十九卷《宿香亭张浩遇莺莺》改编成"沉香亭畔露凝枝，敛艳含娇未放时……"时就已经失去了痕迹。

　　《句解》本对后世小说的影响最大，计有：

　　（1）《钟情丽集》：挽生就寝，因谓生曰："妾年殊幼，枕席之上，漠然无知，正昔人所谓'娇姿未惯风和雨，分付东君好护持'。望兄见怜，则大幸矣。"

　　（2）《孔淑芳双鱼扇坠传》：女口占诗一律："玉砌雕栏花一枝，相逢却是未开时。娇姿未惯风和雨，分付东君好护持。"

1　《史记》卷八十五《吕不韦列传》，中华书局 1959 年版，第 2511 页。

（3）《弁而钗·情烈记》第二回《云天章物色英雄　文雅全情输知己》曰："'娇花未惯风和雨，分付东君好护持。'是弟所哀恳于兄者。"云曰："敢不如命。"

（4）《包公案·五鼠闹东京》第二回《郑达教施俊读书》：撒帐之后，人皆散去，二人解衣就寝，行夫妇之礼。正是："花枝未惯风和雨，吩咐东君好护持。"

（5）足本《姑妄言》第十一卷：这丫头虽还未曾得了乐处，也就不似先那样苦辣。这正是："娇姿未惯风和雨，吩咐东君好护持。"

（6）《蕉叶帕》第八回《提往事洞房闹错　约相会衣上留题》："龙相公你须放些手段。小姐是熟路途，下子漏了网，半夜三更没寻处。我自回避去了。"正是："娇枝未惯风和雨，分付东君好护持。"

（7）郭小亭《济公全传》第二十五回《尹春香烟花遇圣僧　赵文会见诗施恻隐》：第三条上画的是一个女子，一位公子拉着手，仿佛要去安睡的样子。上面也有人题了四句诗："玉砌雕栏花两枝，相逢却是未开时。娇姿未惯风和雨，嘱咐东君好护持。"

（8）坑余生《续济公传》第三回《邓素秋落凤池避难　周公子勾栏院逢姣》：二人吃着酒，周公子看素秋果然花容月貌，心中甚喜。酒醉性狂，提笔作诗一首，写的是："红苞翠蔓冠时芳，天下风流属此香。一月饱看三十日，花应笑我太轻狂。"写罢鼓掌大笑，素秋亦和诗一首，是："玉砌雕栏花一枝，相逢恰是未开时。姣姿未惯风和雨，嘱咐东君好护持。"

　　帘外风微月色低，欢情摇动帐帏垂。轻狂好似莺穿柳，过了南枝又北枝。（《稗家粹编》）
　　宝篆香烟烛影低，枕屏摇动镇帷垂。风流好似鱼游水，才过东来又向西。（黄正位刊本、《句解》）

《万锦情林》《绿窗女史》、林本《燕居笔记》与《稗家粹编》同。
《国色天香》《绣谷春容》《万锦情林》、何本《燕居笔记》与《句解》
本同。

按：《稗家粹编》本中诗见于《传奇雅集》：

> 至夕，容携华手付生，生执其手，温软玉洁，狂喜不能自
> 制，乃与容、华同就寝所。生为华解衣，而容亦自脱，三人并枕。
> 容、华颇能诗，生索其吟咏。华吟曰："国色天香花一枝，相逢
> 犹是未开时。娇姿尚未经风雨，全赖东君好护持。"容吟曰："帘
> 外风微月色低，欢情摇动帐帷垂。轻狂好似莺穿柳，过了南枝
> 又北枝。"

陈益源认为《传奇雅集》是"中国传奇小说的大杂烩"[1]，确是。
此处诗句就是割裂照搬了《联芳楼记》。《传奇雅集》独见于《万锦情林》
下层卷六，而《万锦情林》刊行于万历二十六年（1598）之后，是选集，
虽然没有《句解》本流行，但是至少说明《稗家粹编》选文来源在
某一个《剪灯新话》版本中曾经出现过，并非《稗家粹编》编者的臆改。

洪武、永乐年间《剪灯新话》存在刻本，这是《剪灯新话》的
早期刻本（今已佚），也许就是瞿佑在序言中谈到的"抄写失真，舛
误颇多""脱略弥甚"的版本。乔光辉发现日本早稻田大学图书馆所
藏黄正位刊本独立于《句解》本系统，确证了早期刊本的存在。《剪
灯新话句解》是瞿佑为胡子昂等人校正过的版本系统，时间在瞿佑
70 多岁时，可以定为晚年本。《稗家粹编》选文来源可能是"好事者"
的抄本，或者是"镂版"本。《稗家粹编》本是否就是黄正位刊本，

1　参见《中国古代小说总目》（文言卷）"传奇雅集"条（陈益源撰），山西教育出
　　版社 2004 年版，第 43 页。

或者黄正位刊本是否被有所修改，尚不得而知。但《稗家粹编》来源于《剪灯新话》的早期刊本，应该确定无疑了。

三 《稗家粹编》本的异文与《剪灯新话》的成书形式

《剪灯新话》创作于洪武十一年（1378）初至六月间，大致半年左右。上文从《稗家粹编》和《剪灯新话句解》的异文何者为胜的角度来探讨，事实上，探讨异文何以发生也许更有意义。

笔者通过细致考辨发现，《稗家粹编》与《句解》本异文的形成实有多种原因，恰恰透露出《剪灯新话》早期刊本的信息。

（一）变动"或传闻未详，或铺张太过"之处

永乐十九年（1421），瞿佑曾为胡子昂等人校正过《剪灯新话》后写下后序，这样看待前作："彼时年富力强，锐于立言，或传闻未详，或铺张太过，未免有所疏率。今老矣，虽欲追悔，不可及也。"那么，瞿佑在校订时不可避免会考虑对"传闻未详"、"铺张太过"的"疏率"之处有所改动。

例一：《修文舍人传》

> 见颜（夏）驱高车，拥大盖，戴进贤冠，曳苍玉佩，衮衣绣裳，如侯伯气象。（黄正位刊本、《稗家粹编》）
> 见颜（夏）驱高车，拥大盖，峨冠曳珮，如侯伯气象。（《句解》）

例二：《修文舍人传》

> 奄忽以来，家事零替，内无应门之僮，外无好事之客。盗贼邻（佑）［右］之所攘窃，风雨鸟鼠之所毁伤，十不存一，甚可惜也。（黄正位刊本、《稗家粹编》）

奄忽以来，家事零替，内无应门之僮，外绝知音之士，盗贼之所攘窃，虫鼠之所毁伤，十不存一，甚可惜也。(《句解》)

例三：《富贵发迹司志》

是夜，东西两庑，左右诸曹，皆灯烛荧煌，人物骈杂，或施鞭扑而问勘，或遣吏卒而勾追，喧哄叫呼，洋洋盈耳。惟友仁所处之司，不见一人，亦无灯火。(黄正位刊本、《稗家粹编》)

是夜，东西两庑，左右诸曹，皆灯烛荧煌，人物骈杂。惟友仁所处之司，不见一人，亦无灯火。(《句解》)

例一《稗家粹编》本以旧友之眼观之，具体细微，见出欣羡之情；例二《稗家粹编》本将邻右置入"攘窃"队伍，"风雨"也毁伤纸张，有铺张之嫌；例三《稗家粹编》本具体描绘"灯烛荧煌，人物骈杂"的情形。上举三例可以看出，《稗家粹编》本细微、具体，略有铺张之嫌，而《句解》本文字简练，然亦过于概述和抽象，缺少神韵。

（二）涂抹因袭参考痕迹

瞿佑在六个月的时间完成《剪灯新话》，因袭和参考古代小说，也不失为一种快捷方式。

经查，《剪灯新话》明显受到唐传奇等前代小说影响者，主要有：

1.《申阳洞记》

一夕，风雨晦冥，失女所在，门窗户闶，扃锁如故，莫知所从往。

此处显然袭自《补江总白猿传》："尔夕，阴雨晦黑，至五更天，寂然无闻。守者怠而假寐，忽若有物惊寤者，即已失妻矣。关扃如故，莫知所出。"

2.《太虚司法传》

数日之内，蔡州有一奇事，是我得理之时也，可沥酒而贺我矣。

此处与杜光庭《虬髯客传》笔法同一："此后十年，当东南数千里外有异事，是吾得事之秋也。一妹与李郎可洒酒东南相贺。"

3.《滕穆醉游聚景园记》

生闻此言，审其为鬼，亦无所惧。

俎谢之人，久为尘土，若得奉侍巾栉，虽死不朽。

《异闻集·独孤穆》："及闻此言，乃知是鬼，亦无所惧。""俎谢之人，久为尘土，幸将奉事巾栉，死且不朽。"显然二者几乎雷同。

4.《牡丹灯记》

乔生于月下视之，颜貌无比。神魂飞荡，不能自制。乃尾之而去，或先之，或后之。(黄正位刊本、《稗家粹编》)

生于月下视之，韶颜稚齿，真国色也。神魂飘荡，不能自抑。乃尾之而去，或先之，或后之。(《句解》)

此处与沈既济《任氏传》极为相似："偶值三妇人行于道中，中有白衣者，容色姝丽。郑子见之惊悦，策其驴，忽先之，忽后之，将挑而未敢。"

通过下文考察《稗家粹编》与《句解》本的异文，更能清楚地发现和确认这种因袭、参考的状况。

1. 《金凤钗记》

> 自是暮隐而出，朝隐而入，往来于门侧小斋，几及一月。（《稗家粹编》、黄正位刊本）
> 自是暮隐而入，朝隐而出，往来于门侧小斋，凡及一月有半。（《句解》）

按：《莺莺传》云："自是复容之。朝隐而出，暮隐而入，同安于曩所谓西厢者，几一月矣。"杨氏清江堂本、《情史》卷九《吴兴娘》作"暮隐而入，朝隐而出"。相会时间段为晚上。

《稗家粹编》、黄正位刊本对《莺莺传》进行了修改，二人相会时间段为白天，但《句解》本似乎认为不尽合情理，又恢复原状。

《初刻拍案惊奇》卷二十三《大姊魂游完宿愿 小姨病起续前缘》改编时则沿袭《稗家粹编》："幸得女子来踪去迹甚是秘密，又且身子轻捷，朝隐而入，暮隐而出。只在门侧书房私自往来快乐，并无一个人知觉。"

2. 《富贵发迹司志》

> 独处暗中，将及半夜，忽闻呵喝之音，初远渐近，将及庙门，诸司判官，皆趋出迎之。及入，见红烛两行，仪卫甚严。府君朝衣端简，登正殿而坐。（黄正位刊本、《稗家粹编》）
> ……及入，见纱笼两行，仪卫甚盛。府君朝服端简，登正殿而坐。（《句解》）

按：二者文意俱通。《剪灯新话》本《申阳洞记》有类似情节："未及瞑目，忽闻传导之声，自远而至。……须臾，及门，有二红灯前导，为首者顶三山冠，绛帕首，披淡黄袍，束玉带，径据神案而坐。"

但"朝衣端简"与《太平广记》卷一五八"定数"十三《李甲》相关。"须臾有呵殿之音，自远而至。见旌旗闪闪，车马阗阗，或擐甲胄者，或执矛戟者，或危冠大履者，或朝衣端简者，揖让升阶，列坐于堂上者十数辈，方且命酒进食。"[1]"朝服端简"应是"朝衣端简"的避换。

> 发迹司判官忽扬眉盱目，咄嗟长叹而谓众宾曰："诸公各守其职，各治其事，褒善罚罪，可谓至矣。然而天地运行之数，生灵厄会之期，国统渐衰，大难将作，虽诸公之善理，其奈之何！"众曰："何谓也？"对曰："吾适从府君上朝帝所，闻众圣论将来之事，数年之后，兵戎大起，巨河之南，长江之北，合屠戮人民三十余万，当是时也，自非积善累仁，忠孝纯至者，不克免焉。岂生灵寡祐，当此涂炭，抑运数已定，莫之可逃乎？"众皆蹙蹙相顾曰："非所知也。"遂各散去。友仁……行及庙门，天色渐曙。（《稗家粹编》、黄正位刊本）
>
> ……岂生灵寡祐，当此涂炭乎？……行及庙门，天色已曙。（《句解》）

朝鲜版《剪灯新话句解》本原有注："此志中，众圣论将来之事，专用《太平广记》李甲大明山梦神语意也。"《太平广记》卷一五八《李甲》云：

---

[1] 《太平广记》第4册，第1136页。

　　大明之神忽扬目盱衡，咄嗟长叹而谓众宾曰："诸公镇抚方隅，公理疆野，或水或陆，各有所长。然而天地运行之数，生灵厄会之期，巨盗将兴，大难方作。虽群公之善理，其奈之何？"众咸问："言何谓也？"大明曰："余昨上朝帝所，窃闻众圣论将来之事，三十年间，兵戎大起。黄河之北，沧海之右，合屠害人民六十余万人。当是时也，若非积善累仁、忠孝纯至者，莫能免焉。兼西北方有华胥遮毗二国，待兹人众，用实彼土焉。岂此生民寡祐，当其杀戮乎？"众皆矍蹙相视曰："非所知也。"食既毕，天亦将曙，诸客各登车而去。

　　《稗家粹编》本和黄正位刊本与《太平广记》比对，文字极其接近，应为所出。阴阳交接，一般在天色未曙前成事，《稗家粹编》本和《太平广记》本都是，但《句解》改"行及庙门，天色渐曙"作"天色已曙"，似有避忌，但有违常例，造成疏误。

　　3. 《牡丹灯记》

　　　　生留之宿，态度温和，词气婉娩，低帏昵枕，甚极欢爱。（黄正位刊本、《稗家粹编》）

　　　　生留之宿，态度妖妍，词气婉媚，低帏昵枕，甚极欢爱。（《句解》）

　　按：此实袭自蒋防《霍小玉传》："须臾，玉至，言叙温和，辞气宛媚。解罗衣之际，态有余妍，低帏昵枕，甚极欢爱。生自以为巫山洛浦之遇不过也。"

　　"温和"二字，《句解》本改为"妖妍"，似乎与唐传奇有所不同了。

　　4. 《绿衣人传》

　　秋壑一日倚楼闲望，诸姬皆侍。适有二人，葛巾野服，乘小舟由湖登岸。（黄正位刊本、《稗家粹编》）

　　……适有二人，乌巾素服，乘小舟由湖登岸。……（《句解》）

　　按：此出自元刘一清《钱塘遗事》卷五"贾相之虐"："贾似道居西湖之上，尝倚楼望湖，诸姬皆从。适有二人，道妆羽扇，乘小舟由湖登岸。"

　　《西湖游览志余》卷五"佞幸盘荒"条与之微异，但是"道妆羽扇"句相同。对比原文出处，文字几乎相同，但是二少年的装扮有所改变。卷四《龙堂灵会录》也有"葛巾野服"的用法。《句解》本似乎是有意区分。

　　5.《秋香亭记》

　　采采与商生的修书，明显受到唐传奇《莺莺传》崔氏与张生书信的影响。

　　捧览来问，抚爱过深。儿女之情，悲喜交集。兼惠花胜一合，口脂五寸，致耀首膏唇之饰。虽荷殊恩，谁复为容？睹物增怀，但积悲叹耳。伏承便示于京中就业，进修之道，固在便安。但恨僻陋之人，永以遐弃。命也如此，知复何言！自去秋以来，常忽忽如有所失。于喧哗之下，或勉为语笑，闲宵自处，无不泪零。乃至梦寐之间，亦多叙感咽离忧之思，绸缪缱绻，暂若寻常。幽会未终，惊魂已断。虽半衾如暖，而思之甚遥。一昨拜辞，倏逾旧岁。长安行乐之地，触绪牵情，何幸不忘幽微，眷念无斁。鄙薄之志，无以奉酬。至于终始之盟，则固不忒。鄙昔中表相因，或同宴处，婢仆见诱，遂致私诚。儿女之心，不能自固。君子有援琴之挑，鄙人无投梭之拒。及荐寝席，义盛意深。愚陋之情，永谓终托。岂期既见君子，而不能定情，致有自献之羞，不复明侍中帻，没身永恨，含叹何言！倘仁人用心，俯遂幽眇，虽死之日，犹生之年。如或达士略情，舍小从大，以先配为丑行，谓要盟之可欺，则当骨化形销，丹诚不没，因风委露，犹托清尘。存没之诚，言尽于此。临纸呜咽，情不能申。千万珍重，珍重千万！玉环一枚，是儿婴年所弄，寄充君子下体所佩。玉取其坚润不渝，环取其终始不绝。兼乱丝一绚，文竹茶碾子一枚。此数物不足见珍，意者欲君子如玉之真，秘志如环不解。泪痕在竹，愁绪萦丝。因物达诚，永以为好耳。心迩身遐，拜会无期。幽愤所钟，千里神合。千万珍重！春风多厉。强饭为佳。慎言自保，无以鄙为深念。

列表比较如下：

表 4-1

《莺莺传》	《稗家粹编》本	《句解》本
捧览来问，抚爱过深。	高明不弃，抚念过深。	高明不弃，抚念过深。
兼惠花胜一合，口脂五寸，致耀首膏唇之饰。	复致耀首之华，膏唇之饰。	复致耀首之华，膏唇之饰。
幽会未终，惊魂已断。虽半衾如暖，而思之甚遥。	半衾未暖，幽梦难通，一枕才敧，惊魂又散。	半衾未暖，幽梦难通，一枕才敧，惊魂又散。
虽死之日，犹生之年。	虽死之日，犹生之年。	虽死之日，犹生之年。
临纸呜咽，情不能申。	临楮呜咽，情不能伸。	临楮呜咽，悲不能禁。
虽荷殊恩，谁复为容。	虽荷殊恩，愈怀深愧！	虽荷恩私，愈增惭愧！
没身永恨，含叹何言。	没身之恨，懊叹何言。	/
心迩身遐，拜会无期。	拜会无期，忧思靡竭，	/
强饭为佳。慎言自保，无以鄙为深念。	宜自保以冀远图，无以此为深念也。	/

　　《稗家粹编》本与《莺莺传》中的崔氏与张生书信相比，几乎是成句有 9 处之多，但是《句解》本删去了 3 处，修改了 2 处，显然涂抹了对《莺莺传》的一些依傍痕迹。当然，《秋香亭记》的改动，最主要还是源于瞿佑不同的自传心态（详见下文）。

　　可见，《稗家粹编》文字与古代小说多有相同和因袭之处，《句解》本则对此作了修订，减少了对原文的依傍，似欲有所区分，有所避忌。事实上，瞿佑也曾遭到嘉靖初孙绪的批评："瞿笔路固敏劲，然剽窃者多，甚至全篇累行誊录。"[1] 也许，孙绪看到的就是《剪灯新话》的早期刊本。

　　总之，《稗家粹编》本所收《剪灯新话》小说，应该来自瞿佑的早期刊本，与黄正位刊本同一系统。也就是说，在今所见《句解》本之外，还有《稗家粹编》为代表的选本系统，值得《剪灯新话》版本研究者珍视。

第二节　《稗家粹编·秋香亭记》与瞿佑的自传心态

　　《剪灯新话》附录的《秋香亭记》，被学界视作瞿佑的自传体小说，在瞿佑研究中也往往被直接当作了史实[2]。但是，笔者发现，《秋香亭记》却现存两种不同版本，那么当以何者为据？两个不同版本，又是如何引起，与瞿佑是否有关？这些都是下文需要回答的问题。

一　两种《秋香亭记》

　　《秋香亭记》今存正德辛未杨氏清江堂刊本、朝鲜《句解》本、

1　《沙溪集》卷十三，《景印文渊阁四库全书》第 1264 册，台湾商务印书馆 1986 年版，第 621 页。
2　如张兵《瞿佑及其〈剪灯新话〉》（《上海师范大学学报》2001 年第 6 期）认为："我们读《秋香亭记》，完全可以把它当作瞿佑的自传来看。"

日本《句解》本，文字基本一样，没有多大变化。

但黄正位刊《剪灯新话》本附录《秋香亭记》则与通行本差别甚大。而且《秋香亭记》被收入各种选本，如通俗类书《万锦情林》卷二（无目有文）、林近阳本《燕居笔记》卷六、余公仁本《燕居笔记》卷七、《稗家粹编》卷二都收有《秋香亭记》，前三种相同，最后一种仅有几处微异，应出自同一版本。

乾隆辛亥（1791）刻本《剪灯丛话》和咸丰辛亥（1851）刻本《剪灯丛话》、同治文盛堂本《剪灯丛话》俱收录了《秋香亭记》，文字与《稗家粹编》本接近，仅有较少差异。但黄正位刊本与选本系统接近，应源出同一版本，即《剪灯新话》早期刊本。

将《秋香亭记》进行比较，异文竟达 50 多处。试举二例。

> 适高邮张氏兵起，三吴扰乱，生父挈家南归钱唐，展转会稽、四明以避乱；女家亦北徙金陵。音耗不通者二载。洪武初［元］，国朝统一区夏，道途行李，往来无阻。（黄正位刊本、《稗家粹编》）
>
> 适高邮张氏兵起，三吴扰乱，生父挈家南归临安，展转会稽、四明以避乱；女家亦北徙金陵。音耗不通者十载。吴元年，国朝混一，道路始通。（《句解》）

"钱唐"与"临安"，乃地名之换，非讹误。朱元璋起兵后一直使用韩林儿的龙凤年号。1366 年改明年为吴元年；1367 年底，改明年为洪武元年。二载与十载也仅是时间不同而已。二句文义皆通。改变处较多，明显是内容上的修改。

> 以其负约，不复作书，止令赍二物往，以通音问。苍头至门，趑趄进退，未敢遽入也。值女垂帘独立，见其行止，亦颇识之，

遽卷帘呼问曰："得非商兄家旧人也？"苍头曰诺，遂以二物进，并致生意。女动问良久，泪数行下。乃剪乌丝襕为简回生。（《稗家粹编》）

　　遣苍头赍往遗之。恨其负约，不复致书，但以苍头己意，托交亲之故，求一见以觇其情。王氏亦金陵巨室，开彩帛铺于市，适女垂帘独立，见苍头趑趄于门，遽呼之曰："得非商兄家旧人耶？"即命之入，询问动静，颜色惨怛。苍头以二物进，女怪其无书，具述生意以告。女吁嗟抑塞，不能致辞，以酒馔待之。约其明日再来叙话。苍头如命而往。女剪乌丝襕修简遗生。（《句解》）

《稗家粹编》本简洁、顺畅，心理活动细致入微。《句解》本则添加了三条信息：王氏情况、采采酒馔招待苍头、"约其明日再来叙话"，也是内容上的变更。采采书信异文更多，下文再论。

《剪灯新话》的其他篇目亦有语句的变动，但是没有《秋香亭记》的力度大。现有资料表明，它与瞿佑晚年的一次"书之以奉"有关。唐岳在永乐庚子秋八月即永乐十八年（1420）所作《〈剪灯新话〉卷后志》云：

　　（唐岳）适以事移溧阳，先生（即瞿佑——笔者注）亦继至，朝夕请益，语及《剪灯新话》，云旧本失之已久，自恨终不得见矣。既而，赵公由太宗伯转夏官司马，奉命同监察御史郑君贵谟等按临关外，因至溧阳。公余，谈及先生《秋香亭记》，俾予求稿，先生书之以奉。[1]

1　《剪灯新话句解》附录。

"(《剪灯新话》)旧本失之已久"的情况,瞿佑在《重校〈剪灯新话〉后序》中亦曾提及:"自戊子岁获谴以来,散亡零落,略无存者。……间遇一二士友求索旧闻,心倦神疲,不能记忆,茫然无以应也。"赵公（即赵羾）"由太宗伯转夏官司马",任兵部尚书,在永乐十五年（1417）十一月,"按临关外"则在永乐十七年（1419）。洪武十一年（1378）完成《剪灯新话》,瞿佑时年32岁。赵羾委托唐岳索要《秋香亭记》时,距《剪灯新话》成书已经42年,瞿佑时已73岁,"书之以奉",只能是凭记忆来书写了。即使记忆再好,也肯定有差。所以笔者认为,瞿佑几乎是在再创作了,存在很多异文,也就在情理之中了。

当瞿佑凭记忆重写《秋香亭记》后的第三年,也就是永乐十九年（1421）正月,瞿佑时年75岁,有机会为胡子昂等人校正《剪灯新话》时,毫无疑问会将永乐十七年（1419）的"修改"保存到晚年定本中,也就是我们现在所见到的《句解》本。《剪灯新话》的其他篇目多有语句的变动,但是没有《秋香亭记》的力度大,其原因就是《秋香亭记》在永乐十七年（1419）重写了一次,而其他篇目仅在原来的文字基础上进行修改。

所以,现存两种《秋香亭记》,应是事实。

二 不同自传心态

今天学界已经完全把《秋香亭记》当作瞿佑的自传来看待,但与瞿佑同时的人却并非这样肯定。洪武十三年（1380）夏四月钱塘凌云翰序《剪灯新话》时还说:"至于《秋香亭记》之作,则犹元稹之《莺莺传》也。余将质之宗吉,不知果然否?"因为写作《秋香亭记》时,瞿佑或许是有所顾忌,因而虚构成分较大,半遮半掩,我们且来看前后变化。

浦城已殁，商氏尚存。生自幼以聪敏为戚党所称。商氏，即生之祖姑也。尝抚生指采采谓曰："汝宜益加进修，吾孙女誓不适他族，当令事汝，盖欲继二姓之欢，永以为好也。"其父母乐闻此语，喜而从命，即欲归之，而生严亲以生年幼，恐其怠于笔砚，请俟他日。是时生始弱冠，女年及笄，日相嬉戏与宅中秋香亭上。(《稗家粹编》)

浦城已殁，商氏尚存。生少年，气禀清淑，性质温粹，与采采俱在童卯。商氏即生之祖姑也。每读书之暇，与采采共戏于庭，为商氏所钟爱。尝抚生指采采谓曰："汝宜益加进修，吾孙女誓不适他族，当令事汝，以续二姓之亲，永以为好也。"女父母乐闻此言，即欲归之，而生严亲以生年幼，恐其怠于学业，请俟他日。生女因商氏之言，倍相怜爱。数岁，遇中秋月夕，家人会饮沾醉，遂同游于生宅秋香亭上。(《句解》)

按照古代传统，弱冠二十岁，及笄十五岁。张士诚至正十三年（1353）起兵，十六年（1356）据湖州、常州、杭州。那么，"生始弱冠，女年及笄"在"三吴扰乱"之前，据此推算，"三吴扰乱"时商生已23岁，女18岁了。而瞿佑生于1347年，"三吴扰乱"时才9岁。很明显，在年纪上，商生与瞿佑相差很远，《稗家粹编》的虚构成分较多。然而《句解》本改为"生少年，气禀清淑，性质温粹，与采采俱在童卯"。"童卯"意在年幼，就很符合瞿佑"三吴扰乱"时9岁的史实了。

《稗家粹编》中，在"生始弱冠，女年及笄"的情况下，生、女"日相嬉戏与宅中秋香亭上"，也有不甚合情理处：一者男女已经长大成人，应有所避忌；二者"日相嬉戏"，与前文所叙"生严亲以生年幼，恐其怠于笔砚，请俟他日"不合。然而《句解》改为生与采采"俱在童卯"，"每读书之暇，与采采共戏于庭"，就较合乎日常情理了。

可见，《稗家粹编》的虚构性在《句解》中已经减弱，自传性明显加强了。在细节方面，晚年定本也越来越具体化。

> 至正间，有商生者，随父宦游浙江，寓居吴郡。（《稗家粹编》）
> 至正间，有商生者，随父宦游姑苏，侨居乌鹊桥。（《句解》）

"浙江"，《万锦情林》、林近阳本和余公仁本《燕居笔记》都作"浙西"。《稗家粹编》本还较含糊，但《句解》本已经将瞿佑出生钱塘、寓居姑苏（苏州）的生平真实透露出来了。如果再加上瞿佑晚年《归田诗话》及其诗歌的关涉和暗示，如："桂老花残岁月催，秋香无复旧亭台。伤心乌鹊桥头水，犹往阊门北岸来。"（《过苏州三首》其二）显示出来的"桂老""秋香亭""乌鹊桥"等特定信息，明眼人一看就知，也就等于坦承《秋香亭记》是自传了。

> 则女已适太原王氏，生一子矣。（《稗家粹编》）
> 则女以甲辰年适太原王氏，有子矣……王氏亦金陵巨室，开彩帛铺于市。（《句解》）

在《稗家粹编》里，对采采的去向只提供了一个信息，"适太原王氏"，但是籍贯太原的金陵王氏何其之多，显得很是隐讳。但是《句解》于此之外还提供了三个重要信息：甲辰年（1364，即朱元璋即帝位之年）、金陵巨室、开彩帛铺，就等于一步步缩小范围，简直可以按图索骥、具体指认了。

> 生之友山阳瞿佑，与生同里，往来最熟，备知其详。（《稗家粹编》）

生之友山阳瞿佑备知其详。(《句解》)

《稗家粹编》强调山阳瞿佑"与生同里,往来最熟",遮遮掩掩,有意让人不将二者混同,但是又确有"此地无银三百两"之嫌疑。《句解》本将此删去,其原因恐怕是自传性质已经公开,完全没有掩盖的必要了。40多年过去了,《秋香亭记》自传的事实已为人知。

(秋香亭)上有二大桂树,垂荫婆娑。中秋之夕,家人会饮,生女私于其下誓心焉。(《稗家粹编》)

数岁,遇中秋月夕,家人会饮沾醉,遂同游于生宅秋香亭上,有二桂树,垂荫婆娑,花方始开,月色团圆,香气秾馥,生女私于其下语心焉。(《句解》)

《稗家粹编》本中,生、女已是成人,"私于其下誓心焉"含有男女欢会的海誓山盟性质(也与下文采采的书信所言"昔日欢情"一脉相承)。然而《句解》中"生女私于其下语心焉"则完全是少男少女朦朦胧胧的爱情憧憬,更多花好月圆的浪漫氛围。去掉了虚构成分,还其爱情本真,体现出来的青梅竹马的纯情也就更加真实和动人。

而且,笔者发现早期版本以情贯串始终,但晚年改作却渗透了情与理的考量,采采的修书体现得最为明显。

伏承来使,具述绸缪。昔日欢情,一旦终阻。自遭丧乱,十载于兹。祖母辞堂,先君弃室。茕然形影,四顾无依。欲终守前盟,则鳞鸿永绝;欲径行小谅,则沟渎莫知。不幸委身从人,苟延微命。虽应酬之际,强为笑欢,而岑寂之中,不胜伤感。

追思旧事，恍若前朝。华翰铭心，佳音在耳。每孤灯夜永，落叶秋高，往往目断遥天，情牵异域。半衾未暖，幽梦难通，一枕才敧，惊魂又散。岂意高明不弃，抚念过深。加沛泽以滂施，广余光而下照，采莕菲之下体，托萝葛之微踪。复致耀首之华、膏唇之饰，衰容非故，厚惠何施？虽荷殊恩，愈怀深愧！盖自近岁以来，形销体削，面目可憎，览镜徘徊，自疑非我。兄若见之，亦当贱恶而弃去，尚何矜恤之有哉！倘恩情未尽，当结姻缘于来世矣！没身之恨，懊叹何言。拜会无期，忧思靡竭，惟宜自保以冀远图，无以此为深念也。临楮呜咽，情不能伸。复作律诗一章，上渎清览，苟或察其词而恕其意，使箧扇怀恩，绨袍恋德，则虽死之日，犹生之年也。（《稗家粹编》）

《稗家粹编》本的总体感觉是追忆欢情，寄望重好。虽语极无奈和沉痛，但也透露出女性在旧时情人面前所特有的较浓的撒娇意味。"自近岁以来，形销体削，面目可憎，览镜徘徊，自疑非我。兄若见之，亦当贱恶而弃去，尚何矜恤之有哉"就有"自疑非我"，但"高明不弃"的意味。"倘恩情未尽，当结姻缘于来世矣！没身之恨，懊叹何言。拜会无期，忧思靡竭，惟宜自保以冀远图，无以此为深念也。"虽语来生，但仍寄望今世再合。对再次"重逢"的恋人而言，这种情感是完全真实的。

但是在《句解》本中，书信更多的是对人生的感喟和爱情始末的理性分析，体现出浓厚的绝望情绪：

伏承来使，具述前因。天不成全，事多间阻。盖自前朝失政，列郡受兵，大伤小亡，弱肉强食，荐遭祸乱，十载于此。偶获生存，一身非故。东西奔窜，左右逃遁。祖母辞堂，先君捐馆。避终风之狂暴，虑行露之沾濡。欲终守前盟，则鳞鸿永绝；欲径行小谅，则沟渎莫知。不幸委身从人，延命度日。顾伶傅之弱质，值屯蹇之衰年，往往对景关情，逢时起恨。虽应酬之际，勉为笑欢，而岑寂之中，不胜伤感。追思旧事，如在昨朝。华翰铭心，佳音属耳。半衾未暖，幽梦难通；一枕才敧，惊魂又散。视容光之减旧，知憔悴之因郎；怅后会之无由，叹今生之虚度！岂意高明不弃，抚念过深。加沛泽以滂施，回余光以反照，采葑菲之下体，记萝茑之微踪。复致耀首之华、膏唇之饰，衰容顿改，厚惠何施？虽荷恩私，愈增惭愧！而况迩来形销体削，食减心烦，知来日之无多，念此身之如寄。兄若见之，亦当贱恶而弃去，尚何矜恤之有焉！倘恩情未尽，当结伉俪于来生，续婚姻于后世尔！临楮呜咽，悲不能禁。复制五十六字，上渎清览，苟或察其辞而恕其意，使箧扇怀恩，绨袍恋德，则虽死之日，犹生之年也。(《句解》)

"盖自前朝失政，列郡受兵，大伤小亡，弱肉强食"句应是后来改作，因在吴元年，大明未建，采采不应在信中使用"前朝"之称；如此表达政治信息，也不很符合女性心理。《句解》本删掉了"宜自保以冀远图"等句子，增加了"顾伶傅之弱质，值屯蹇之衰年"、"怅后会之无由，叹今生之虚度"、"知来日之无多，念此身之如寄"等内容，说明希望已经破灭，体现出完全的绝望，这只能在事情已经结束、无以挽回和更改的情况下发生。而且书信中还弥漫一种事过境迁式的"天不成全"之感。这些只能说明，瞿佑已经知道采采所过的是"来日无多"、"此身如寄"的日子，并且很有可能采采较早就因"食减心烦"而郁郁身亡了。那么，这只能是事后的追忆了。而且，这正是瞿佑75岁时的修改本，当时商生与采采的情缘已经尘埃落定了。

瞿佑晚年所作《过苏州三首》(其二)云:

> 桂老花残岁月催,秋香无复旧亭台。
> 伤心乌鹊桥头水,犹往阊门北岸来。

显然是模仿(或步韵)陆游《沈园二首》(之一):

> 城上斜阳画角哀,沈园非复旧池台。
> 伤心桥下春波绿,曾见惊鸿照影来。

以瞿佑之才,如此模仿,并非江郎才尽,应是"心有戚戚焉",也正如他所坦承:"予垂老流落,途穷岁晚,每诵此数联(笔者注:指陆游晚年《沈园》诗),辄为之凄然,似为予设也。"[1]所以,采采与唐琬的结局应类似,亦很有可能是郁郁早亡。

> 生之友山阳瞿佑,与生同里,往来最熟,备知其详,既以理谕之,复作《满庭芳》一阕,以释其情。(《稗家粹编》)

强调"释其情",意在消解情绪。但是《句解》本是:

> 生之友山阳瞿佑备知其详,既以理谕之,复制《满庭芳》一阕,以著其事。(《句解》)

因为结局(生终不忘情,采采可能早逝)已经显现,"情"已无法去

---

1 《归田诗话》卷中"沈园感旧"条,载丁福保编:《历代诗话续编》下册,中华书局 1983 年版,第 1262 页。

"释"，"欲说还休，欲说还休"，又何必去招惹，只能比较客观地"著其事"了。

再看瞿佑《归田诗话》卷上《还珠吟》云：

> 张文昌《还珠吟》："君知妾有夫，赠妾双明珠。感君绸缪意，系在绣罗襦。妾家高楼连苑起，良人执戟明光里。还君明珠双泪垂，何不相逢未嫁时。"予少日尝拟乐府百篇，《续还珠吟》云："妾身未嫁父母怜，妾身既嫁室家全。十载之前父为主，十载之后夫为天。平生未省窥门户，明珠何由到妾边？还君明珠恨君意，闭门自咎涕涟涟。" [1]

《还珠吟》是有缘无分之诗，与商生与采采故事很相似。瞿佑之诗虽是拟作，但与《秋香亭记》中采采诗"愿得他年如此树，锦裁步障护明珠"、"音耗不通者十载"而发生的爱情变故和"女吁嗟抑塞，不能致辞"等联系起来，应非无病呻吟，确是有感而发。

《西湖游览志余》卷十六《香奁艳语》载：

> 安荣坊倪氏女者，少姣好，瞿宗吉尝属意焉。及长，委身为小吏妻。一日，与宗吉邂逅于吴山下，凄然感旧，邀归其庐，置酒叙话，为赋《安荣美人行》云："吴山山下安荣里，陋巷穷居有西子。……相逢昔在十年前，双鬟未合脸如莲。……相逢今在十年后，鬟发如云眼光溜。……" [2]

从其行事和"相逢昔在十年前""相逢今在十年后"等语句来看，似

1　《归田诗话》卷上"还珠吟"条，载丁福保编：《历代诗话续编》下册，第1247页。
2　田汝成：《西湖游览志余》，上海古籍出版社1998年版，第254页。

乎也有采采原型的影子。

　　不同的版本体现出不同的自传心态，在古代文学史上尚无二例，《秋香亭记》恰好为我们提供了一个令人回味的样本。

第三节　《稗家粹编·成令言遇织女星记》与"峾乩姑苏"辨

　　徐伯龄《蟫精隽》卷四《吕城怀古》（文渊阁《四库全书》本）云：

> 生值元末兵燹间，流离四明，峾乩姑苏。

　　这条资料常被瞿佑及其《剪灯新话》研究者引用。

　　现代汉语和古代汉语未见"峾乩"的组合，"峾乩姑苏"语意不明。笔者认为，此处"峾乩"应为"峾乩"（会稽）二字形近而讹。

　　南朝梁顾野王撰《玉篇》，卷二十四"山部"收"峾"："古文'會'字"；卷三十"乙部"收"乩"："今作稽"。可见，"峾乩"是"会稽"的异体。

　　古籍中也确有将会稽写成峾乩的情况。如黄正位刊《剪灯新话》本《鉴湖夜泛记》、万历刻本《稗家粹编》卷四《成令言遇织女星记》、《广艳异编》卷六《灵光夜游录》云："处士成令言，不求闻达，素爱峾乩山水。"而《剪灯新话句解》本则作："素爱会稽山水。"再如《剪灯新话句解》和黄正位刊本《剪灯新话》、乾隆辛亥（1791）刻本《剪灯丛话》和咸丰辛亥（1851）刻本《剪灯丛话》、同治十年所刊《剪灯丛话》中《秋香亭记》俱作："展转峾乩、四明以避乱。"而此处《稗家粹编》本作："展转会稽、四明以避乱。"

瞿佑生平史实亦可证。《秋香亭记》一直被视为瞿佑自传体小说，中有"展转会稽、四明以避乱"之语，说明瞿佑确有流离会稽的人生经历。

所以，《蟫精隽》中有关瞿佑的这则资料应作：

生值元末兵燹间，流离四明、会稽、姑苏。

郎瑛（1487—1566）《七修类稿》卷三十三"瞿宗吉"条云："生值兵火，流离四明、姑苏。"《七修类稿》卷三十一有徐伯龄小传。"瞿宗吉"条很可能是据徐伯龄所作而成，似发现"流离四明，岔乱姑苏"有误而改作"流离四明、姑苏"。

第五章 《稗家粹编》与《鸳渚志余雪窗谈异》研究

在明代后期，《鸳渚志余雪窗谈异》是具有鲜明地方特色的志怪小说集。陈国军先生用力最勤。其论文《论〈鸳渚志余雪窗谈异〉的作者、创作时间及其它》和专著《明代志怪传奇小说研究》的相关论述最有分量，尤其是认定作者为周绍濂的考证几乎成为学界定论。但借助《稗家粹编》的相关资料和再检崇祯《嘉兴县志》，笔者发现有进一步探讨之必要。

第一节 《鸳渚志余雪窗谈异》的收录问题

在谈收录问题之前，有必要对今传本《鸳渚志余雪窗谈异》30篇中有目无文的《灯妖夜话录》和《天符殿举录》进行考查，以便纳入收录对象。

《灯妖夜话录》，程毅中认为它是《古今清谈万选》卷三《物汇精凝》所选的《灯神夜话》。《灯神夜话》叙嘉兴张翼夜遇灯妖故事，与《鸳渚志余雪窗谈异》写作习惯极其相似。现《稗家粹编》卷六"妖怪部"收有《灯妖夜话》一文，文字与《古今清谈万选》相同，可以确认《灯妖夜话录》非佚。程说应是。

《天符殿举录》，陈国军认为是刘尧举事。见于郭彖《睽车志》卷一：

龙舒人刘观，任平江许浦监酒。其子尧举，字唐卿，因就嘉禾流寓试，僦舟以行。舟人有女，尧举调之。舟人防闲甚严，无由得间。既引试，舟人以其重扃棘闱，无它虑也，日出市贸易。而试题适唐卿私课，既得意，出院甚早，比两场皆然，遂与舟女得谐私约。观夫妇一夕梦黄衣二人驰至，报榜云："郎君首荐。"观前欲视其榜，旁一人忽掣去云："刘尧举近作欺心事，天符殿一举矣。"觉言其梦而协，颇惊异。俄而拆卷，尧举以杂犯见黜，主文皆叹惜其文。既归，观以梦语之，且诘其近作何事，匿不敢言。次举果首荐于舒，然至今未第也。[1]

嘉靖赵文华本《嘉兴府图记》卷二十所录，应于此摘录[2]，《嘉兴县志》卷十七直接录自郭文，仅有少许文字差异，未言出处。洪迈《夷坚丁志》卷十七"刘尧举"条，大同小异：傍一人曰："非也，郎君所为事不义，天敕殿一举矣。"《情史》卷三《情私类·刘尧举》稍异："刘尧举近作欺心事，宜殿一举矣。"文中比较关键的地方分别作"天符殿一举""天敕殿一举""宜殿一举"，文字不同，但义实同。这牵涉到对"天符殿举"的断句和理解。殿举实为科举制度术语，指在科举考试中因劣等而被取消下届应试资格。如《宋史·选举志》：

自唐以来，所谓明经，不过帖书、墨义，观记诵而已，故贱其科，而"不通"者其罚特重。乾德元年，诏曰："旧制，《九

---

1 郭彖：《睽车志》，上海古籍出版社 2012 年版，第 98 页。
2 《嘉兴府图记》卷二十：舒州刘观，官平江许浦。其子尧举字唐卿，因就嘉禾，僦舟而行。舟人有女，貌美。尧举调之，不得间。既引试，出院甚早，舟人贸易未还，因得谐私约。观夫妇一夕梦黄衣二人驰报："郎君首荐"，前往视榜，一人忽掣去，云："刘尧举近作欺心事，天符殿一举矣。"果见黜。既归，观以梦诘之，匿不敢言。至次举，果首荐于舒，后亦不第。（《四库全书存目丛书》史部第 119 册，齐鲁书社 1995 年版，第 534 页）

经》一举不第而止，非所以启迪仕进之路也；自今依诸科许再试。"是年，诸州所荐士数益多，乃约周显德之制，定诸州贡举条法及殿罚之式:进士"文理纰缪"者殿五举，诸科初场十"不"殿五举，第二、第三场十"不"殿三举，第一至第三场九"不"并殿一举。殿举之数，朱书于试卷，送中书门下。

《天符殿举录》确可认定为刘尧举事。

《鸳渚志余雪窗谈异》出版后，被选入多种选本，影响较大。收录情况如下表（收录者划"√"，未收录者留空）：

表 5-1

序号	鸳渚志余雪窗谈异	稗家粹编	国色天香	燕居笔记	万锦情林	情史	古今清谈万选	艳异编
1	东坡三过记			√	√			
2	天王冥会录	√					√	
3	弊帚惑僧记	√	√	√			√	√
4	甘节楼记	√		√	√			
5	妖柳传					√	√	√
6	德政感禽录							
7	卖妇化蛇记	√	√	√				
8	招提琴精记	√				√	√	√
9	观灯录							
10	蠹柑老人录	√						
11	西子泛雪传						√	
12	龙潭联咏录		√					
13	羞墓亭记		√		√			
14	酒癖迷人传		√	√				
15	王翠珠传		√			√		√
16	景德幽涧传	√						
17	秋居仙访录			√	√			

（续 表）

序号	鸳渚志余雪窗谈异	稗家粹编	国色天香	燕居笔记	万锦情林	情史	古今清谈万选	艳异编
18	名闺贞烈传	√						
19	海变录							
20	高尚处士记							
21	侠客传	√						
22	三异传							
23	朱氏遇仙传	√		√		√		√
24	录事化犬说	√						
25	大士诛邪记							√
26	硖山遇故录						√	
27	醒迷余录		√	√				
28	天符殿举录（缺）					√		
29	佞人传	√		√				
30	灯妖夜话录（缺）	√					√	
总计		13	8	10	5	4	8	6

　　《稗家粹编》选录《鸳渚志余雪窗谈异》13篇，其中《名闺贞烈传》《侠客传》《鬻柑老人录》《景德幽涧传》《录事化犬记》5篇独出，并且含有佚文《灯妖夜话录》。可见，《稗家粹编》应是收录《鸳渚志余雪窗谈异》最多者。现在一般认为最早收录《鸳渚志余雪窗谈异》者是《国色天香》。《国色天香》的初刻时间为万历十五年（1587）。而万历丙戌（1586）刻本《游翰稗编》卷三收录有《佞人传》，那么，最早收录《鸳渚志余雪窗谈异》者应是《游翰稗编》而非《国色天香》。

　　另外，胡文焕编辑的《游览粹编》收录亦有《鸳渚志余雪窗谈异》

卷上《王翠珠传》中的《戒嫖》和卷下《醒迷余录》中的《醒迷余论》2 篇长论。同时，《国色天香》卷九亦收录。

第二节 《稗家粹编》与《鸳渚志余雪窗谈异》的重要异文

《鸳渚志余雪窗谈异》现有两种整理本：徐野先生校点本，吉林大学出版社 1995 年版，以吉林大学图书馆藏影刻油印本为底本；于文藻先生校点本（下文简称"于本"），以大连图书馆藏明刻本为底本，中华书局 1997 年和 2008 年版。由于现存《鸳渚志余雪窗谈异》是孤本，校勘自然困难。于文藻认为《鸳渚志余雪窗谈异》"无他本可参校"。徐野用《国色天香》《艳异编》等进行了参校，但是不知是抄本本身错误，还是排印错误，整理本质量令人遗憾，本书不作比校。

事实上，《稗家粹编》有 13 篇选自《鸳渚志余雪窗谈异》，《游览粹编》亦收有《佞人传》，几乎是其书的一半，应该可以用来参校。下面则择其重要者把《稗家粹编》与于本予以对校。

1.《天王冥会录》

（1）空濛中，觉□雷聒耳，云霞烂目。

《稗家粹编》无阙文，是"风"字。

（2）迷途向去不复返，无能解悟番沉沦。

《稗家粹编》本"番"作"翻"，是。

2.《甘节楼记》

瑶果卒于病。

《稗家粹编》本"果"作"遂"。

　3.《卖妇化蛇记》

（1）妻负死不往，江人驱迫下船。

《稗家粹编》本"江人"作"江南人"，因前有"卖妻于江南人"，此处是特指，《稗家粹编》本为胜。

（2）过江时，议欲卖与倡家。

《稗家粹编》本"欲"作"必"。此处已经发生在"妻"逃亡之后，"必"卖与倡家，更加体现出江南人的报复心理。《稗家粹编》本胜。

　4.《景德幽涧传》

（1）回旋徐步，对月长吁。

"吁"，《稗家粹编》本作"吟"。

（2）胡僧怒曰："吾岂与尔辩口耶？"

《稗家粹编》本作"辩舌"。

　5.《录事化犬说》

今汝一□□□，我又以生前过恶，冥司罚我为歇山寺犬。

据《稗家粹编》本，阙文应是"且穷困"。

《夷坚志》甲卷第十一《大录为犬》：

> 秀州华亭县吏陈生者为录事，冒贿稔恶，常带一便袋，凡所谋事，皆书纳其中。既死，梦于家人曰："我已在湖州显山为寺犬矣。"家人惊惨，奔诣寺省问。[1]

《夷坚志》《嘉兴府图记》卷二十和《稗家粹编》本在"歇山寺"三字前都有"湖州"二字。但寺名有异：于本和《稗家粹编》本都作"歇山寺"；《夷坚志》作"显山寺"。有两种情况：一是《鸳渚志余雪窗谈异》作者所改；一是抄本"歇"和"顯（显的繁体）"形近而讹。

6.《倭人传》

《稗家粹编》卷八和胡文焕《游览粹编》卷二俱收录，然二者异文颇多。《游览粹编》所收源于《游翰稗编》，《稗家粹编》所收源于《鸳渚志余雪窗谈异》传本。

（1）宋澄海门外，地名施搭里。

《稗家粹编》本作："宋澄海门外（今改迎薰），地名施搭里。"

崇祯《嘉兴县志》卷十七"果报"类节录此篇与《稗家粹编》本同。据《嘉兴县志》卷二《城池》知："嘉靖三十九年（1560）改嘉兴城南门澄海门为迎薰门。"古代南门多命名"迎薰"，实取"南风之薰兮，可以解吾民之愠兮"之义。

由此异文可知《鸳渚志余雪窗谈异》的最早成书时间。

1　洪迈撰，何卓点校：《夷坚志》，中华书局 2006 年版，第 93 页。

（2）有施八者者，为乡中保正，专务吞并人业。

《游览粹编》本作："有施八者者，雄霸一方，专务吞并人业。"
二者俱通，可并存。

（3）且性便给，好发人阴私，谈人过短。

《游览粹编》本作："且性便给，好谈人过短，发人阴私。"
二者"发""谈"颠倒而已。

（4）施且取事于中，掠恩觇利，曾不知作俑者谁。

《游览粹编》本作："施且取事于中，掠恩觇利，贾货逞凶，曾
不知作俑者谁。"《游览粹编》本多"贾货逞凶"，与"掠恩觇利"相对，
语意更畅。

（5）八者自壮及暮，悉以此术行乡。

《游览粹编》本作："八者自少及壮，悉以此术行乡。"八者似乎
死于"壮年"，比其死于"暮年"，更见报应昭彰。《游览粹编》本胜。

（6）乡民畏其口舌之祸、才力之雄也，敛手者有之，孰敢
撩虎须、批龙鳞与之抗哉？

《游览粹编》本作："乡民畏其口舌之祸，钳口不敢与抗，而其
恶日甚。"于本排比成文，很有气势。

7.《朱氏遇仙传》

（1）莫道仙凡天一方，须知张硕有兰香。春风尝恋人间乐，底事无心问海棠。

"天"，《稗家粹编》本作"各"。"有"，《稗家粹编》本作"遇"。《稗》本文字较胜。

（2）百雉叙连一道开，为君翻作雨云台。

"叙"，《稗家粹编》本作"斜"，应是，于本误。

（3）后事竟息，轴亦寻失去。不知其为何祟也。

"祟"，《稗家粹编》本作"仙"。因为不知所遇是仙是祟，还是用仙字好，《稗家粹编》本较胜。

8.《侠客传》

（1）时苗傅、刘正彦作乱，逼迁帝位，势劫太后垂帘，矫诏奸兵，声威大振。

建炎三年（1129），杭州苗傅、刘正彦兵变，史称"苗刘之变"或"明受兵变"。宋高宗赵构被迫退位，三岁皇子赵旉被立为帝，孟太后垂帘听政。张浚在平江组织张俊、刘光世、韩世忠等所部勤王。"矫诏奸兵"句，语意未明。"奸"，《稗家粹编》本作"监"："时苗傅、刘正彦作乱，逼迁帝位，势劫太后垂帘，矫诏监兵，声威大振。"语意通畅，应是。

（2）况公勤动日，何忍相知。

"知"，《稗家粹编》本作"加"。"何忍相加"有不忍加害之意。比较文意，《稗家粹编》本较胜。

（3）鄙人诚贫，决不敢要贤者之赐。

《稗家粹编》本"赐"作"士"，应误。

9.《招提琴精记》

（1）女子歌竟，敲户言曰："闻君倜傥俊才，故冒禁以相亲。今乃闭户不纳，若效鲁男子行耶？"

"若"，《稗家粹编》本作"苦"。"苦效"还有调谑和挖苦意味，显然文字较胜。

（2）鹤云曰："如此良夜，更会佳人，奈何烛灭樽虚，竟不能为一款曲也？"

"虚"，《稗家粹编》本作"前"。于本胜。

《名闺贞烈传》《弊帚惑僧传》《鬻柑老人录》等3篇，于本、《稗家粹编》本无异文。

第三节　《鸳渚志余雪窗谈异》的作者问题

　　《鸳渚志余雪窗谈异》题"钓鸳湖客评述、卧云幽士批句、奇奇狂叟赏阅"，作者真实姓名俱不详。陈国军先生发现日本藏崇祯《嘉兴县志》卷十八《典籍》条著录："周绍濂《鸳湖杂志》即《雪窗谈异》。"从而认为《鸳渚志余雪窗谈异》的作者就是周绍濂，进而认为"《鸳渚志余雪窗谈异》，又名《鸳湖杂志》《雪窗谈异》"[1]。程毅中《明代小说丛稿》就接受了这种说法，中华书局 2008 年版的《古体小说丛刊》本《鸳渚志余雪窗谈异》依据陈国军的观点直接将作者题署为周绍濂。

　　然而对陈国军的推定，今笔者再检崇祯《嘉兴县志》和借助相关资料，发现有进一步探讨之必要。

　　《嘉兴县志》卷十七"果报"收录且又见于今本《鸳渚志余雪窗谈异》者，有《观灯录》《西子泛雪记》《佞人传》《卖妇化蛇记》4 篇，其中《西子泛雪传》明确标明出自《鸳湖杂志》；《佞人传》《卖妇化蛇记》明确标明出自《鸳湖杂记》；《观灯录》未注。《鸳渚志余雪窗谈异》的作者问题，事实上就是《鸳渚志余雪窗谈异》、《鸳湖杂志》（又名《雪窗谈异》）、《鸳湖杂记》三书的关系问题。

　　第一，《鸳湖杂志》和《鸳湖杂记》名近义同，同书异名或者异书异名都有可能。《鸳渚志余雪窗谈异》一般简称《志余谈异》，而非《雪窗谈异》。崇祯年间曾出现过署名"杨循吉辑"的《雪窗谈异》

1　参见陈国军《论〈鸳渚志余雪窗谈异〉的作者、创作时间及其它》，《中华文史论丛》2004 年第 1 期；《明代志怪传奇小说研究》，天津古籍出版社 2006 年版。

八卷[1]。陈国军在其专著《明代志怪传奇小说研究》中对此进行了辨伪，然而仅仅证明了《雪窗谈异》八卷不应该是杨循吉辑本。周绍濂《鸳湖杂志》收录的《西子泛雪记》篇，不见于《雪窗谈异》，此《雪窗谈异》绝非"《鸳湖杂志》即《雪窗谈异》"，二者应该没有关系。《鸳湖杂志》和《鸳湖杂记》二者与今本《鸳渚志余雪窗谈异》的关系显然不能定断。周绍濂是《鸳湖杂志》的作者不等于就是《鸳渚志余雪窗谈异》的作者。

第二，《鸳湖杂志》《鸳湖杂记》《鸳渚志余雪窗谈异》是著还是编的问题。若三者俱是汇编，则另有来源。只要其中之一为汇编，则书中重出者对《鸳渚志余雪窗谈异》的作者考证意义不大。

第三，《游翰稗编》卷三收录有《佞人传》，题名"守恒子"。而《佞人传》见于《鸳渚志余雪窗谈异》，那么，守恒子应该是《鸳渚志余雪窗谈异》的作者（但《绣谷春容》卷八、余公仁本《燕居笔记》卷九、《稗家粹编》卷八、《游览粹编》卷二收录的《佞人传》无署名）。

第四，从"佚文"来看，陈国军将《嘉兴县志》中"城之春波、丹里二坊有恶少者"篇作为《鸳渚志余雪窗谈异》的佚文，但是同样类型的"宋嘉祐时秀州有陈五者"、"嘉兴府德化乡第一都钮七者"二篇却被忽略了。二文在《佞人传》后，《卖妇化蛇记》标"同上"，陈五文未标，钮七文标"同"，应出《鸳湖杂记》。二文如下：

> 宋嘉祐时秀州有陈五者，善置鳅干，好味者先期就市望风
> 而向其门焉。因为同业所忌，求其法，秘不传。甫三年，陈忽

1　《雪窗谈异》今有宋文、吴岩、若远点校本（山西人民出版社1992年版）。卷六《西玄青鸟记》，题"防风茅元仪"，茅元仪生于1594年，卒于1640年，文中出现"崇祯癸酉"，是为1633年；而杨循吉（1458—1546）早已去世，应为伪书。《雪窗谈异》乃文言小说选集，虽乱题书名，乱改作者，然多收传奇名篇，亦不乏研究价值。《中国古代小说总目提要》（人民文学出版社2005年版，第284页）"《鸳渚志余雪窗谈异》"条言"今山西人民出版社一九九二年据以排印，书名作《雪窗谈异》"，很明显是将"杨循吉辑"本《雪窗谈异》与《鸳渚志余雪窗谈异》二书混为一谈，误。

卧病踯躅于床，身一着席，辄宛转惊起，复旋绕鞠突不常。虽不大叫呼，而口中惟喷喷称痛，如是者三昼夜，遍体如伤，糜溃而死，良医老学莫究其原。于是家渐零替，妻亦转醮于同业毛伦。伦因叩其制法，妻备以告之惨酷异常，及后夫死于疾，其状酷亦如鳅，知夫受鳅之报也。毛闻战栗自危，遂更业。

嘉靖《嘉兴府图记》卷二十则载陈五具体的制作过程：“其夫每得鳅，置瓦器内，用盐灰，复以白瓦屑满其中。鳅为盐灰所蛰，宛转奔突，皮为瓦屑所破，盐徐入内，故滋味特佳。”

嘉兴府德化乡第一都钮七者，业农，常恃顽抵赖主家租米。嘉泰辛酉岁种早禾八十亩，悉已收割，囷谷于柴稭之侧，遮隐无踪，依然入官诉伤。而柴与谷半夜一火焚尽。壬戌岁秋，其弟钮十二亦种早稻八十亩，藏谷于家，妄忿天尤地以欺人。忽日午间天宇昏暗，大风卷地，其家一火，灰烬无余。呜呼！钮七、钮十二欺官□人，天网恢恢，疏而不漏，亦可畏也。

据此可以认定《鸳渚志余雪窗谈异》有三篇佚文。但是，现有《鸳渚志余雪窗谈异》不见三文目录，将之简单地理解为《鸳渚志余雪窗谈异》的佚文，实属勉强。很可能的一个事实是：《鸳湖杂志》和《鸳湖杂记》实为二书，都是《鸳渚志余雪窗谈异》的直接取资对象，《嘉兴县志》之所引直接来自《鸳湖杂志》和《鸳湖杂记》，与《鸳渚志余雪窗谈异》无关。

事实上，周绍濂的生平资料，陈国军是在推断周绍濂是《鸳渚志余雪窗谈异》作者的前提下，再依据《鸳渚志余雪窗谈异》文本进行逆向推断，不足为据。因此，《鸳渚志余雪窗谈异》作者是否为周绍濂，还是不能作为定论，尚可商榷。

《游翰稗编》卷三收录有《佞人传》，题名"守恒子"。而《佞人传》见于《鸳渚志余雪窗谈异》。一般来讲，守恒子应该是《鸳渚志余雪窗谈异》的作者。但《绣谷春容》卷八、余公仁本《燕居笔记》卷九、《稗家粹编》卷八、《游览粹编》卷二收录的《佞人传》无署名。《游翰稗编》作者署名梁溪无名生，其实就是无锡谈修（1534—1618），曾著《惠山古今考》《滴露浸录》《避暑漫录》等著作。作为一个学者，谈修《游翰稗编》真是"妄题"吗？

笔者还发现，曹寅《曹楝亭书目》卷三载：

> 志余谈异　兰台石士述，二卷，《续帙》，一卷。[1]

《志余谈异》是在现存《鸳渚志余雪窗谈异》传本中卷端的简称。如果《游翰稗编》有"妄题"的可能，《曹楝亭书目》应该可信。当然，《志余谈异》题署兰台石士，并非作者真名，也不见于今传本。如是，则可能有非"钓鸳湖客"的《鸳渚志余雪窗谈异》传本，版本研究将更加复杂。

然而，笔者认为，《鸳渚志余雪窗谈异》中两次出现的"本山"和"龙山樵客"应是关于作者的重要线索。

1. 关于本山

《西子泛雪传》篇末有钓鸳湖客的"评曰"："幸得本山月汀师徒，奋然发愿，募辑像阁，其亦空谷之足音乎？奈功大力绵，不能卒办，未敢要其终也。安得尽如倪生者，而与之毕月汀之志。""本山"并非名字，应带有自称意味，很可能就是一个能够真正揭开作者之谜

1　《辽海丛书》第八集，辽沈书社1985年版，第489页。

的突破口。笔者注意到紧接的下篇《龙潭联咏录》,亦出现了"本山"
之说:

> 因请名问舍。老人曰:"予龙姓,讳云,字子渊,别号江湖
> 游客,家本山之西,来有年矣。"

依据文意,"老人"之谓"家本山之西",实以景德禅寺为坐标。
卷端署名的卧云幽士在全书中惟一一见,也在本篇之末。《鸳渚志余
雪窗谈异》重在"美其方域和拯其溺俗",非《金瓶梅》等有诲淫
嫌疑之书可比,作者为什么不留下蛛丝马迹呢? 这两篇文章中出现
的"本山"情况应非巧合所能论者。"本山"之说,似乎透露出评述
者的身份应与景德禅寺相关。而本山又可理解为佛教语,对各宗派
传法的中心寺院之称,也叫本寺,下属各寺称为末寺。若本山、月
汀都为人名,形成师徒关系,这种可能性很小,因为"毕月汀之志"
句显然不会单标徒弟名字而不题师父大名。

据《海盐县图经》:

> (栖真观)在县西北五十步。旧本真武庙,宋乾道二年,道
> 士郭宗谅改为栖真院。明万历壬辰,道士徐月汀撤而新之,视
> 旧制特为宏丽。

李富泰《重修栖真观记》载:"月汀痛故业之日倾,以兴起为己任,
覃诚乞募,并割丹财,工始乙未,至壬寅五月告成。"这个栖真院道
士徐渊,字湛虚,一字月汀,又字秋沙,海盐人。[1] 但徐月汀是否与

---

1 参见陈国军《僧人或文士——关于〈鸳渚志余雪窗谈异〉作者的考论》,《书品》
2009 年第 5 期。

"本山月汀师徒"有关，待考。

2. 关于龙山樵客

今传本仅《龙潭联咏录》文后有卧云幽士评。《游翰稗编》卷二收录的《佞人传》尾有："龙山樵客有登临之癖。乙酉春日游山中古刹，见壁间塑像有所谓劂舌地狱者，询诸老衲，云此为佞人设也。"此段为传本所无。《游翰稗编》一般从原文，不作改动。《佞人传》后今有"评曰"，此处文字应是卧云幽士所言。按：乙酉年在嘉靖年间是 1525 年，在万历年间是 1585 年。龙山樵客明言看到《佞人传》，此处乙酉年当为 1585 年。

《绣谷春容》卷十一下栏署名龙山樵客的《惠山景白》，其开头云："人间好话说不尽，天下名山僧占多。贫僧是无锡县惠山寺一个住持的是也。"可知龙山樵客是惠山寺的一个住持。

笔者最初认为这个住持有可能是圆显。圆显号卧云，曾编著《惠山记》四卷。但随后在围绕《惠山志》的文献查找中，笔者已经发现邵宝《容春堂集》的相关资料。2009 年，陈国军撰文指出《鸳渚志余雪窗谈异》的作者不可能为圆显[1]，确是。

2010 年，嘉兴学者傅逅勒对钓鸳湖客、卧云幽士、奇奇狂叟进行了考证。[2]傅逅勒初步认为，钓鸳湖客很有可能也是项圣谟年轻时的一个名号；本山月汀即海盐籍海宁人徐渊，系万历年间海盐栖真观道长、诗人；卧云幽士最佳入选人是黄正宪女、朱茂时副室之黄媛贞（自号卧云女士）；奇奇狂叟很有可能为项元汴的又一名号；兰台石士是项元汴长子项穆之号。《鸳渚志余雪窗谈异》是嘉兴明末项家之传抄秘册，很有可能当时由项圣谟父辈兰台石士讲述，传抄后，由祖辈奇奇狂叟审定、赏阅或收藏；后来由圣谟等兰台石士之子侄

1 陈国军：《僧人或文士——关于〈鸳渚志余雪窗谈异〉作者的考论》。
2 傅逅勒：《也谈〈鸳渚志余雪窗谈异〉的作者问题》，《书品》2010 年第 5 期。

们经过多次传抄整理评述。周绍濂传抄本既然取名为《鸳湖杂志》即《雪窗谈异》，应该说，周氏是按原先已有之《雪窗谈异》传抄本，在抄录各篇文章中，发现另有新内容，篇章有所增减，另定名为《鸳湖杂志》，他特定加以注明，告诉大家此书即是原先在传阅之《雪窗谈异》，但有内容增减，是补充说明。所以《雪窗谈异》应该在先。经周氏传抄后的《鸳湖杂志》即《雪窗谈异》，后来或许也已成残本，项家子孙们再在周氏的传抄残本基础上有所整理，正是在《鸳湖杂志》抄本的基础上有所增减的，才定名为《鸳渚志余雪窗谈异》。

　　至此，在没有新资料之前，关于《鸳渚志余雪窗谈异》的作者争论，可以告一段落，但将再次存疑。

第六章 《稗家粹编》与《六十家小说》等话本集研究

宋元话本小说独具民族特色，深刻影响了明清小说的形成。然话本多所散佚无存，明朝嘉靖年间编印的《六十家小说》(《清平山堂话本》)和《熊龙峰四种小说》，就成为考察宋元话本小说的文本形态的珍贵资料。《稗家粹编》收录了《孔淑芳记》《杜丽娘记》等珍稀文言小说，为深入研究话本小说提供了新资料。

第一节 《稗家粹编》与《六十家小说》的认定

《宝文堂书目》著录了《合同文字记》《范张鸡黍死生交》《羊角哀鬼战荆轲》《雪川萧琛贬霸王》《杨温拦路虎传》《刎颈鸳鸯会》《齐晏子二桃杀三学士》《冯唐直谏汉文帝》等《六十家小说》中的篇名，已是学界共识。日本学者中里见敬指出："晁氏的藏书也包括《六十家小说》，但由于著录方针缺乏一贯性，因而《随航集》一集只著录了其集名，而其他五集中的小说著录了每一篇的篇名。制订成一册的《雨窗集上》中的五篇，由于某种原因丢失，没有被著录下来。"并且依据《宝文堂书目》，对《六十家小说》进行了一定程度的复原。[1] 那么，如下问题值得深入探讨：

第一，《宝文堂书目》著录《六十家小说》，为什么不按册的具体篇目依次著录，而是分散在不同地方，也就是说，为什么不连续著录呢？如现存《欹枕集》下《老冯唐直谏汉文帝》《汉李广世号飞将军》《夔关姚卞吊诸葛》《雪川萧琛贬霸王》《李元吴江救朱蛇》等5篇，就不是连续被著录。它与《六十家小说》编辑体例是否有关？以前一个较为合理的解释是：《六十家小说》没有总目，"随得随刊"。如马廉认为："洪氏原刻话本的时候没有总名。天一阁插架题字的款式显然是两次的。笔者觉得范氏入藏的时候，随意给取上一个雅号，'雨窗''欹枕'都与话本小说的作用相关。"[2] 但是事实并非如此。

首先，明代确有《六十家小说》的文献记载。田汝成（约1503—？）《西湖游览志》（嘉惠堂本）卷二载：

> 《六十家小说》载有西湖三怪，时出迷惑游人，故魇师作三塔以镇之。

然现存嘉靖二十六年（1547）本《西湖游览志》无"六十家小说"字样，清光绪嘉惠堂刊本才有这一记载。[3] 如果田氏的记载尚不确定，那么孙一奎（1522—1619）《赤水玄珠》卷六就非常确定了：

1　中里见敬：《反思〈宝文堂书目〉所录的话本小说与清平山堂〈六十家小说〉之关系》，《复旦学报》2005 年第 6 期。

2　马廉：《影印天一阁旧藏雨窗欹枕集序》，载刘倩编：《马隅卿小说戏曲论集》，中华书局 2006 年版。

3　施奠东主编：《西湖游览志》第二卷"校"，上海古籍出版社 1998 年版，第 23 页。但日本崎玉大学大塚秀高教授指出万历四十七年刊《校增西湖游览图志》卷二有"六十家小说"字样，与与嘉惠堂本《西湖游览志》的记载相一致；并发现康熙二十八年序刊《西湖志》所收的姚靖《重刻西湖志序》中有"西湖六十家小说"的记载。

生生子曰：经云："恐伤肾。"予在苕见一友人与一女子私合，正值阳败之际，为人惊破，恐惧走归，精流不止而毙。又观《六十家小说》中载一女子与一少年，亦如上故。

查此事，实出《清平山堂话本》中《刎颈鸳鸯会》：

隔邻有一儿子，名叫阿巧，未曾出幼，常来女家嬉戏。不料此女以动不正之心有日矣。况阿巧不甚长成，父母不以为怪，遂得通家，往来无间。一日，女父母他适，阿巧偶来。其女相诱入室，强合焉。忽闻扣户声急，阿巧惊遁而去。女父母至家，亦不知也。且此女欲心如炽，久渴此事，自从情窦一开，不能自已。阿巧回家，惊气冲心而殂。

《赤水玄珠》著成于万历元年（1573），刊于万历十二年（1584）。现存万历二十四年刻本，藏北京大学图书馆等单位[1]和见于《四库全书》等。

另外，清刻本《重刊麻姑山志》卷三刘过故事，文末明确有"出《六十家小说》"字样。[2]既是重刻，不排除明刊本亦有《六十家小说》的记载。

其次，明清书目亦曾著录《六十家小说》。

1. 明黄洪宪（1541—1600）《稗统续编》收录，后转归赵用贤（1535—1596）收藏，见录于《赵定宇书目》"稗统续编"类：六十

1　参见《中国古籍善本书目》，上海古籍出版社 1990 年版，第 225 页。
2　白亚仁：《新见〈六十家小说〉佚文》，《文献》1998 年第 1 期。

家小说十本欠一本。[1] 明确著录为十本，似乎体例为六篇一册。然传本《雨窗集》《欹枕集》分上下，即每种两册，似乎应为十二册。

2. 清祁承爜（1563—1628）《澹生堂书目》卷七"记异类"[2] 著录：

> 六十家小说　六册　六十卷　《雨窗集》十卷　《长灯集》十卷　《随航集》十卷　《欹枕集》十卷　《解闲集》十卷　《醒梦集》十卷

3. 清顾修《汇刻书目初编》[3]［初刻于嘉庆四年（1799）］：

> 六家小说　《雨窗集》十卷　《长灯集》十卷　《随航集》十卷　《欹枕集》十卷　《解闲集》十卷　《醒梦集》十卷

综上，现在所见明确载明出自《六十家小说》的有三篇：《西湖三塔记》、《刎颈鸳鸯会》、"刘过"故事。《西湖三塔记》和《刎颈鸳鸯会》见于今存《六十家小说》。田汝成、孙一奎和黄洪宪与晁瑮四人，俱生活于16世纪，其著述应该不受前后影响。可见《六十家小说》的总名确实存在。

即使当时没有《六十家小说》的总名和《六十家小说》的总目，《宝

---

1 《赵定宇书目》，上海古籍出版社2005年版，第193页。全书字体一致，似系一人所书。赵用贤于1596年去世。黄洪宪，字懋中，号葵阳，别署碧山居士，浙江嘉兴人，隆庆五年进士。万历二十六年（1598）刻印个人文集《碧山学士集》二十一卷、《别集》四卷。曾购藏大型笔记小说《稗统》及其后编和续编。然"《稗统》续编"著录的梅鼎祚（1549—1615）《青泥莲花志》（应为《青泥莲花记》）各本前有万历庚子（1600）序和凡例，后有万历壬寅（1602）校后志，其时黄氏和赵氏已经去世。《稗统续编》是否混入黄氏和赵氏逝后文献，详情待考。

2 《宋元明清书目题跋丛刊》第4册，影印光绪十八年（1892）徐友兰铸学斋雕本，中华书局2006年版，第213页。

3 据嘉庆四年序刊本，光绪十二年上海福瀛书局据仁和朱氏增订本不记载"六家小说"。

文堂书目》也应该按照原来篇目顺序一一著录。笔者一个合理的解释就是：《宝文堂书目》著录的《六十家小说》，单篇设置页码，在当时很可能是单篇装订。

第二，《宝文堂书目》对"《随航集》十种"只著录了集名，仅仅如中里见敬所言乃"著录方针缺乏一贯性"吗？如果我们换一个思路，认为"《随航集》十种"与《六十家小说》中的《随航集》同名，也就是认为它并非当下学术界所认同的话本小说十篇，而是如《烟霞小说》，包含《吴中故语》《蓬轩吴记》等十三种，那么，《宝文堂书目》的著录方针就前后一致了。《六十家小说》的篇目也就可以在子杂类其他篇目中找寻了。

第三，已知的《雨窗集上》中的五篇（《花灯轿莲女成佛记》《曹伯明错勘赃记》《错认尸》《董永遇仙传》《戒指儿记》）为什么没有被《宝文堂书目》著录？这也是一个应该回答的问题。

第四，《宝文堂书目》著录时对篇名为什么不是完全吻合而有所改动呢？或者是原本如此？《宝文堂书目》将《死生交范张鸡黍》著录为《范张鸡黍死生交》，文字上就前后进行了互换。

对《六十家小说》的篇目，我们似乎可以在多个方面努力。

第一，在其他书目中寻找。如清钱曾《也是园书目》著录《灯花婆婆》《种瓜张老》《紫罗盖头》《女报冤》《风吹轿儿》《错斩崔宁》《山亭儿》《西湖三塔》《简帖和尚》《冯玉梅团圆》《李焕生五阵雨》《小金钱》等 12 种[1]，著录的应该是单行本。《宝文堂书目》亦著录。我们不能排除它们就是《六十家小说》的散佚篇目。

第二，现存《欹枕集》标题采取对偶形式，如《老冯唐直谏汉文帝》和《汉李广世号飞将军》，《夔关姚卞吊诸葛》和《雪川萧琛贬霸王》，

1 钱曾：《虞山钱遵王藏书目录汇编》，上海古籍出版社 2005 年版，第 298—299 页。

为何在《六十家小说》中仅"灵光一现"？按此惯例，《齐晏子二桃杀三（学）士》[1]和《曹孟德一瓜斩三妾》不折不扣是一佳对，似乎也可以归列入《六十家小说》。

第二节　《稗家粹编·孔淑芳记》与《孔淑芳双鱼扇坠传》及《幽怪传疑》的关系

《熊龙峰小说四种》中的《孔淑芳双鱼扇坠传》，即《宝文堂书目》所著录的《孔淑芳记》，其本事来源是嘉靖年间《西湖游览志余》卷二十六《幽怪传疑》，这已成为学界定论[2]。但是《稗家粹编》卷六收录的《孔淑芳记》的出现，对此提出了挑战。

一　《稗家粹编》与《孔淑芳记》的本事来源研究

嘉靖年间田汝成辑撰的《西湖游览志余》卷二十六《幽怪传疑》所记徐景春故事全文仅有181字。《孔淑芳记》篇，全文500字。《古今清谈万选》卷二《孔惑景春》亦记此事，文字与《稗家粹编》非常接近，文字多出仅四处，见加括号部分：

1. 年二十余，（丰姿魁伟，绰约有声，）善吟咏，美风调。

2. 时当暮春天气可人，（春服既成，阳春惠我以佳境，大块

1　小说所述内容为三个大力士互相夸功而最后自刎事。据《辞源》（修订版）（商务印书馆1988年版，第431页），学士有三种义项：在学的贵族子弟；学者，文人；官名。俱与文意不符。"学士"，应是"力士"之误。

2　参见马幼垣《熊龙峰所刊短篇小说四种考释》（见刘世德编《中国古代小说研究——台湾香港论文选辑》，上海古籍出版社1983年版，第42—73页）、孙楷第《小说旁证》（人民文学出版社2000年版）、石昌渝主编《中国古代小说总目》（山西教育出版社2004年版）以及诸多文学史和研究论著等。

假我以良辰。）命仆携酒。

3.美人行且（吟曰："路入桃源小洞天，乱红飞处遇婵娟。襄王误作高唐梦，不是阳台云雨仙。"吟成，）叹曰：湖山如故……

4.径之女室，（设肴酒对酌西窗下，相与论诗曰："唐人喜作回文，近时罕见。"景春曰："玉人柔情幽思，谈笑为之。若予辈荒钝，无复措辞。"美人笑曰："请一题。"景春曰："四时题可也。"美人即席赋诗曰："花朵几枝柔傍砌，柳丝千缕细摇风。霞明半岭西斜日，月上孤村一树松。"［右春］"凉回翠簟冰人冷，齿沁清泉夏井寒。香篆袅风清缕缕，纸窗明月白团团。"［右夏］"芦雪覆汀秋水白，柳风凋树晚山苍。孤灯客梦惊空馆，独雁征书寄远乡。"［右秋］"天冻雨寒朝闭户，雪飞风冷夜关城。堆红兽炭围炉暖，浅碧茶瓯注茗清。"［右冬］景春叹其敏妙，即濡毫和曰："芳树吐花红过雨，入帘飞絮白惊风。黄添晓色青舒柳，粉落晴香雪覆松。"［和春］"瓜浮瓮水凉消暑，藕叠盘冰翠嚼寒。斜石近阶穿笋密，小池舒叶出荷团。"［和夏］"残日绚红霜叶赤，薄烟笼树晚林苍。鸾书可恨羞封泪，蝶梦惊愁怕念乡。"［和秋］"风卷雪篷寒罢钓，月辉霜柝冷敲城。浓香酒泛霞杯满，淡影梅横纸帐清。"［和冬］美人亦称善，徘徊久之，）遂荐枕席之欢，共效于飞之乐。[1]

按：此处添加，第三处和第四处的诗词全部出自《剪灯余话》中的《田洙遇薛涛联句记》，而第四处最明显，几乎没做改动：

---

[1] 《明清善本小说丛刊初编》第85册。

一夕，与洙论诗曰："唐人喜作回文，近时罕见。"洙曰："惟夫人柔情幽思，谈笑为之。若予荒钝，无复措辞。"美人笑曰："请试命题，以求教益。"洙遽曰："四时可也。"美人即赋诗曰："花朵几枝柔傍砌，柳丝千缕细摇风。霞明半岭西斜日，月上孤村一树松。""凉回翠簟冰人冷，齿沁清泉夏井寒。香篆袅风清缕缕，纸窗明月白团团。""芦雪覆汀秋水白，柳风凋树晚山苍。孤灯客梦惊空馆，独雁征书寄远乡。""天冻雨寒朝闭户，雪飞风冷夜关城。鲜红炭火围炉暖，浅碧茶瓯注茗清。"读与洙听，洙叹其敏妙。将濡毫属和，美人曰："正所谓木桃琼瑶，敢望报乎？"洙答曰："真乃是白雪阳春，难为和耳。"亦赓四韵曰："芳树吐花红过雨，入帘飞絮白惊风。黄添晓色青舒柳，粉落晴香雪覆松。""瓜浮瓮水凉消暑，藕叠盘冰翠嚼寒。斜石近阶穿笋密，小池舒叶出荷团。""残日绚红霜叶赤，薄烟笼树晚林苍。鸾书可恨羞封泪，蝶梦惊愁怕念乡。""风卷雪篷寒罢钓，月辉霜柝冷敲城。浓香酒泛霞杯满，淡影梅横纸帐清。"美人且读且笑曰："绝妙好词。但两韵俱和则善矣。"洙曰："君子不欲多上人，且输一筹耳。"……

可见，《古今清谈万选》卷二《孔惑景春》是在见于《稗家粹编》的《孔淑芳记》的文字基础上，移取《田洙遇薛涛联句记》的诗而成。按照编辑体例，《稗家粹编》很少改动，尤其是诗词，一般都予以保留。而《古今清谈万选》"辑录前人作品而有所修改，往往插增诗歌"[1]。所以插入的诗词应该是《古今清谈万选》作者所为。然而《田洙遇薛涛联句记》中田氏和薛涛乃文人风流，俱称才子才女，作回文诗

---

1 参见《古今清谈万选》解题，载程毅中、薛洪勣编：《古体小说钞·明代卷》，中华书局 2001 年版，第 314 页。

斗才在情理中,但在《孔惑景春》中,景春是商人,而孔氏亦是常鬼,添加的回文诗似乎不合二人身份。

另外,邻居林世杰的名字,《古今清谈万选》和《稗家粹编》也一致,但是《孔淑芳双鱼扇坠传》和《西湖游览志余·幽怪传疑》都作张世杰。

所以,《稗家粹编》本所收《孔淑芳记》与《古今清谈万选》卷二《孔惑景春》应是同一祖本,但是《孔淑芳记》的产生年代比《孔惑景春》要早。所以下文仅取《稗家粹编》本进行分析。

将《幽怪传疑》《孔淑芳记》《孔淑芳双鱼扇坠传》的前部分进行比较:

表 6-1

幽怪传疑	孔淑芳记	孔淑芳双鱼扇坠传
弘治间,旬宣街有少年子徐景春者,春日游湖山,至断桥时,日迫暮矣。路逢一美人与一小鬟同行。景春悦之,前揖而问曰:"娘子何故至此?"答曰:"妾顷与亲戚同游玉泉。士子杂遝,遂失群,惘惘索途耳。"景春曰:"娘子贵宅何所?"答曰:"湖墅宦族孔氏二姐也。"景春遂送之以往。及门,强景春入曰:"家无至亲,郎君不弃,暂寄一宿,何如?"景春大喜,遂入宿焉,备极缱绻,以双鱼扇坠为	徐景春,临安富室徐大川之子也。年二十余,善吟咏,美风调,经营之业颇精,山水之兴亦高。时当暮春,天气可人,命仆携酒,出游西湖之上,南北两山,足迹殆将遍焉。时日落西山,月生东海。唤舟至岸,兴尽言旋,信步而归。至于漏水桥侧。俄见美人随一青衣而行,云鬟雾发,绰约多姿,望之殆若神仙中人也。景春顾盼间,神魂飘散,叹世人之罕有。美人行且言曰:"湖山如故,风景不殊,时移世换,	话说弘治年间临安府旬宣街,有个富翁姓徐名大川,娶妻戴氏。俱(以)[已]五十有三,(正)[止]生一男,名徐景春。其年二十有六,善调诗韵,经营为业。其时春间天气,景物可人,无以消道。素闻山明水秀,乃告其父母,欲往观看。遂吩咐琴童,肩挑酒罍,出到涌金门外,游于南北两山、西湖之上,诸刹寺院、石屋之洞、冷泉之亭,随行随观,崎岖险峻,幽涧深林,悬崖绝壁,足迹殆将遍焉。正值三月之望,

（续表）

幽怪传疑	孔淑芳记	孔淑芳双鱼扇坠传
赠。明日，邻人张世杰者见景春卧冢间，扶之归。其父访之，乃孔氏女淑芳之墓也。告于官，发之，其祟绝焉。	令人有黍离之悲。"生趋然揖之曰："娘子何以独行，知其景趣？"美人曰："妾与女伴同行，踏青游玩。士女杂沓，偶尔失群。欲乃取路而回，迷踪失径。"景春扣其姓氏居址，美人曰："姓孔，小字淑芳，湖市宦家之女也。家事零替，父母早亡，既寡兄弟，仍鲜族党，止妾一身，与玉梅侨居于西湖之侧耳。"生称送之，美人笑言："官人可能顾盼，敝居咫尺。"生女并肩而行，极其欢昵。径之女室，遂荐枕席之欢，共效于飞之乐。而景春之仆乃先归焉。父母恐其或醉倒街衢，或投于楚馆，将往寻觅，不觉谯楼起鼓，僧寺鸣钟。城门既阖，不得出访，忧惶至晚。侵晨又起，与仆俟问，杳无踪迹。是日偶有邻林世杰经商而归，行至新河坝上孔坟之侧，忽闻茔内	桃红夹岸，柳绿盈畔。游鱼跳掷于波间，宿鸟飞鸣于树际。景春酒至半酣，仰见日落西山，月生东海，唤舟至岸，命琴童挑酒樽食罍，取路而归，还了舟银，迅步而行，至于漏水桥侧。琴童或先或后，跟着徐生。徐生忽然见一美人，娉婷先行，侍女随后。其女云鬟绿鬓，绰约多姿，体态妖娆，望之殆若神女。怎见美人好处？词云："秋水横双眼，春山列两眉。芙蓉面仿海棠姿，却与舞风杨柳斗腰肢。琢削冰为骨，妆成雪作肌。不须傅粉抹胭脂，可爱自然，颜色赛过西施。"徐生观之，神魂飘荡，叹赏人间罕有，世上无双。美人亦眉目留情，依依不舍，忽言曰："湖山如故，风景不殊，时移世换，令人有黍离之悲。"徐生趋前揖之曰："娘子何以独行，知其

（续表）

幽怪传疑	孔淑芳记	孔淑芳双鱼扇坠传
	似有唏嘘之声，前往观。看，只见景春俯伏于地，似醉如痴，寻知其为鬼所魅也，急救回家。备言前事，父母惊喜。景春卧病月余而瘥。是日往彼踪迹之，有亡女孔氏淑芳之碑在焉。呜呼！此女阳气未终，兴妖作孽，然使景春遇之而无淫恋之心，则邪不犯正，侪克尔哉！	景趣？"美人笑曰："妾与父母同行，踏青游玩。至于玉泉寺内，王孙公子，士女佳人，出入纵横，观赏池中金鲤，踊跃纷纷。其时失群于父母，欲取路回归，不想迷踪失址。遂尔落后。"生问姓名居址，美人曰："妾姓孔，小字淑芳，湖市宦家之女，排行第二。家事零替，父母与兄同居，仍鲜族党，只妾一身，与玉梅侨居于西湖耳。"生称送之，美人笑曰："官人可能垂盼，敝居咫尺，同行何如？"生欣然，并肩而行，极其款昵。至晚……饮至数杯，即挽生就寝，与生枕席之欢，共效于飞之乐。

显然，无论是情节结构，还是语言文字，三文雷同处特多。在《幽怪传疑》中，《孔淑芳双鱼扇坠传》的主要情节已经具备；主人公名字相同；孔淑芳排行第二；有双鱼扇坠情节；发冢崇绝，确实是《孔淑芳双鱼扇坠传》的本事来源。但文字过于简单，且无徐景春父亲名字。在《孔淑芳记》中，尽管没有双鱼扇坠和发冢等情节，邻居

的名字也是名同但姓不同，但是小说的情节描述更加接近，而且有徐景春父亲和婢女玉梅的名字，无疑都是漏水桥侧遇妖，《孔淑芳双鱼扇坠传》也受到了《孔淑芳记》的影响。

再看《幽怪传疑》中没有的一段：

> 父母恐其或醉倒街衢，或投于楚馆。将往寻觅，不觉谯楼起鼓，僧寺鸣钟。城门既阖，不得出访，忧惶至晚。侵晨又起，与仆俟问，杳无踪迹。（《孔淑芳记》）

> 再审间间，不觉楼头鼓起，僧寺钟鸣。细思醉倒于街衢，存想或投于楚馆。欲往寻访，不知其所。城门既阖，举家忧惶。挨了一夜，直至五更。徐大川怆惶走起，与仆挨步寻访，杳无踪迹。（《孔淑芳双鱼扇坠传》）

可以看出，《孔淑芳双鱼扇坠传》完全就是在改写《孔淑芳记》，但是逻辑没有《孔淑芳记》的缜密，行文也欠《孔淑芳记》的流畅。所以，论及《孔淑芳双鱼扇坠传》的来源问题时，除《西湖游览志余》卷二十六《幽怪传疑》之外，不应忽视《稗家粹编》卷六的《孔淑芳记》。也就是说，《孔淑芳记》应该是《孔淑芳双鱼扇坠传》的另一个重要来源。

二　《孔淑芳双鱼扇坠传》与《剪灯新话》的因袭关系

《孔淑芳双鱼扇坠传》的许多文字，对《剪灯新话》中的《牡丹灯记》《滕穆醉游聚景园记》等因袭甚多。下引《剪灯新话》以《句解》本为准，必要时参校其他刊本。

表 6-2

孔淑芳双鱼扇坠传	《剪灯新话》诸篇
话说弘治年间临安府旬宣街,有个富翁姓徐名大川,娶妻戴氏。俱（以）[已]五十有三,（正）[止]生一男,名徐景春。其年二十有六,善调诗韵,经营为业。其时春间天气,景物可人,无以消遣。素闻山明水秀,乃告其父母,欲往观看,遂吩咐琴童,肩挑酒罍,出到涌金门外,游于南北两山、西湖之上,诸刹寺院、石屋之洞、冷泉之亭,随行随观。崎岖险峻,幽洞深林,悬崖绝壁,足迹殆将遍焉。正值三月之望,桃红夹岸,柳绿盈眸。游鱼跳掷于波间,宿鸟飞鸣于树际。	延祐初,永嘉滕生名穆,年二十六,美风调,善吟咏,为众所推许。素闻临安山水之胜,思一游焉。甲寅岁,科举之诏兴,遂以乡书赴荐。至则侨居涌金门外,无日不往于南北二山及湖上诸刹,灵隐、天竺、净慈、宝石之类,以至玉泉、虎跑、天龙、灵鹫。石屋之洞,冷泉之亭,幽洞深林,悬崖绝壁,足迹殆将遍焉。七月之望,于曲院赏莲,因而宿湖,泊雷峰塔下。是夜,月色如昼,荷香满身,时闻大鱼跳掷于波间,宿鸟飞鸣于岸际。（《滕穆醉游聚景园记》）
徐生忽然见一美人,婷婷先行,侍女随后。其女云鬟绿鬓,绰约多姿,体态妖娆,望之殆若神女。	生至轩下,倚栏少憩。俄见一美人先行,一侍女随之,自外而入。风鬟雾鬓,绰约多姿,望之殆若神仙。生于轩下屏息以观其所为。（《滕穆醉游聚景园记》）
[美人]忽言曰:"湖山如故,风景不殊,时移世换,令人有黍离之悲。"	美人言曰:"湖山如故,风景不殊,但时移世换,令人有黍离之悲耳!"（《滕穆醉游聚景园记》）
生问姓名居址,美人曰:"妾姓孔,小字淑芳,湖市宦家之女,排行第二。家事零替,父母与兄同居,仍鲜族党,只妾一身,与玉梅侨居于西湖耳。"	生问其姓名居址,女曰:"姓符,丽卿其字,淑芳其名,故奉化州判女也。先人既殁,家事零替,既无弟兄,仍鲜族党,止妾一身,遂与金莲侨居湖西耳。"（《牡丹灯记》）
生称送之,美人笑曰:"官人可能垂盼,敝居咫尺,同行何如?"	生即趋前揖之曰:"敝居咫尺,佳人可能回顾否?"女无难意。（《牡丹灯记》）

（续表）

孔淑芳双鱼扇坠传	《剪灯新话》诸篇
至晚，月上东垣，莲开南浦。	至晚，月上东垣，莲开南浦，露柳烟篁……（《滕穆醉游聚景园记》）
径造女室，至一小轩，名曰幽轩。前有葡萄一架，松柏数株，靠墙结一翠柏屏风，轩内……	是夜遂梦至肆中……始至女室，乃一小轩也。轩之前有葡萄架，架下凿池，方圆盈丈，甃以文石，养金鲫其中；池左右植垂丝桧二株，绿荫婆娑，靠墙结一翠柏屏……（《渭塘奇遇记》）
女口占诗一律："玉砌雕栏花一枝，相逢却是未开时。娇姿未惯风和雨，分付东君好护持。"	长女口占一诗赠生曰："玉砌雕栏花两枝，相逢恰是未开时。妖姿未惯风和雨，吩咐东君好护持。"（《联芳楼记》）
一路迤逦，径抵彼处东门停歇，往投旧友金荣，荣乃信义人也。	尝闻父言：有旧仆金荣者，信义人也，居镇江吕城，以耕种为业。（《金凤钗记》）
徐景春便昏昏沉沉，不知不觉与那女子携手而行，款语切切。女子解下双鱼扇坠，交与景春作为表记。	一夕，女以紫金碧甸指环赠生，生解水晶双鱼扇坠酬之。（《渭塘奇遇记》）
次早大川与邻翁径往紫阳宫中。那紫阳宫有一真人，见居山岩之上，能拷勘鬼神，法术灵验。大川攀藤附葛，直上绝顶，果见一庵。正遇真人出庵闲看。大川与众人一齐跪下，告求下山。真人曰："汝何以如之？"邻翁曰："承蒙玄妙观杨法师所指，特来求恳。"真人曰："汝子既被妖魅所迷，旦夕死矣。吾不能下山救他。"众人再拜，哀求	居人大惧，竟往玄妙观谒魏法师而诉焉。法师曰："吾之符箓，止能治其未然，今崇成矣，非吾之所知也。闻有铁冠道人者，居四明山顶，考劾鬼神，法术灵验，汝辈宜往求之。"众遂至山，攀缘藤葛，暮越溪涧，直上绝顶，果有草庵一所，道人凭几而坐，方看童子调鹤。众罗拜庵下，告以来故。道人曰："山林隐士，旦暮且死，乌有奇术！君辈过

孔淑芳双鱼扇坠传	《剪灯新话》诸篇
不已。真人曰："吾已老矣，安能复与世间事！既汝被迷苦楚，只得扶往治之。"即令童子挽扶下山，到于彼处，结立法坛，书符焚化。不多时间，只见两员神将、本部城隍、当境土地立于坛前。真人捏诀念咒，喝向土地："此间有一阴鬼为祸，扰害生民，汝等岂不知之？宣速拘来，以凭发遣。"众神领命，即往彼处捉获，枷锁镣钮，押孔淑芳并一丫鬟到坛前，跪下。真人研审，各以鞭杖流血拷责良久，令其供状，即将纸笔受录。	听矣。"拒之甚严。众曰："某本不知，盖玄妙魏师所指教尔。"始释然曰："老夫不下山已六十年，小子饶舌，烦吾一行。"即与童子下山，步履轻捷，径至西门外，结方丈之坛，踞席端坐，书符焚之。忽见符吏数辈，黄巾锦袄，金甲雕戈，皆长丈余，屹立坛下，鞠躬请命，貌甚虔肃。道人曰："此间有邪祟为祸，惊扰生民，汝辈岂不知耶？宜疾驱之至。"受命而往，不移时，以枷锁押女与生并金莲俱到，鞭棰挥扑，流血淋漓。道人呵责良久，令其供状。将吏以纸笔授之，遂各供数百言。（《牡丹灯记》）
淑芳供曰："念某青春弃世，白昼无聊。三魂虽去，一灵不绝。聊效崔氏而逢张珙，谐百年鱼水之欢娱；岂被王魁而负桂英，作万载风流之话本。实不知律重而得罪难逃。望慈悲哀怜而从轻赦宥。"丫鬟供曰："念某生时侍人，死亦奉人。岂曾得一夕之欢娱，到惹下三条之罪过。不知阴律而犯匪轻，却图阳世而贪生乐。不害灵于人间，岂敢为妖于世上。烦望祖师从轻大赦。"二鬼供毕，递与真人。真人看了，援笔判曰："天地初分，二气始判。而万物化生，此乃清平之	符女供曰："伏念某青年弃世，白昼无邻。六魄虽离，一灵未混。灯前月下，逢五百年欢喜冤家；世上民间，作千万人风流话本。迷不知返，罪安可逃！"金莲供曰："伏念某杀青为骨，染素成胎。坟垅埋藏，是谁作俑而用？面目机发，比人具体而微。既有名字之称，可乏精灵之异！因而得计，岂敢为妖！"供毕，将吏取呈。道人以巨笔判曰："……矧此清平之世，坦荡之时……陷人坑从今填满，迷魂阵自此打开，烧毁双明之灯，押赴九幽之狱。判词已具，主者奉行急急如律

（续表）

孔淑芳双鱼扇坠传	《剪灯新话》诸篇
世，坦荡之时……押赴九幽之狱、酆都之郡，万劫不赦，天恩不宥，永无得出之期，难以姑容此事。临安郡从今清净，新河坝永绝妖气。速赴莫违！急急如律令！"神将押赴酆都，二鬼哭声不绝。	令。"即见三人悲啼踯躅，为将吏驱捽而去。（《牡丹灯记》）

由上可见，《孔淑芳双鱼扇坠传》就是对《剪灯新话》中《牡丹灯记》《滕穆醉游聚景园记》《联芳楼记》等篇的抄袭和模仿，文字较少改变。其中前面部分如出游、遇鬼全过程因袭《滕穆醉游聚景园记》，后面部分因袭《牡丹灯记》，如请法师下山、作法、二鬼供词，模仿痕迹最明显。但是整个结构如果去掉中间徐景春与金荣、张克让做生意的部分[1]，《孔淑芳双鱼扇坠传》的结构就与《牡丹灯记》几乎完全相同：出游—遇鬼—媾合—作法—去祟。

另外，"生与女并肩而坐，女命丫鬟附耳低言，排列肴馔于秋香亭下"句提到的"秋香亭"，也与《剪灯新话》附录的《秋香亭记》中的秋香亭名称相同，受其影响也是有可能的；《牡丹灯记》中的符丽卿和《孔淑芳双鱼扇坠传》的孔淑芳都取名淑芳，恐怕也是《孔淑芳双鱼扇坠传》的作者要将二者糅合的契机；甚至"双鱼扇坠"的重要关目也有可能得灵感于《渭塘奇遇记》。

1　小说中徐景春与金荣、张克让做生意和结婚的部分没有情节展开，并且了无情趣，味同嚼蜡。另外写金荣与景春关系，也非正常，似有同性恋之嫌疑。如："金荣与景春，朝暮相爱，且夕不离。不觉数月有余，景春辞归，金荣款留再四，置酒饯于甘路寺，以诉衷曲。翌日车马仆从登途，金荣不忍分别，又送一程。"

而且，笔者发现正是《孔淑芳双鱼扇坠传》对《剪灯新话》等抄袭和模仿，造成了一些疵漏。试举四例。

其一，有违生活常理。

> 至晚月上东垣，莲开南浦，露柳烟篁，动摇堤岸，宛然昔时之景。（《滕穆醉游聚景园记》）
> 至晚月上东垣，莲开南浦。（《孔淑芳双鱼扇坠传》）

《滕穆醉游聚景园记》后半故事发生在"七月之望"，所以"至晚月上东垣，莲开南浦"，说莲花盛开，非常自然和真实。又，《西湖游览志余》云："宋时，聚景园中有绣莲，红瓣而黄绿，结实如饴。"[1]可见《滕穆醉游聚景园记》的描写也符合史实。但是《孔淑芳双鱼扇坠传》开头就已点明故事发生在"正值三月之望，桃红夹岸，柳绿盈眸"之时，后文却说"至晚月上东垣，莲开南浦"，等于说三月里荷花盛开，就违背了生活常识，明显是作者对《滕穆醉游聚景园记》的模仿和抄袭时疏忽所致。

其二，有违当时情境。

> 美人言曰："湖山如故，风景不殊，但时移世换，令人有黍离之悲耳！"（《滕穆醉游聚景园记》）
> 美人亦眉目留情，依依不舍，忽言曰："湖山如故，风景不殊，但时移世换，令人有黍离之悲！"（《孔淑芳双鱼扇坠传》）

在《滕穆醉游聚景园记》中，美人（卫芳华）为"故宋理宗朝

---

[1] 田汝成：《西湖游览志余》卷二十四"委巷丛谈"，上海古籍出版社1998年版，第346页。

宫人",在宋亡后有"时移世换"、"黍离之悲"也在情理之中,但是
《孔淑芳双鱼扇坠传》中孔淑芳乃一亡女,却出语如此沉痛,不符当
时情境,显然是因袭不当。而所模仿的原文《牡丹灯记》是:

> 行数十步,女忽回顾而微哂曰:"初无桑中之期,乃有月下
> 之遇,事非偶然也。"生即趋前揖之曰:"敝居咫尺,佳人可能
> 回顾否?"女无难意。

女、生之间,一个语带挑逗,一个顺水推舟,这种处理很贴切。
其三,有违语言逻辑。

> 姓符,丽卿其字,淑芳其名。故奉化州判女也。先人既殁,
> 家事零替,既无兄弟,仍鲜族党,止妾一身,遂与金莲侨居湖西耳。
> (《剪灯新话句解》本《牡丹灯记》)
> 妾姓符,丽卿其字,淑芳其名,故奉化州判女也。先人既殁,
> 家事零替,既无伯叔,终鲜兄弟,止妾一身,遂与金莲侨居湖西耳。
> (黄正位本、《稗家粹编》本《牡丹灯记》)
> 实姓孔,小字淑芳,湖市宦家之女,排行第二。家事零替,
> 父母与兄同居,仍鲜族党,只妾一身,与玉梅侨居于西湖耳。(《孔
> 淑芳双鱼扇坠传》)

李密《陈情表》有"既无叔伯,终鲜兄弟"句。在《牡丹灯记》中,
符丽卿父母已亡,既无兄弟,又少族党,因此说"止妾一身"非常贴切,
同时,语法结构"既……,仍(终)……"的逻辑关系也很清楚。但是,
在《孔淑芳双鱼扇坠传》中,孔淑芳既有父母、兄弟,"仍鲜族党"
在语气和逻辑上便缺少照应,应是一误。

其四，有失文气连贯。

> 法师曰："吾之符箓，止能治其未然，今祟成矣，非吾之所知也。闻有铁冠道人者，居四明山顶，考劾鬼神，法术灵验，汝辈宜往求之。"众遂至山，攀缘藤葛，蓦越溪涧，直上绝顶，果有草庵一所，道人凭几而坐，方看童子调鹤。（《剪灯新话句解》本《牡丹灯记》）

> 次早大川与邻翁径往紫阳宫中。那紫阳宫有一真人，见居山岩之上，能拷勘鬼神，法术灵验。大川攀藤附葛，直上绝顶，果见一庵。正遇真人出庵闲看。（《孔淑芳双鱼扇坠传》）

在《孔淑芳双鱼扇坠传》中，"大川与邻翁径往紫阳宫中"，可见他们对紫阳宫非常熟悉，下文"攀藤附葛，直上绝顶"后"果见一庵"的表述就很突兀、牵强。而且又特意言明来此"承蒙玄妙观杨法师所指"，前面也无照应。如果是听人说"那紫阳宫有一真人，见居山岩之上"，等到亲眼所见如是，出语"果见"便很贴切。事实上，它所模仿的原文《牡丹灯记》正是如此。这也明显是模仿时疏忽所致（《孔淑芳双鱼扇坠传》改《牡丹灯记》的玄妙观魏法师为杨法师，似乎也有避忌之嫌）。

所以，《孔淑芳双鱼扇坠传》的成书比较粗糙，就是在《幽怪传疑》和《孔淑芳记》的框架上，对《牡丹灯记》和《滕穆醉游聚景园记》等进行因袭和改写而拼凑成文。

第七章 《稗家粹编》与《古今清谈万选》等诗文小说研究

作为文言小说集，《稗家粹编》与《湖海奇闻》《古今清谈万选》《幽怪诗谭》很有相似性。它们都是秘藏，甚至已经散佚，常人较少能见，因而在版本叙录中讹误频传。四种选文和风格非常相似，可以划归诗文小说一体，又关系密切，单篇论文很难深入探讨。在寥寥无几的学术成果中，都没有厘清其相互关系。本书将四种进行整体研究，意欲厘清事实，辨明错讹。

第一节 《稗家粹编》与《古今清谈万选》等诗文小说关系考

一 版本问题

《湖海奇闻》六卷，最早刊本为弘治九年丙辰（1496）余氏双桂堂所刊，弘治六年癸丑（1493）柏昂序。20世纪20年代，马廉和孙楷第都曾在大连满铁图书馆见过残本[1]，但今已佚，无法查找了。《稗家粹编》现存明刊本全本，无版本错讹。《古今清谈万选》《幽怪诗谭》的版本、篇数在学界却多混乱和讹误。

《幽怪诗谭》六卷，现有明刻本和抄本两种。刻本藏南京大学图书馆和国家图书馆。南京大学图书馆所藏刻本，原由著名藏书家朱鼎煦（1886—1968）于丙寅（1926）夏游沪渎得之。南京大学图书馆1983年油印出版。国家图书馆所藏为残本，仅卷一和卷二部分，但比南大图书馆刻本在正文之前多插图12幅，第五幅《绛帻老人》插图有"右歙黄真如镂"六字，可知徽州刻工黄真如曾参与此书的刊刻［黄真如于崇祯二年（1629）曾刻《盛明杂剧》］。北京大学图书馆和国家图书馆藏抄本。经比勘，两种抄本实与南大图书馆所藏明刻本同。[2]南京大学出版的油印本，间有模糊不清之处，抄本则完好清晰，恰可对校。《幽怪诗谭》分六卷，按总目为94则，其中"卷六 十七则"，但卷六目录和正文实际上为19则（卷六总目少《媚戏介胄》《虫闹书室》两篇），总数实为96则。许多论著认为是94则，实误。这种总目和正文的差异，导致了许多学者的论述前后混乱，以致列举的每卷篇数之和为94则，但故事背景却是96则[3]。

---

1 参见马廉《隅卿日记选钞》，载刘倩编：《马隅卿小说戏曲论集》，中华书局2006年版，第283页；孙楷第：《戏曲小说书录解题》，人民文学出版社1990年版，第11页。另外，钱曾著录《湖海奇闻》二卷为宋人词话，应该与此书同名异书（《虞山钱遵王藏书目录汇编》，第298—299页）。

2 北京大学抄本的出版项题为"1964年中国书店"。据工作人员介绍，此系中国书店1964年请人抄写本。版式与南京大学图书馆藏书同，每半页九行二十字，仅有一处相异，即卷六《媚戏介胄》篇少抄一"此"字，下文页九A面至页十B面一一上提一字。国图为朱丝襕抄本，书根题"景钞明刊孤本小说幽怪诗谭"，出版项题"扬州古旧书店，196？年"，每半页十行二十字。刻本卷三《桃源见梦》一篇后阙，二抄本俱题"以下原阙"。

3 胡从经《〈幽怪诗谭〉一瞥》（《胡从经书话》，北京出版社1998年版）和金源熙《明代文言小说集〈幽怪诗谭〉浅谈》（《中国学研究》第八辑，济南出版社2006年版，第208—209页）就是如此。辜美高、李金生主编《新加坡国立大学中文图书馆藏中国明清通俗小说书目提要》著录《明清善本小说丛刊续编》影印本，作94则。

　　《古今清谈万选》四卷，美国国会图书馆藏有万历刻本（未见），台湾天一出版社《明清善本小说丛刊初编》据此影印，实 68 篇，但学者多误为 67 篇[1]，原因与《幽怪诗谭》类似，原书卷二总目作 16 篇，但正文实是 17 篇。两个半页合为一图，左右有联语，上题四字。插图与富春堂本《古今烈女传》的风格和版式特征极相似。中国嘉德国际拍卖有限公司 2007 年 11 月 6 日秋季拍卖会，拍卖品中"古籍善本"有《古今清谈万选》（编号：*1670）[2]，末有牌记："万历己丑夏月吾冈杨氏绣梓。"[3]万历己丑，即万历十七年(1589)。王重民由《昙阳仙师》一文曾推断《古今清谈万选》成书于万历八年（1580）之后[4]；程毅中因《绥德梅华》篇被《包龙图判百家公案》袭用而断《古今清谈万选》编于万历二十二年（1594）之前。[5] 据此，可知《古今清谈万选》应成书于 1589 年之前。

　　《幽怪诗谭》前有崇祯己巳年（1629）听石居士序。

　　《湖海奇闻》《古今清谈万选》《稗家粹编》《幽怪诗谭》四种的成书先后，完全可以明确：《湖海奇闻》（1496 年）、《古今清谈万选》（1589 年）、《稗家粹编》（1594 年）、《幽怪诗谭》（1629 年）。

二　作者问题

　　《湖海奇闻》是周礼（字静轩）撰，《稗家粹编》题胡文焕选辑。

1　所见如王重民编《美国国会图书馆藏中国善本书录》（台湾文海出版社有限公司 1972 年版，第 774 页）、《中国文言小说总目提要》、《中国古代小说总目（文言卷）》、《中国古代小说总目提要》（第 320 页）、《明代小说史》、《明代小说丛稿》（第 24 页）俱误为 67 篇。

2　http://auction.artxun.com/paimai-492-2457967.shtml。

3　《明清善本小说丛刊初编》影印时无牌记，是美国国会图书馆收藏本无牌记，还是影印时被删略，不得而知。

4　参见王重民《中国善本书提要》，上海古籍出版社 1983 年版，第 399 页左。

5　程毅中：《明代小说丛稿》，人民文学出版社 2006 年版，第 28 页。

另两种却语焉不详。

《古今清谈万选》四卷，题"金陵周近泉绣梓"，序末署"泰华山人书于金陵之大有堂"。现在所见都依原本题佚名辑本，《中国古代小说总目提要》断作"周近泉编撰"[1]。吕天成《曲品》卷下著录泰华山人传奇《合剑记》，近人傅惜华在《明代传奇全目》卷二提到林世吉撰《合剑记》，辑有《古今清谈万选》。[2] 近有学者认为书坊主周近泉故弄玄虚，《古今清谈万选》的编选者就是周近泉自己。所据是泰华山人《引》云"乃一日友人手书谒余，即之题曰《万选清谈》"，编选者当是泰华山人的友人，而不是泰华山人[3]。作者待考。

《幽怪诗谭》题西湖碧山卧樵纂辑，栩庵居士评阅，前有崇祯己巳年（1629）听石居士序，未见著录。然三人事均不详。朱鼎煦、胡从经先后提到明别号碧山樵的莫是龙（？—1587，字云卿，更字廷韩）是否为作者，待考。《盛明杂剧》本《不伏老》和《一文钱》俱有栩庵居士评。听石居士序后有"题于绿窗"四字，并钤"绿窗"、"听石居士"二印章。古代一般指贫女室为绿窗，绿窗往往与女性有关，题名之《绿窗新话》《绿窗女史》及《绿窗诗稿》（明闺阁诗人端淑卿诗稿，《明史·艺文志》著录）等也常常与女性有关。《小引》很

---

1 朱一玄等编著：《中国古代小说总目提要》，人民文学出版社 2005 年版，第 320 页。

2 傅惜华：《明代传奇全目》，人民文学出版社 1959 年版。林世吉（1547—1616），字天迪，号泰华、泰华山人，福建闽县林浦乡（今福州市郊区城门乡）人，出生于"三代五尚书"的显宦世家。以荫入太学，历升户部郎中等。著有《玉玦记》传奇、《合剑记》传奇、《丛桂堂集》六卷、《雕龙馆集》、《群玉山房诗集》、《古今清谈万选》等。《濂江林氏家谱·户部员外郎泰华林公传》较详。参见官桂铨《元明福建戏曲家考》（《戏曲研究》第 13 辑，文化艺术出版社 1984 年版，第 185—187 页）、吴书荫《曲品校注》（中华书局 2006 年第 2 版，第 113 页）、《中国地方志·福建府县志辑》、《福州府志》第 2 册卷七十二《艺文》（第 403 页）和民国《闽侯县志》卷四七《艺文上》（第 2 册第 612 页）著录。

3 任明菊、任明华：《〈古今清谈万选〉的编者、来源、改动及价值》，《喀什师范学院学报》2011 年第 4 期。

可能是杭州的一位女性所作。韩国学者金源熙认为《幽怪诗谭》有"前面五卷出自童轩之手，后一卷出自于万历年间之后"的可能[1]，但笔者认为应该没有这种可能性。

三　编选问题

《湖海奇闻》已佚，由《百川书志》的著录可知其为72篇[2]。据孙楷第记载："其书都凡六卷，前五卷为正文，末一卷为附录。""是本第一卷及第二卷之前三页已残缺。……其书汇集异闻，大抵皆分类载记，惜其已非完帙，故其六类，已不可知。今就其所存五卷考之，第二卷存十有一则，其门类已不可知，详其内容，则大抵皆记人事；第三卷为禽兽灵怪，凡一十有四则；第四卷为木石灵怪；第五卷为器皿灵怪，凡一十有五则；第六卷为《伏氏灵应传》《碧玉簪记》，大旨在记灵怪之实有，明因果之显效，……大都偏重事状，少所铺叙，与宋代志怪之书合而观之，亦足以见其变迁之迹矣。"[3]

目前，学界确认《湖海奇闻》的篇目，就是孙楷第先生叙录中明确提到的《伏氏灵验传》和《碧玉簪记》两篇。笔者发现冯梦龙《古今谭概》卷二十一《谲知部·一钱诓百金》：

> 《湖海奇闻》：胠箧惟京师为最。有盗能以一钱诓百金者，作贵游衣冠，先诣马市。呼卖胡床者，与一文钱，戒曰："吾欲乘马，尔以胡床待。"其人许诺。乃谓马主曰："吾欲市骏马，试可，乃已。"马主谨奉羁的，其人设胡床而上。盗上马疾驰而去。马

1　金源熙：《明代文言小说集〈幽怪诗谭〉浅谈》，《中国学研究》（第八辑），第209页。

2　高儒《百川书志》卷六"小史"类著录《湖海奇闻》作五卷，并注："余杭周礼德恭著，聚人品、脂粉、禽兽、木石、器皿五卷灵怪七十二事。"

3　孙楷第：《戏曲小说书录解题》，人民文学出版社1990年版，第11页。

主追之。盗迳扣官店，维马于门。云："吾某内监家人，欲缎匹若干，以马为质，用则奉价。"店睹其良马，不之疑，如数畀之。负而去。俄而马主迹之店，与之争马。成讼，有司不能决，为平分其马价云。

明确标出《湖海奇闻》，大类卷二记人事者。

陈国军先生认为《湖海奇闻》现存世43篇，即：《碧玉簪记》、《玉簪传信》（分见《幽怪诗谭》卷一、卷六）2篇[1]；《画美人》（见于《幽怪诗谭》卷五《画姬送酒》；彭大翼《山堂肆考》卷一六六有摘要）1篇；《幽怪诗谭》中的《申阳洞记》《洞庭三娘》《雨后佳期》《战场古迹》《古冢谈玄》《中秋羽化》《砧杵惑客》《月下良缘》《遗音动听》《误认天台》《芜湖寄柬》《渭水攀花》《铁券投书》《桃源见梦》《侍御纯孝》《清江遇故》《钱塘买趣》《置妾殒色》《荔枝分爱》《乐器幻妓》《江笔眩士》《建业渔踪》《假宿医缘》《佳节寻幽》《寄寓觌奇》《淮河泣弟》《观灯捐馆》《泛湖遇隐》《财富福人》《泊舟逢僧》《伯牙余袅》《明妃诉衷》《辞赏宫魂》《驿女鸣冤》《客途暂侣》《塞北悲怆》《金陵赓答》《神交玉女》《壁妇联吟》《瓜步娶耦》等40篇。[2]陈国军提出辨认《湖海奇闻》佚作的"实用而有效的标志"就是"杜撰一事，联合诸诗，遂成一传"的"镶嵌型"[3]，且诗词出自童轩（1425—1498）《清风亭稿》。

---

1 陈国军误（《周静轩及其〈湖海奇闻〉考》，《文学遗产》2005年第6期；《明代志怪传奇小说研究》，天津古籍出版社2006年版，第202页），应为薛洪勣指认的卷四《伏氏灵验》和卷一《玉簪传信》（《传奇小说史》，浙江古籍出版社1998年版，第234页）。
2 陈国军：《周静轩及其〈湖海奇闻〉考》，《文学遗产》2005年第6期。
3 同上。

但是，此种方法在多大程度上有效，或者在多大程度上可信，却是一个问题。《湖海奇闻》中的诗歌与文本故事"源出有自"也与研究者阅历以及现存文献有关。有学者发现，《古今清谈万选》卷二《渭水攀花》引有《清风亭稿》卷八《清浪道中书事》诗，同时还引有舒芬（1487—1531）的《马兰花》诗，而《湖海奇闻》在弘治九年（1496）刊印时，舒芬才10岁，周静轩不可能抄引舒芬的诗[1]。所以不能把现在是否发现有来源作为唯一依据。《古今清谈万选》卷二《放流遇妓》有诗12首，"芙蓉肌肉绿云鬟"等《集唐诗》十首出《清风亭稿》卷八，题《无题集唐句》十首；以《浪花》为题的七律，出《清风亭稿》卷六《浪花》。"盈盈仙子不寻常"七律不知所出。与《幽怪诗谭》其他篇非常相似，应该是佚作。《幽怪诗谭》47篇收录了《清风亭稿》中的诗篇[2]。辨认《湖海奇闻》佚作不能局限于《幽怪诗谭》。

事实上，陈文上举43篇中就有26篇见于《古今清谈万选》或见于《稗家粹编》。明人孙绪（1474—1547）曾言：

> 余杭周礼……又著有《湖海奇闻》，命意遣词，萎弱凡近，亦往往有不通处，读之可厌。然其中诗，首首警策。窃以为持之他人者，而未敢以告人也。后因徧阅本朝正统、景泰间诸名公诗集，自卞户部、王舍人而下，凡即事咏物之什，无不被其剿入。[3]

1　任明菊、任明华：《〈古今清谈万选〉的编者、来源、改动及价值》。

2　具体见金源熙《明代文言小说集〈幽怪诗谭〉浅谈》，《中国学研究》第八辑，第210—211页。

3　孙绪：《沙溪集》卷十三，《景印文渊阁四库全书》第1264册，台湾商务印书馆1986年版，第621页。

卞户部即卞荣（1426—1498），王舍人即王绂（1362—1416）。[1]《湖海奇闻》中的诗歌出于明朝正统、景泰间诸名公诗集。但是陈国军仅从童轩的诗集中查找，而未查找卞荣、王绂诗集。只要在《幽怪诗谭》《稗家粹编》《古今清谈万选》中发现卞荣、王绂的诗词，都有可能是《湖海奇闻》的佚文，这应是我们努力的方向。

《古今清谈万选》《稗家粹编》《幽怪诗谭》三者内容相同或者相似者篇目颇多：

表 7-1

序号	古今清谈万选	稗家粹编	幽怪诗谭
1	东墙遇宝	雷生遇宝	财富福人
2	蒋妇贞魂	蒋妇贞魂	途次悲妻
3	野婚医士	褚必明野婚	假宿医缘
4	偰斯文遇	偰斯文遇	古冢谈玄
5	野庙花神	野庙花神记	野庙花精
6	绥德梅华	梅妖	媚戏介胄
7	荔枝入梦	荔枝入梦	荔枝分爱
8	拜月美人	拜月美人	瓜步娶耦
9	郑荣见弟	郑荣见弟	淮河泣弟
10	吴将忠魂	吴将忠魂	铁券投书
11	妓逢严士	严景星逢妓	放流遇妓
12	驿女冤雪	许女雪冤	驿女鸣冤
13	留情庆云	庆云留情	室女牵情
14	窗前琴怪	招提琴精记	
15	旅魂张客	张客旅中奇遇	

---

1 卞荣，字华伯，江苏江阴人，正统十年（1445）乙丑进士，官至户部郎中。有《卞郎中诗集》七卷。"荣在景泰间，盛有诗名。居郎署二十年。朝骑甫归，持牍乞诗者拥塞户限，日应百篇。"（《四库总目提要》）王绂，字孟端，号友石、鳌叟、九龙山人，江苏无锡人。官至中书舍人。"博学，工歌诗，能书，写山木竹石，妙绝一时。"（《明史》本传）

（续 表）

序号	古今清谈万选	稗家粹编	幽怪诗谭
16	洛中袁氏	袁氏传	
17	邪动少僧	弊帚惑僧传	
18	西顾金车	谢翱	
19	灯神夜话	灯妖夜话	
20	孔惑景春	孔淑芳记	
21	公署妖狐	公署妖狐	
22	张生冥会	天王冥会录	
23	诗动秦邦		壁妇联吟
24	夜召韩生		辞赏宫魂
25	巫山托处		置妾殒色
26	古冢奇珍		遗音动听
27	渭塘舟赏		渭水攀花
28	尚质联诗		中秋羽化
29	夏子逢僧		泊舟逢僧
30	濠野灵葩		果石恋旧
31	和州菊异		菊瓣争秋
32	汤姬二妇		寄寓觐奇
33	顾妃灵异		钱塘买趣
34	怪侵儒士		砧杵惑客
35	五美色殊		桃李丛思
36	老桂成形		桂花传馥
37	魏沂遇道		绛帻老人
38	三老奇逢		战场古迹
39	骷髅酿祟		客途暂侣
40	配合倪昇		雨后佳期
41	明妃写怨		明妃诉衷
42	建业三奇		建业渔踪
43	月下灯妖		废宅青藜

（续 表）

序号	古今清谈万选	稗家粹编	幽怪诗谭
44	花姬诗咏		花奴狎相
45	希圣会林		泛湖遇隐
46	泗水修真		利欲证道
47	安礼传琴		伯牙余戣
48	笔怪长吟		江笔眩士
49	四妖现世		华阳翰孽
50	玉簪示信		玉簪邮信
51	兴化花妖		术艳佐觞
52	常山怪木		四木惜柯
53	禅关六器		古寺朽报
54	滁阳木叟		木叟怜材
55	以诚闻咏		金陵赓答
统计	55	22	46

细究之，笔者进一步发现：

第一，《古今清谈万选》与《稗家粹编》同者 22 篇，标题接近，内容和文字则全同，应该出自同一祖本。另有《观灯捐馆》《塞北悲怆》《古寺朽报》《永州业蛇》4 篇分别出自《剪灯新话》的《牡丹灯记》《永州野庙记》《太虚司法传》，也见收于《稗家粹编》，但是改编甚大，不宜视作相同。

第二，《古今清谈万选》与《幽怪诗谭》内容相似者 46 篇，但是标题普遍不同，文字亦有较大不同，似是有意区别。

第三，《幽怪诗谭》与《稗家粹编》同者 13 篇，情节相同，但文字有异。

第四，《古今清谈万选》《幽怪诗谭》《稗家粹编》三者相同 13

篇。但是现在的版本叙录、书目，如《中国古代小说百科全书》《中国文言小说总目提要》《中国古代小说总目》等，都未涉及三者的因袭关系，仿佛它们之间没有任何渊源。如《中国古代小说百科全书》认为《幽怪诗谭》卷四《雨后佳期》出于祝允明《祝子志怪录》的《法僧遣祟》；卷六《媚戏介胄》袭自同书的《柏妖》，改柏妖永华为梅妖梅芳华等[1]。事实上，《幽怪诗谭》的《雨后佳期》和《媚戏介胄》不是从《祝子志怪录》出，而是直接袭自《古今清谈万选》。《法僧遣祟》又见于《艳异编》卷四十《鬼部五》（题《法僧遣祟》）和《情史》卷十六"某枢密使女"条（明确出《志怪录》），文字略有差异，情节结构基本相同，都是假读僧舍、壁间现妖、赋律诗二首、后请法师驱邪。但是《古今清谈万选》改为家居园中读书、雨前妖现、删去妖的自诉，《幽怪诗谭》也是如此，但删去了《古今清谈万选》增添的"昨夜嫦娥下月宫"诗。与此类似，《幽怪诗谭》与《古今清谈万选》中的《媚戏介胄》在情节、文字方面几乎相同，主要区别也是《幽怪诗谭》删去了《古今清谈万选》"大明一统承平日"和"上吞巴汉控潇湘"两首诗，但保留了后面一首。

《湖海奇闻》是撰作，《稗家粹编》是汇编。《幽怪诗谭》《古今清谈万选》则都是辑录时加以不同程度的改写，当然，也有完全照抄的。

四 渊源问题

《湖海奇闻》已佚，无法探其渊源问题。《古今清谈万选》《稗家粹编》《幽怪诗谭》今存，本书重点论述。

《稗家粹编》的选编，与《古今清谈万选》应该没有关系。其因有二：

---

1 刘世德主编：《中国古代小说百科全书》（修订版），中国大百科全书出版社1998年版，第700页。

一是《稗家粹编》多为原题,而《古今清谈万选》则已改题。《古今清谈万选》和《幽怪诗谭》都是四字标题,十分整饬,显然是作者加工。而《稗家粹编》标题长短不一,格式不拘,而且基本上与传本相同,应是原题。如《袁氏传》《谢翱》所题见于传本,《招提琴精记》《弊帚惑僧传》为《鸳渚志余雪窗谈异》原名。如果《稗家粹编》从《古今清谈万选》选文,则标题应受其影响,而《古今清谈万选》已经改题,如果回改,则须花费较多工夫。

二是《古今清谈万选》文字多出部分,在《稗家粹编》中并不见。如《稗家粹编》卷六"鬼部"《孔淑芳记》,没有一篇诗词,但《古今清谈万选》卷二《孔惑景春》篇,文字与《稗家粹编》非常接近,两处添加了诗词,所添加诗词,全部出自《剪灯余话》中的《田洙遇薛涛联句记》。《孔惑景春》是在见于《稗家粹编》的《孔淑芳记》的文字基础上,移取《田洙遇薛涛联句记》的诗而成,应是后出。《古今清谈万选》"辑录前人作品而有所修改,往往插增诗歌"[1]。所以插入的诗词应该是《古今清谈万选》作者所为。

相反,《古今清谈万选》删减部分,在《稗家粹编》中仍然保留。如《袁氏传》,《古今清谈万选》的删略部分在《太平广记》本(题《孙恪》)、《稗家粹编》本中仍见。

由此看来,在《古今清谈万选》和《稗家粹编》之前,还有一个已佚失的重要文言小说集(或者选集),它为《古今清谈万选》《稗家粹编》共同所本,不排除就是《湖海奇闻》的可能。

《古今清谈万选》与《稗家粹编》比较,文字几乎完全相同的《旅魂张客》、《灯神夜话》、《绥德梅华》(但是标题不同)等应该出自同一祖本,它们无直接承继关系。

---

1 《古今清谈万选》解题,载程毅中、薛洪勣编:《古体小说钞·明代卷》,第314页。

　　《古今清谈万选》中诗词的增删可能与其编撰有严格的版面要求相关。笔者发现,《古今清谈万选》有严格的版面限制:往往一篇之中,四个半页文字版面,二个半页合为一图,总计六个半页,半页十行二十字,则每篇小说往往控制在 1600 字以内。篇幅较长的《袁氏传》在《古今清谈万选》中被删略多处,也是因为要控制在四个半版之内。《僾斯文遇》一篇,为了控制在四个半页文字版面,甚至破坏编排格式,将"生叹拙鸠尘缨"到结尾,全部排成注释型小字,一行作双排,共五行半。在所选 68 篇中,只有 12 篇或多页或少页,破坏了四个半页的体例[1]。

　　《稗家粹编》与《幽怪诗谭》也没有关系。尽管二者有 13 篇相同或相近,但是都见于《古今清谈万选》。而《古今清谈万选》与《稗家粹编》二者都见的 8 篇,《幽怪诗谭》不见。

　　《幽怪诗谭》在很大程度上受到《古今清谈万选》的影响。《古今清谈万选》一共 68 篇,有 46 篇被《幽怪诗谭》选择,比例高达 65%,但是没有一篇完全相同。《幽怪诗谭》按照其体例进行了修改,大致体现在四个方面:

　　其一,诗歌数量不求多。《幽怪诗谭》普遍保留了《古今清谈万选》的诗,但是也做了删减,试举几例:

　　1. 谭徽之故事,《古今清谈万选》和《稗家粹编》里有诗词六首,《幽怪诗谭》四首,删"南入商山松路深"诗、"危峰百尺树森森"二首。

　　2. 褚必明故事,《古今清谈万选》和《稗家粹编》有诗一首,《幽怪诗谭》一首,删《采莲曲》中"湖南复湖南"四句(童轩《清风亭稿》无此四句)。

1　《张侯回生》《吴生仙访》《贝琼遇旧》有 10 个半页;《灯神夜话》《会稽妖柳》《婕妤呈象》有 8 个半页;《玉簪示信》《曹异龙神》有 7 个半页;《赣州仙女》有 6 个半页;《夜召韩生》缺首页,有 3 个半页;《以诚闻咏》仅有 2 个半页。

3.狄明善故事,《古今清谈万选》和《稗家粹编》有诗词五首,《幽怪诗谭》三首,删"万里长空一色秋"和"露如轻雨月如霜"二首。

4.石亨故事,《古今清谈万选》和《稗家粹编》有诗三首,《幽怪诗谭》一首,删"大明一统承平日"和"上吞巴汉控潇湘"二首。

5.窦明故事,《古今清谈万选》和《稗家粹编》有诗四首,《幽怪诗谭》三首,删"天涯扰扰竟何成"一首。

6.米防御故事,《古今清谈万选》有诗三首,《幽怪诗谭》二首,删《舟中即事》一首。

7.倪昇故事,《古今清谈万选》有诗三首,《幽怪诗谭》二首,删"昨夜嫦娥下月宫"一首。

其二,依据情节需要对人物介绍、描写或增或减。

> 镇江褚必明,医人也。少业举子,弗偶,乃弃儒业医。明岐黄之精蕴,察药饵之君臣。远近迎接者络绎于道,一时称国手云。正统乙巳〔己巳〕,因视疾往远村……(《稗家粹编》《古今清谈万选》)

> 正统间,镇江医者褚必明,因往远村视疾……(《幽怪诗谭》)

在《稗家粹编》《古今清谈万选》中既写了褚必明的儒者身份,也对其医术进行了夸饰,但是于后文却没有什么意义;《幽怪诗谭》则仅写其医者身份,较干脆。

> 忽一舟荡波而来,中坐一妓。(《稗家粹编》《古今清谈万选》)
> 俄见一舟荡漾而来,中坐一妓。丰姿婉娈,衣衫淹润,按板高歌,余音袅袅。(《幽怪诗谭》)

　　《稗家粹编》《古今清谈万选》没有对妓进行人物描绘，很简略，《幽怪诗谭》却往往进行了添加，《荔枝梦》篇也是如此。如"朦胧中，梦至一室，一美人盛服出迎"句，在《幽怪诗谭》中变为："朦胧间，梦至一室，幽香袭体，丽色侵眸。一美人盛妆而出曰：'蒙君不弃，特垂青盼，染指深情，没齿难馨。'"

　　其三，在情感进程方面叙述铺衍和繁复。如《古今清谈万选》卷二的《配合倪昇》：

　　　　昇悦其貌，不能定情。揖女坐而挑之曰："素无红叶之约，乃有绿绮之奔，竟不审蒹葭有倚玉之荣乎？"女怫然不悦，辞去者再。昇固留之。女怒曰："尔言红叶之约，其亦庶几矣。若谓绿绮之奔，是贱妾也。何言之谬哉？"昇谢罪再四，女始以婉容答之，遂与交会，极其绸缪。

行文非常简约朴素，但是在《幽怪诗谭》卷四《雨后佳期》里：

　　　　昇悦其貌，不能定情，揖女就坐而挑之曰："素无红叶之约，乃有绿绮之奔，竟不审蒹葭有倚玉之缘乎？"女怫然不悦，遽欲辞去，昇固留之。女怒曰："妾与君虽属比邻，素非瓜葛，君出言唐突如此，岂不自愧尔。云红叶之约，以韩翠萍比妾，尚或庶几。绿绮之奔，以卓文君比妾，抑何舛谬？"昇再三谢罪，自咎失言，女始回嗔谢曰："不羁之事，亦书生常态耳。何足介意。"坐久，眉目送情，兴不能禁。昇徐起阖，女若佯为不见。昇因徐徐焉搂女求合。女始力推，后亦佯拒。昇强解衣就榻。……

倪昇与女求合的具体情境宛然如见，半推半就的娇羞情态呼之欲出。

万历刻本眉评曰："知是个中人。"一语中的，言简却透彻。

再如褚必明故事：

> 女郎首肯之，既而泣下曰："妾早丧严君，鸳帏失偶，即今春秋十八矣。每因时而感叹，恒睹物以伤情。《诗》云：'趯趯阜螽，喓喓草虫。'微物遇时，常能感兴，矧人为万物之灵，反独守闺房而空老耶？妾之慨叹者殆此耳。"必明闻言大悟。乃徐言曰："日月逝矣，岁不我与。青春易失，良晤难期。且男女居室，人之大伦。故《诗》咏《关雎》，《易》首《咸》《恒》。河间女子非不足称，而西厢佳人尤企仰止耳。娘子年芳美貌，何患无配。倘不弃鲰生，敢效鱼目之混珠也。"女笑而谢曰："诚良缘，事出天定，非人耳。"即携生手共至寝榻。（《稗家粹编》《古今清谈万选》）

情感进程略嫌干瘪，但是《幽怪诗谭》却摇曳生姿：

> 女夷然首肯之，乃设肴馔，相与对酌，饮过数巡，女忽长叹，潸然泣下曰："妾不幸严君早丧，鸳帏失偶。今春秋正十八矣，守空闺而谁与？独旦抚孤枕，而徒听残更。寂寞长门，萧条朱户，每见黄鹂逐队，粉蝶翩跹，不觉意乱情牵，魂摇心碎。《诗》云：'喓喓草虫，趯趯阜螽。'微物尚能因时感动人心，矧牵引百端，宁甘守孤帏而空老耶？"必明闻言，知其春心尽露，乃徐挑之，言曰："日月易迈，光景无多。娘子芳年艳质，正宜早遂佳期，获谐良偶。岂可自失桃夭之候，宜赋摽梅之诗。"女曰："银河欲渡，鹊未成桥；女可缝裳，线无针引。"必明曰："仆虽贫陋，实未有室。虽无月老之牵红，愿效毛遂之自荐。倘蒙不弃，得缔姻盟，岂非天作之合。"女笑而答曰："今夕何夕，见此良人。"

遂挽生，直至卧榻。

其四，增加了描写性过程的骈文和对句，在《幽怪诗谭》中几乎每篇都有类似描写。

如《荔枝分爱》的原文"吟已而寝,情极委婉"极为简略，但是《幽怪诗谭》进行了铺衍：

> 吟毕，美人解绛绡之衣，露红玉之体。徽之情动，遂与交合。女慕郎才，甘心任采；郎贪女味，恣意频尝。枝头之累，倍自垂涎；叶底之芳，从兹属厌。吸残甘露，则齿颊皆香，吮尽琼浆，则梦魂俱醉。

体现出"幽怪"的整体风貌。

再如《褚必明野婚》（《稗家粹编》卷六）、《野婚医士》（《古今清谈万选》)："遂解衣就寝，极其欢美，彼此缱绻之私情，固有不待言者。"点到即止，但是到了《幽怪诗谭》的《假宿医缘》里就进行了铺衍：

> 女促之就枕。两情倾倒，室家之愿已谐；半晌欢愉，彼此之怀顿释。枕边设誓海盟山，被底逞尤云殢雨。满怀春意，幸夜色之未央；一枕风流，怅天光之易晓。

再如《严景星逢妓》："吟毕，鼓掌大笑，解衣就寝，已而乐极。"在《放流遇妓》（《幽怪诗谭》）中却是：

> 吟毕，鼓掌大笑。时已夜分，即于舟中解衣就寝。云情雨意,

枕边致百种温存；凤倒鸾颠，被底效千般摩弄。景星乃风月场中领袖，逸兴偏多；妓女亦烟花队里班头，淫情更倍。欢逢敌手，喜遇知音。

尽管直到小说结尾"竟不知其为何怪"，但是这段骈文却完全将坐实为妓女身份。

总之，《湖海奇闻》《稗家粹编》《幽怪诗谭》《古今清谈万选》等风格和选文非常相似，但《古今清谈万选》《稗家粹编》之间没有直接承继关系，《幽怪诗谭》则在很大程度上受到《古今清谈万选》的影响。

第二节 《稗家粹编》与"荔枝梦"考辨

记载荔枝梦故事者，今见四种：《古今清谈万选》卷四，题《荔枝入梦》；《稗家粹编》卷三"梦游部"，题《荔枝梦》；《续艳异编》卷七"梦游部"，题《荔枝梦》；《幽怪诗谭》卷二，题《荔枝分爱》。前三种文字变化很小，似出同一底本。《幽怪诗谭》变动较大，有删有添。变动主要有：

第一，删去谭徽之与友人游山并吟诗情节，并删"南入商山松路深"和"危峰百尺树森森"二诗。

第二，"吟罢"到结尾一段，删繁就简为："徽之方欲辞归，欠伸而觉，乃偃卧于荔枝树下，始悟其感梦云。"

第三，在人物描绘和情感进程方面则变得繁复，如"朦胧中，梦至一室，一美人盛服出迎，曰：'辱大君子垂一盼，已切感佩矣。敢屈少叙。'遂携手入，行夫妇之礼"句，改："朦胧间，梦至一室，幽香袭体，丽色侵眸。一美人盛妆而出曰：'蒙君不弃，特垂青盼，染指深情，没齿难罄。'徽之沉吟半晌，未及回答，美人复笑而言曰：'君既置妾于齿牙之间，尚得做无事人乎？第恐知味，又来偷耳。'遂携手共入。徽之问其姓氏，美人吟一律曰……"

第四，增加了描写性过程的骈文和对句。对"吟已而寝，情极委婉"进行了铺衍："吟毕，美人解绛绡之衣，露红玉之体。徽之情动，□与交合。女慕郎才，甘心任采；郎贪女味，恣意频尝。枝头之累，倍自垂涎；叶底之芳，从兹属厌。吸残甘露，□□［补：则齿］颊皆香，吮尽琼浆，则梦魂俱醉。"体现出"幽怪"的整体风貌。

第五，强化典雅品味。如《幽怪诗谭》将"徽之曰：'固知情稠而意密，亦恐乐极以悲生，此予之所以欲去也'"改为："徽之曰：'固知深情之可飨，尚虑嗜欲之易饱。适口足矣，滥觞奚为？倘不知止，窃恐难同于伸子之食并李，反蹈于弥子之啖余桃，悔何及焉？'"用典意味颇浓。

关于荔枝梦故事的出处，现亦见于多种文献。

文渊阁《四库》本明陈耀文《天中记》卷五十二：

> 《入梦》：福建官谭徽之，元符末出郊，见一园荔支垂熟。徽之采食，少憩树下。朦胧中，梦至一室。美人盛服出迎。携手而入，饮间吟云："妾生原在粤闽间，六月南州始荐盘。肉嫩色娇丹凤髓，皮枯棱涩紫鸡冠。咽残风味清心渴，嚼破天浆沁齿寒。却忆当年妃子笑，红尘一骑过长安。"

《渊鉴类函》卷四百三"果部"五照引《天中记》文字，与之同。《天中记》所引文字明显与《古今清谈万选》和《稗家粹编》有明显渊源关系：

　　　　至近郊见一园荔枝垂熟，累累然，红鲜足爱。徽之采之食，
　　觉倦，遂少憩树下。朦胧中，梦至一室。一美人盛服出迎，曰：
　　"辱大君子垂一盼，已切感佩矣。敢屈少叙。"遂携手入，行夫
　　妇之礼。徽之问其姓，美人吟曰："妾生原自越闽间，六月南州
　　始荐盘。肉嫩色苞丹凤髓，皮枯棱涩紫鸡冠。咽残风味消心渴，
　　嚼破天心溅齿寒。却忆当年妃子笑，红尘一骑过长安。"

　　可以看出，《天中记》的文字就是《古今清谈万选》或《稗家粹编》
的简略（即加点部分）。

　　《天中记》前有隆庆己巳（1569）十月吉顺阳李蓘所序，则《天中记》
之刊印当于此期间。《古今清谈万选》刻于1589年，《稗家粹编》序
在1594年。可见，《古今清谈万选》和《稗家粹编》的文字应源自《天
中记》，而《天中记》又是汇编型著作，按照《四库总目》所说，类
书《天中记》"所标书名，或在条首，或在条末，为例殊不尽一"，《天
中记》所举《入梦》当是书名，但现存无《入梦》之书。《入梦》倒
像是篇名，似为《荔枝入梦》之简。那么，又出自何书呢？

　　《四库全书》本《佩文斋广群芳谱》卷六十"果谱""荔支一"
条和清郑方坤撰《全闽诗话》卷十二"荔支神"条都注出《广异记》，
文字与《天中记》同。

　　《广异记》为唐戴孚所作，早佚。此条确是唐戴孚之《广异记》
之佚文吗？

　　《唐五代志怪传奇叙录》对《广异志》的304篇进行了考释，并
对25篇非《广异志》者进行了逐条考辨[1]，但是没有包含对"荔枝梦"
小说的考辨。《全唐五代小说》也没有提及"荔枝梦"。

---

[1]　李剑国：《唐五代志怪传奇叙录》，南开大学出版社1993年版，1998年第2次印
　　刷本后有补正。

　　小说中的诗多有出处。"南入商山松路深"诗见《唐诗拾遗》,李端作,题《送马尊师》;又见《全唐诗》卷二八六,同题。"危峰百尺树森森"诗,见于《全唐诗》卷二七七,卢纶作,诗题《酬金部王郎中省中春日见寄》,首句作"南宫树色晓森森,虽有春光未有阴",其余同。

　　《古意》二首"君好桃李姿"和"君好红螺杯",出明童轩《清风亭稿》卷二《古意》,文字同。"相见更何日,相思泃独悲"诗亦见《清风亭稿》卷三《秋闺吟别》,《古今清谈万选》和《幽怪诗谭》引用时有改动(见〔 〕内):"相见更何晚〔日〕,相思良〔何〕独悲。红颜奉巾帨,白发遗路岐。……念子寒无时〔衣〕。……愿君崇〔《古今清谈万选》改"岁"〕令德……",其余同。仅"妾生原自越闽间"诗,不见出处。很明显,唐人小说不可能混入明人诗歌。

　　所以,现所见"荔枝梦"小说,不当是《广异记》原本。

第八章 《稗家粹编》与《百家公案》等改编型小说研究

明钱塘散人安遇时编集的《包龙图判百家公案》(一般简称《百家公案》)十卷 100 回(实为 96 个故事)[1],普遍认为是书杂取、因袭民间传说、宋元话本、戏曲等而成。《百家公案》本事来源的研究,成果颇丰[2]。其中以杨绪容先生搜检甚苦,用丁最勤。然而仍有 26 回24 个故事无考,且有误考之处。《稗家粹编》恰好可以对《百家公案》本事来源进行补正,并且发现本事来源与成书方式很有关系。

---

1 刘世德、陈庆浩、石昌渝主编:《古本小说丛刊》第二辑,影印万历甲午(1594)与耕堂朱仁斋本,中华书局 1990 年版。本书所引,俱从,不再出注版本。

2 主要有阿部泰记《明代公案小说的编纂》及《续》(《绥化师专学报》1989 年第 4 期、1991 年第 1 期)、马幼垣《明代公案小说的版本传统——〈龙图公案考〉》(《中国古典小说研究专集》,台湾联经出版事业公司 1981 年版)、程毅中《〈包龙图判百家公案〉与明代公案小说》(《文学遗产》2001 年第 1 期)、石昌渝《明代公案小说类型与源流》(《文学遗产》2006 年第 3 期)、鲁德才《古代小说形态发展史论》(南开大学出版社 2002 年版)以及杨绪容的相关论文和专著《〈百家公案〉研究》(上海古籍出版社 2005 年版)等。在阿部泰记的基础上,《古代小说形态发展史论》列举了 42 回的源流;《〈百家公案〉研究》则考述了 74 回 70 个故事的源流。

第一节　《稗家粹编》与《百家公案》的本事来源

《百家公案》一卷的七回，全部是文言语体。第一回《判焚永州之野庙》出自《剪灯新话》的《永州野庙记》；第二回《判革猴节妇坊牌》出自《花影集》；第五回《辨心如金石之冤》直接来源于《花影集》。另外四回，或无考，或有再考的必要。

一　第三回《访察除妖狐之怪》新考

学界普遍认为此回直接来源是《剪灯余话》卷三《胡媚娘传》，虽有较大变异，但基本情节相似。[1] 单从故事情节来看，确是如此。但事实上，此篇几乎照抄《稗家粹编》卷七《拜月美人》（或《古今清谈万选》卷三《拜月美人》）：

> （窦）明见其貌，不能自禁，更谓暮夜无知者，遂趋前而问之曰："娘子何为而拜月乎？"美人从容笑而言曰："欲得佳婿，拜祝月老耳。"明曰："娘子所愿何如佳婿？"美人曰："得君足矣。"明曰："世之姻缘有难遇而易合者，今宵是也。请偕至予舟而合卺焉。"美人无难色，欣然从之。携手登舟，相与对月而酌。既而与生交会，极尽欢娱。翌日促舟还盱眙，明以美人见于父母宗族，绐曰"娶于瓜步某巨氏者"。美人入窦门，勤纺绩，调馈饷，舅姑曰孝，宗族曰睦，妯娌曰义，邻里婢侍曰和曰恕。上下内外，翕然称得贤内助焉。（《稗家粹编》）
>
> 张明悦其美貌，遂趋前问曰："娘子何如而拜月也？"美人笑而答曰："妾见物类尚且成双，吟此拜月之诗，意欲得一佳婿

1　参见程毅中《〈包龙图判百家公案〉与明代公案小说》、杨绪容《〈百家公案〉研究》（第66—67页）。

耳。"明曰:"娘子所愿何如?"美人曰:"妾意得婿如君,则妾之愿足矣,岂有外慕之心乎?"明见美人所言投机,遂乃喜不自胜,言曰:"世之姻缘有难遇而易合者,今宵是也。娘子若不弃,当与娘子偕至予舟同饮合卺之酒,可乎?"美人见明言此,全无难色,欣然与其登舟,相与对月而酌。既而与张明交会,极尽欢娱之美。次日明促舟回家,同美人拜见父母宗族。问张明何处得此美人,明答以娶某处良家之女。美人自入明家,勤纺织,缝衣裳,事舅姑,处宗族以睦,接邻里以和,待奴仆以恕,交妯娌以义。上下内外,皆得欢心,咸称其得贤内助焉。(《百家公案》)

《访察除妖狐之怪》对《拜月美人》改变极少,主要改变有:

第一,将故事时间放在仁宗宝元年间,变为包公断案故事。

第二,改窦明姓为张而名不变,仍取名明字晦。

第三,删去"生涯扰扰竟何成"一诗,但"荇带蒲芽望欲迷"七绝和"一自当年假虎威"七律仍与原小说同。《百家公案》将美人"拜月诗"分作五绝和七律二首,但是此诗实为一首,为明童轩《清风亭稿》卷二《拜月词》:

拜月下高堂,满身风露凉。曲阑人语静,银鸭自焚香。昨宵拜月月似镰,今宵拜月月始弦。直须拜得月轮满,应与嫦娥得相见。嫦娥孤恓妾亦孤,桂花凉影堕冰壶。年年空习羽衣曲,不省三郎再过无。[1]

---

1 童轩:《清风亭稿》,《景印文渊阁四库全书》第1247册,台湾商务印书馆1986年版,第109页上。

《百家公案》所引字句略有不同，但是沿袭了《古今清谈万选》中《拜月美人》将诗中"曲阑"（曲散）、三郎（李隆基与杨贵妃故事）等丰富多义简化为"曲栏"、"三更"。可见《访察除妖狐之怪》应从《古今清谈万选》或《稗家粹编》出。

第四，添加"时包公因革猴节妇坊牌，案临属县，偶见其家有黑气冲天而起"和"包公以照魔镜略照，知其为狐"等过渡句和细节。

可见，《访察除妖狐之怪》的直接来源应该是被《稗家粹编》（或《古今清谈万选》）收录的《拜月美人》。

二　第四回《止狄青家之花妖》新考

一般认为第四回脱胎于唐袁郊的《甘泽谣·素娥》篇，源于祝允明的《祝子语怪录》或者侯甸的《西樵野记》。程毅中已经指出其直接来源是《古今清谈万选》的《绥德梅华》[1]。《稗家粹编》卷六收录《梅妖》，与《古今清谈万选》全同。经查，《百家公案》几乎是照抄《梅妖》（或《古今清谈万选》的《绥德梅华》）。故事仅改石亨、于谦故事为狄青、包公故事，其余情节无异，且叙述语言一致。《百家公案》作者没有"脱胎"和改编之举。

三　第六回《判妒妇杀妾子之冤》新考

现在尚未有学者指出来源。此篇实源于《稗家粹编》卷八"报应部"的《陈氏妒悍》。中秋节陈氏置鸩毒劝卫氏的理由，《百家公案》仅改《稗家粹编》几字而成：

时值中秋，陈氏诒赏月之故，即于南楼设下一宴，召卫氏

1　程毅中：《〈包龙图判百家公案〉与明代公案小说》。

及二于同来南楼上会饮。陈氏先置鸩毒放在酒中,举杯嘱卫氏曰:"我无所出,幸汝有子,则家业我当与汝共也。他日年老之时,惟托汝母子维持,故此一杯之酒,预为我身后之意焉耳。"卫氏辞不敢当,于是母子痛饮,尽欢而罢。(《百家公案》)

时值中秋,陈诒赏月之故,设宴南楼,召褚氏及二子会饮,置鸩酒中,举杯嘱褚曰:"我无所出,幸汝有子,则家业当与汝共也。他日年老,皆托维持,故此一杯之酒,预为我身后之私焉。"褚辞谢不敢当,于是母子痛饮,尽欢而罢。(《稗家粹编》)

《百家公案》修改《稗家粹编》本《陈氏妒悍》的地方主要有:第一,改侧室褚氏为侧室卫氏;第二,改故事发生时间"至元年间"为包公时代;第三,改褚氏附体侍婢、陈氏流血而死为卫氏魂诉包公、包公判斩陈氏。小说如此改动,主要是要将故事改换成包公断案故事,与包公相关。

其他改动主要是将故事改换成包公断案后而前后相符。如《稗家粹编》本"忽作人言曰:'我即君之妻陈氏也。平日妒忌,杀妾母子,况受君之恩,绝君之嗣,上天罪罚作为母蚕'"句到《百家公案》里,就增加了包公情节:"忽作人言曰:'我即君之妻陈氏也。平日妒忌,杀妾母子,况受君之恩,绝君之嗣,虽蒙包公断后,上天犹不肯宥妾,复行罪罚,作为母蚕。'"

小说结尾长诗,《陈氏妒悍》为32句,四句一韵,共八韵。《判妒妇杀妾子之冤》因要适应删改的情节,改"一旦归来添寂寞,麝兰冷落罗衣裳。诅意冤魂托家婢,将陈痛责高声詈。杀妾母子有何辜,阴空报应今难避。陈氏自作还自承,七窍流血死幽冥"八句为"诅意冤魂诉包老,拟断报应死幽冥。公哉天公复报应,陈氏自作还自承"四句之后,变成28句,情节上维持了前后一致,但是长诗却无法维持四句一韵的规则了。

四　第七回《行香请天诛妖妇》新考

有学者认为此回源于《剪灯余话》卷三《胡媚娘传》[1]。但事实上，此回与《稗家粹编》卷六"鬼部"《云从龙溪居得偶》同。

《百家公案》改主人公姓名云从龙为张从龙，改姓不改名；改武当山道士潘炼师斩妖为包公驱邪；改故事发生时间"天历二年春"为"仁宗康定二年春月间"，改从龙所任"宛平令"为"开封府祥符县令"。但其余语句和诗词二首相同。

而且，《行香请天诛妖妇》对《云从龙溪居得偶》因袭特别严重。如开头部分：

> 黄州儒士云从龙，结庐临溪，读书其内，苦志用功，不入城府。家业荒凉，未有妻室。天历二年春，于所居倚窗临溪闲坐，俄见一只棹船逶迤傍岸，中坐一青衣美人，颜色聪俊。云生遽问曰："何家宅眷？今欲何往？"叟曰："兹值岁侵，衣食无措，将卖此女，以资日用耳。"云生留意，邀之入室，遂问姓名居址。叟曰："老拙姓苏，本州人也。先室辞世，止生此女。乳名珍娘，年方二八，颇通书义，尤精女红。欲仗红叶之媒，以订赤绳之约。如君不鄙，望为相容。"云生诺诺，倾囊见酬。遂设宴会亲，卜日合卺。女自入云生之门，恪尽唱随之道，主中馈，缝衣裳，和于亲族，睦于乡里，抑且性格温柔，容貌出类，迩迩争羡焉。（《稗家粹编》）

> 话说黄州儒士张从龙，结庐临溪，读书其内，苦志用功，

1　参见杨绪容《〈百家公案〉研究》，第66—67页。

不入城府。家业荒凉，未有妻室。仁宗康定二年春月间，于所居倚窗临溪闲坐，俄见一叟棹船逶迤候岸，中坐一青衣美人，颜色聪俊。张从龙遽尔问曰："何家宅眷？今欲何往？"叟曰："兹值岁侵，衣食无措，将卖此女，以资日用耳。"从龙留意，邀之入室，遂问姓名居止。叟曰："老拙姓苏，本州岛岛人也。先室辞世，止生此女。乳名珍娘，年方二八，颇通书义，尤精女工。欲仗红叶之媒，以订赤绳之约。如君不弃，望为相容。"从龙见言，随即许诺，倾囊见酬。遂设宴会亲，卜日合卺。女自入从龙之门，恪尽倡随之道，主中馈，缝衣裳，和于亲族，睦于乡里，抑且性格温柔，容貌出类，遐迩争羡焉。（《百家公案》）

这段文字二百多字，就仅仅改了故事发生时间、儒士名字等而已，其余照旧。由于没有发现更加直接的来源，以致有学者误认为，"从情节来看，《行香请天诛妖妇》直接来源于《胡媚娘传》，然而在人名、细节及语言文字上的悬殊是极大的。这说明《百家公案》对《胡媚娘》改动较大"[1]。事实上，第七回几乎照抄《稗家粹编》的《云从龙溪居得偶》。

有学者将《百家公案》本事来源分为直接来源和间接来源两种，指认直接来源47个，间接来源23个[2]。但是事实上所谓直接来源和间接来源是可变的，主要与研究者的阅读经历有关。例如，《艳异编》卷三十《桂花著异》被列为第四回《止狄青家之花妖》的间接来源，但是若看到《古今清谈万选》的《绥德梅华》和《稗家粹编》的《梅妖》，就肯定会认为《梅妖》是直接来源了。见到《胡媚娘传》，也容易认为是第七回《行香请天诛妖妇》的直接来源，但是《稗家粹编》中《云

---

1 杨绪容：《〈百家公案〉研究》，第67页。
2 参见杨绪容《〈百家公案〉研究》，第66—67页。

从龙溪居得偶》却更"直接"。所以，认为"《百家公案》在改编传奇小说之时，韵文不但没有减少，而且有所增加"[1]，就非确论，因为《百家公案》就是照抄而已，无所谓增减。

当然，值得说明的是，《稗家粹编》于万历甲午（1594）序刻，其所收小说显然要早于1594年。《百家公案》现存万历甲午（1594）与耕堂本（第一至三十回均题"增补"，似非原本）和二十五年（1597）万卷楼本，上述所论小说不一定从《稗家粹编》《古今清谈万选》出，但是可以确信，《百家公案》的上述几回并非原创，而是有本事来源。也就是说，《百家公案》卷一文言语体的七回，今天都已发现其本事来源。

第二节　《稗家粹编》与《百家公案》的成书方式

《百家公案》现有两种版本。与耕堂本一百回，分十卷，但是各卷回数不定，少者仅七回（如卷一、卷五、卷七），多者达十五回（如卷九）。万卷楼本，一百回六卷，回数亦不等。万卷楼本应是在与耕堂本基础上修改而成。有学者认为，《百家公案》"分卷的标准是每卷页数的多寡，而不是回数的多寡或者叙事单元的完整性和独立性"[2]，此论值得商榷。笔者认为，《百家公案》的分卷成书实际上与本事来源的集中有关。

依据本事来源，《百家公案》至少可以分成以下五个板块：

第一板块：卷一（第一回到第七回），都是文言小说。

第一回《判焚永州之野庙》出自《剪灯新话》的《永州野庙记》，亦见《稗家粹编》卷三；第二回《判革猴节妇坊牌》出自《花影集》；

1　杨绪容：《〈百家公案〉研究》，第172页。

2　同上书，第4页。

第三回《访察除妖狐之怪》、第四回《止狄青家之花妖》直接来源于《古今清谈万选》或《稗家粹编》；第五回《辨心如金石之冤》直接来源于《花影集》；第六回《判妒妇杀妾子之冤》直接来源于《稗家粹编》；第七回《行香请天诛妖妇》直接来源于《稗家粹编》。其中五篇见于《稗家粹编》。对比文言小说来源，《百家公案》在很大程度上，主要是改变故事的发生时间为包公时代、故事地点为包公所在地、情节发展为包公判案，其余则主要是沿袭原本不变，所做修改基本上是为了保持故事前后一致以免矛盾而已。完全可以说，在这个板块里，作者就是几乎照抄了原文，连文言语体都没有改变。从"几乎照抄原文"的编辑方式来看，《百家公案》的第一、二、五回非常有可能直接从对《剪灯新话》和《花影集》改编过的某书中选出。可以说，该书收录了包含卷一的全部 7 篇文言小说。

第二个板块：卷六、卷七、卷八，均出自元郭霄凤《江湖纪闻》。

在卷六（第五十回到第五十七回）的 8 回里，就有第五十三回《义妇为前夫报仇》、第五十四回《潘用中奇遇成姻》、第五十五回《断江侩而释鲍仆》、第五十六回《杖奸僧决配远方》、第五十七回《续姻缘而盟旧约》连续 5 回源自《江湖纪闻》。

在卷七（第五十八回到第六十四回）的 7 回里，也有第六十一回《证盗而释谢翁冤》、第六十三回《判僧行明前世冤》、第六十四回《决淫妇谋害亲夫》3 回出《江湖纪闻》（但第六十二回《汴京判就胭脂记》出元杂剧《王月英元夜留鞋记》与明童养中《胭脂记》，第六十回现在尚没有找到来源）。

在卷八（第六十五回到第七十一回）的 7 回里，有第六十五回《决狐精而开何达》、第六十六回《决李宾而开念六》、第六十七回《决袁仆而释杨氏》、第六十八回《决客商而开张狱》、第七十回《枷判官监令证冤》、第七十一回《证儿童捉谋人贼》等几乎连续 6 回俱出《江湖纪闻》（但第六十九回《旋风鬼来证冤枉》直接来源于《剪灯余话》卷三《琼奴传》）。

可见，在卷六、卷七、卷八这三卷 22 回中就有 14 回源自《江湖纪闻》，而且出自《江湖纪闻》的 14 篇也全部集中在这三卷中。它们都出自文言，篇幅小，多为笔记体形式，小说的因素没有充分展开，到了《百家公案》里，"作者的主要任务就是根据情节把文言改为半文半白的文字，同时对少部分细节做出修改，使叙事更加生动和细腻"[1]。

第三个板块：卷九（第七十二回到第八十六回，共 15 回）。

其中第七十二、七十三、七十五、七十六、七十九、八十、八十一、八十二、八十三、八十四、八十七回等 11 回俱出《明成化刊本说唱词话丛刊本》。词话丛刊本共八个故事，只有《张文贵传》没有被《百家公案》采用。而且在词话中仅仅提到的故事，如《包待制出身传》提到的梗概，在《百家公案》中已经发展成为第七十九、八十、八十一回三个独立的故事，体现出创造性在《百家公案》逐步加强的态势。

第四个板块：卷四（第三十回到第四十二回，共 13 回）。

其中有 8 回无考，并且连续出现，如第三十一回至第三十五回、第三十八回到第四十回等未见来源。

第五个板块：卷十（第九十六、九十七、九十八、一百回等连续回目）。

这个版块来源不明。来源不明者也构成一个板块，主要依据于写作中的板块规律。这种连续性的来源阙失，最可能是两种情况：或者全部存在于某书，有待我们去发现；或者就是《百家公案》作

1　杨绪容：《〈百家公案〉研究》，第 48 页。

者的完全创造。

　　总之，本事来源的集中，构成了《百家公案》板块式写作的特点，从而使《百家公案》成书体现出分卷特点，并且不可避免出现文体混杂特点。这其中所体现出来的《百家公案》作者的创作心态，也由完全照抄到有意识地改编，逐步体现出创造性的特征了。

第九章 《稗家粹编》与《太平广记》 等小说选本研究

作为宋前文言小说的总集，《太平广记》收录近七千个故事，"荟萃说部菁英"，被称为"小说家之渊薮"。《太平广记》所引之书，很多已经失传，因引录而得以保存片段，所以，《太平广记》极具文献价值，历来受到小说史家的重视。《太平广记》所引之书的后世整理本，往往以《太平广记》为准。但是，许多篇目同时被"艳异编"系列（《艳异编》《广艳异编》《续艳异编》）及《情史》《逸史搜奇》《一见赏心编》等其他选集保留，在校勘上一直被忽略。《稗家粹编》的发现，成为一个重要的契机。

第一节 《稗家粹编》选文独立于《太平广记》

《太平广记》至少在南宋高宗时，已经有了刻本。但是，宋钞和宋刻都没有传下来。现存最早的刻本是谈恺（1503—1568）在嘉靖四十五年丙寅（1566）所刻，也是现存各种《太平广记》刻本的源头。现代通行的《太平广记》整理本是汪绍楹校点本，以谈本为底本，中华书局 1961 年出版，参酌沈与文野竹斋钞本、许自昌本、黄晟本、清人孙潜用宋钞所校的一个谈刻本、清人陈鳣根据宋刻所校的许自昌刻本。"校勘严谨，辑佚纠谬，可谓功不可没。"50 年后，张国风先生以谈本的第三次印本为底本，在参照诸本特别增加参校用本朝鲜刊刻本《太平广记详节》和《太平通载》，以及必要参考《太平广记》所引来源等基础上，意在提供一个"可供依据的《太平广记》的定本"，整理完成《太平广记会校本》（北京燕山出版社 2011 年出版）。

《太平广记》全书五百卷，分九十二大类，一百五十多个小目。同是作为文言小说的选集，《太平广记》与《稗家粹编》，二者相同30篇（见下表）：

表 9-1

序号	稗家粹编	太平广记	序号	稗家粹编	太平广记
1	柳氏传	柳氏传	16	杜子春	杜子春
2	昆仑奴传	昆仑奴传	17	裴谌	裴谌
3	尼妙寂	尼妙寂	18	刘阮天台记	天台二女
4	长恨传	长恨传	19	崔少玄传	崔少玄
5	杨倡传	杨娼传	20	麒麟客	麒麟客
6	枕中记	吕翁	21	工人遇仙	阴隐客
7	薛伟	薛伟	22	裴珙	裴珙
8	赵旭	赵旭	23	离魂记	王宙
9	萧志忠	萧志忠	24	韦皋	韦皋
10	郑德璘传	郑德璘	25	白猿传	欧阳纥
11	许汉阳	许汉阳	26	袁氏传	孙恪
12	太上真人度唐若山	唐若山	27	陈岩	陈岩
13	裴航遇云英记	裴航	28	谢翱	谢翱
14	许旌阳斩蛟	许真君	29	李岳州	李俊
15	崔书生	崔书生	30	沈亚之	邢凤

经查，上述篇目之间，重要异文甚多，详见下表：

表 9-2

稗家粹编	太平广记	异文数量	稗家粹编	太平广记	异文数量
柳氏传	柳氏传	9	杜子春	杜子春	22
昆仑奴传	昆仑奴传	20	裴谌	裴谌	13
尼妙寂	尼妙寂	7	刘阮天台记	天台二女	/
长恨传	长恨传	15	崔少玄传	崔少玄	7
杨倡传	杨娼传	5	麒麟客	麒麟客	15
枕中记	吕翁	3	工人遇仙	阴隐客	14
薛伟	薛伟	23	裴珙	裴珙	20
赵旭	赵旭	8	离魂记	王宙	4
萧志忠	萧志忠	20	韦皋	韦皋	5
郑德璘传	郑德璘	12	白猿传	欧阳纥	5
许汉阳	许汉阳	34	袁氏传	孙恪	30
太上真人度唐若山	唐若山	24	陈岩	陈岩	16
裴航遇云英记	裴航	12	谢翱	谢翱	18
许旌阳斩蛟	许真君	/	李岳州	李俊	7
崔书生	崔书生	15	沈亚之	邢凤	13

试举二例。

1.《萧志忠》

《稗家粹编》卷四所收与《太平广记》卷四四一"杂兽"类收，二者颇多异文。如：

（1）有薪者……呻吟不寐,似闻（谷）[悉] 窣有人声。(《稗家粹编》)

有薪者……呻吟不寐。夜将艾,似闻悉窣有人声。(《太平广记》)

（2）长人即唱言曰："余玄冥使者，奉北帝之命，明日腊日，萧使君当顺畋腊。汝等若干合鹰死，若干合箭死。"言讫，群兽皆俯伏战惧，若请命者。（《稗家粹编》）

长人即宣言曰："余玄冥使者，奉北帝之命，明日腊日，萧使君当顺时畋腊。尔等若干合箭死，若干合枪死，若干合网死，若干合棒死，若干合狗死，若干合鹰死。"言讫，群兽皆俯伏战惧，若请命者。（《太平广记》）

以上二例，高本《玄怪录》、《广艳异编》与《稗家粹编》同；《类说》《一见赏心编》则与《太平广记》同。

2.《陈岩》

《太平广记》卷四四四引《宣室志》。亦见《广艳异编》卷二七。《太平广记》和《广艳异编》文字同。

（1）颍川陈岩，字什梦，舞阳人。（《稗家粹编》）

颍川陈岩，字叶梦，舞阳人，侨居东吴。（《太平广记》）

（2）前春，刘君补调宜源尉。未一年而免，尽室归渭上。（《稗家粹编》）

前岁春，刘君补调真源尉。未一岁，以病免，尽室归渭上郊居。（《太平广记》）

（3）且妾常慕神仙，欲高蹈烟霞，安岩壑，自甘淡薄，今分不归刘矣。（《稗家粹编》）

且妾本慕神仙，尝欲高蹈云霞，安岩壑之隐，甘橡栗之味，亦足以终老。岂徒扰于尘世，适足为累？今者分不归刘氏矣。（《太

平广记》)

（4）里民告于岩，岩即延居士至家。(《稗家粹编》)
　里民告于岩，岩即请焉。居士乃至岩所居。(《太平广记》)

（5）至夕岩归，妇人拒而不纳。岩因诟而责之。(《稗家粹编》)

《太平广记》在"拒而不纳"后还有"岩怒，即破户而入，见己之衣资，悉已毁裂"等16字。

（6）岩甚怖悸。后一日，至渭上，询其居人，果有刘君尉于弋阳，得一猿，且十年矣。今一旦失去，想为怪云。(《稗家粹编》)

"岩甚怖悸"至"想为怪云"，《太平广记》作：岩既悟其妖异，心颇怪悸。后一日，遂至渭南，讯其居人，果有刘君，庐在郊外。岩即谒而问焉。刘曰："吾常尉于弋阳，弋阳多猿狖，遂求得其一，近兹且十年矣。适遇有故人自濮上来，以一黑犬见惠，其猿为犬所啮，因而遁去。"竟不穷其事，因录以传之。岩后以明经入仕，终于秦州上邽尉。客有游于太原者，偶于铜锅店精舍，解鞍憩焉。于精舍佛书中，得刘君所传之事，而文甚鄙，后亡其本。客为余道之如是。

另外，《许旌阳斩蛟》与《刘阮天台记》二篇，《稗家粹编》与《太平广记》同事异文，差异太大，根本无法比较。

《许旌阳斩蛟》，《历代仙史》卷二、《历世真仙体道通鉴》卷二十六、《太平广记》卷一一一等俱有许真君相关事迹，但与《稗家粹编》出入甚大，《稗家粹编》本不详所出。

《刘阮天台记》，出刘义庆《幽明录》。

刘晨、阮肇,剡县人。汉明帝永平十五年,二人入天台山采药,迷失道路,粮又乏绝。望山顶有桃,往取食之,觉步履轻健。下山,取涧水饮之。复见一杯流出,中有胡麻饭屑。二人相谓曰:"去人间不远矣。"因渡水,又过一山。出大溪,见二女容色绝世,便唤刘、阮姓名,喜悦如旧交,道:"郎等何来晚也?"因邀其家。厅馆服饰,无不鲜华。东西各有床帐,帏幔七宝璎珞,非世所有。左右侍女,悉皆端丽。须臾,设甘酒、山羊脯、胡麻饭。有仙客数人,将三五桃来庆女婿。欢歌作乐,日既向暮,仙客散去。刘、阮就女家成夫妇。驻留十五日,求还。女曰:"仙馆遍殊凡俗,今来此,是宿福所招,何遽求去?"遂住半年。天气融和,常是二三月时。二人闻木鸟哀鸣,求归甚切。女曰:"罪根未灭,使君等如此。"更唤诸仙女,共作鼓相送刘、阮出山洞,示以归路。二人随其言而得还家乡,并无相识。乃验得七代子孙,传说上世祖公入山不出,不知何在。既无亲属,栖泊无所,却欲还女家,寻当年所往山路,迷莫知其处。至晋武帝太康八年,失二人所在。唐元稹诗云:芙蓉脂肉绿云鬟,罨画楼台青黛山。千树桃花万年药,不知何事忆人间。(《稗家粹编》)

明帝永平五年,剡县刘晨、阮肇共入天台山,取谷皮,迷不得返。经十三日,粮食乏尽,饥馁殆死。遥望山上,有一桃树,大有子实;而绝岩邃涧,永无登路。攀援藤葛,乃得至上。各啖数枚,而饥止体充。复下山,持杯取水,欲盥漱。见芜菁叶从山腹流出,甚鲜新。复一杯流出,有胡麻饭掺,相谓曰:"此知去人径不远。"便共没水,逆流二三里,得度山,出一大溪,溪边有二女子,姿质妙绝,见二人持杯出,便笑曰:"刘阮二郎,捉向所失流杯来。"晨、肇既不识之,缘二女便呼其姓,如似有旧,乃相见忻喜。问:"来何晚邪?"因邀还家。其家铜瓦屋。南壁及东壁下各有一大床,皆施绛罗帐,帐角悬铃,金银交错,床头各有十侍婢。敕云:"刘阮二郎,经涉山岨,向虽得琼实,犹尚虚弊,可速作食。"食胡麻饭、山羊脯、牛肉,甚甘美。食毕行酒，有一群女来，各持五三桃子，笑而言："贺汝婿来。"酒酣作乐，刘阮欣怖交并。至暮，令各就一帐宿，女往就之，言声清婉，令人忘忧。至十日后欲求还去，女云："君已来是，宿福所牵，何复欲还邪？"遂停半年。气候草木是春时，百鸟啼鸣，更怀悲思，求归甚苦。女曰："罪牵君，当可如何？"遂呼前来女子，有三四十人，集会奏乐，共送刘阮，指示还路。既出，亲旧零落，邑屋改异，无复相识。问讯得七世孙，传闻上世入山，迷不得归。至晋太元八年，忽复去，不知何所。（《太平广记》）

其中《稗家粹编》与《太平广记》重要的异文有 4 处：

（1）"永平十五年"，《太平广记》作"永平五年"。永平五年即 62 年，永平十五年即 72 年，二者相差十年。

（2）"采药"，《太平广记》作"取谷皮"。

（3）《稗家粹编》无"欲盥漱。见芜菁叶从山腹流出，甚鲜新"，《幽明录》有。

（4）《太平广记》无"武帝"二字，"太康"作"太元"。

《太平广记》本与《稗家粹编》仍然属于同事异文，没有版本关系。

以上可见，《稗家粹编》与《太平广记》文字上有出入，不仅没有渊源关系，而且源出并非同一版本。《稗家粹编》往往据传本采入。

第二节　《稗家粹编》与"艳异编"系列的关系

《稗家粹编》广辑博取，但也与《艳异编》《广艳异编》《续艳异编》及《情史》《逸史搜奇》《一见赏心编》等具有继承关系。

《稗家粹编》所收都是文言小说，标题普遍有"记"和"传"字，无法按照文体和标题分类，所以按故事类型分成"伦理部""义侠部""徂异部"等 21 部类。这种形式明显受到《艳异编》的影响。试举部类比较如下[1]：

表 9-3

部　类	艳异编	稗家粹编	广艳异编	续艳异编
伦理部	/	1. 伦理部	/	/
星部	1. 星部	11. 星部	/	/
神部	2. 神部	12. 神部	1. 神部	1. 神部
水神部	3. 水神部	13. 水神部	/	/
龙神部	4. 龙神部	14. 龙神部	/	2. 龙神部
仙部	5. 仙部	15. 仙部	2. 仙部	3. 仙部
鸿象部	/	/	3. 鸿象部	4. 鸿象部
宫掖部	6. 宫掖部	6. 宫掖部	4. 宫掖部	5. 宫掖部
戚里部	7. 戚里部	7. 戚里部	/	/
幽期部	8. 幽期部	4. 幽期部	5. 幽期部	6. 幽期部
情感部			6. 情感部	7. 情感部
重逢部	/	5. 重逢部	/	/
冥感部	9. 冥感部	17. 冥感部	/	/
梦游部	10. 梦游部	10. 梦游部	8. 梦游部	9. 梦游部
义侠部	11. 义侠部	2. 义侠部	9. 义侠部	10. 义侠部
妓女部	14. 妓女部	8. 妓女部	7. 妓女部	8. 妓女部
男宠部	15. 男宠部	9. 男宠部		
幻术部	13. 幻异部	18. 幻术部	10. 幻术部	11. 幻术部
傲诡部	/	/	11. 傲诡部	
徂异部	12. 徂异部	3. 徂异部	12. 徂异部	19. 徂异部
定数部	/	/	13. 定数部	20. 定数部
冥迹部	/	/	14. 冥迹部	21. 冥迹部

---

[1] 秦川认为《艳异编》16 部、《续艳异编》22 部、《广艳异编》22 部，其中《艳异编》少"幻异部"，《续艳异编》少"昆虫部"，《广艳异编》少"傲诡部""昆虫部""夜叉部"。参见《中国古代文言小说总集研究》，上海古籍出版社 2006 年版，第 63—65 页。

（续　表）

部　类	艳异编	稗家粹编	广艳异编	续艳异编
冤报部	/	/	15.冤报部	22.冤报部
珍奇部	/	/	16.珍奇部	14.珍奇部
器具部	/	/	17.器具部	13.器具部
草木部	/	/	18.草木部	23.草木部
鳞介部	/	/	19.鳞介部	12.鳞介部
禽部	/	20.禽兽部	20.禽部	15.禽部
兽部	/		22.兽部	17.兽部
昆虫部	/	/	21.昆虫部	16.昆虫部
妖怪部	16.妖怪部	19.妖怪部	23.妖怪部	/
鬼部	17.鬼部	16.鬼部	24.鬼部	18.鬼部
夜叉部	/	/	25.夜叉部	/
报应部	/	21.报应部	/	/
34 部	17 部	21 部	25 部	23 部

　　《稗家粹编》增加"伦理部""报应部""重逢部""禽兽部"等 4 个部类,其余俱是因袭《艳异编》不变。"伦理部""报应部"的增加,强化了劝诫色彩,稀释了所选小说的"艳""异"比重,正如《稗家粹编》序所言:

　　　　余恐世之日加于偷薄也,日流于淫鄙、诬诞也,不得已而有是选焉。乃始自"伦理",终自"报应",凡念有一部。其间无论其事之有无,不计其文之工拙,转阅时俾知伦理之为先,而报应之必在者,何莫而非劝惩也耶!

　　"伦理部"和"报应部"的小说成分不是很浓厚,一般小说选本较少选取,然而正是这种情况使《稗家粹编》所选的许多小说成了珍稀资料。另外,"重逢部""禽兽部"的增加则进一步丰富了选编的内容。后出的《广艳异编》和《续艳异编》则在《艳异编》的基础上,对《稗家粹编》的分类进行了吸收,进一步加强了"禽兽类""器物类"的分量。

从篇目而言,"艳异编"系列和《稗家粹编》二者相同篇目多达64篇,超过四成:

表 9-4

序号	稗家粹编	艳异编	广艳异编	续艳异编
1	郑德璘传	郑德璘传		
2	章子厚	章子厚		
3	盼盼守节	张建封妓		
4	袁氏传	袁氏传		
5	杨倡传	杨娼传		
6	阳羡书生	阳羡书生		
7	沈亚之	邢凤		
8	谢翱	谢翱		
9	萧宏	萧宏		
10	郭代公	乌将军		
11	王生渭塘奇遇记	渭塘奇遇		
12	韦皋	韦皋		
13	王魁负约	王魁		
14	裴谌	裴谌		
15	汤赛师	汤赛师		
16	孙寿	孙寿		
17	牡丹灯记	双头牡丹灯记		
18	懒堂女子	舒信道		
19	裴航遇云英记	裴航		
20	潘用中奇遇记	潘用中奇遇		
21	绿衣人传	绿衣人传		

（续 表）

序号	稗家粹编	艳异编	广艳异编	续艳异编
22	柳氏传	柳氏传		
23	兰蕙联芳记	联芳楼记		
24	李将仕	李将仕		
25	离魂记	离魂记		
26	分镜记	乐昌公主		
27	昆仑奴传	昆仑奴传		
28	金凤钗记	金凤钗记		
29	画工	画工		
30	红线传	红线传		
31	韩偓胄	韩偓胄		
32	馆陶公主	馆陶公主		
33	梵僧难陀	梵僧难陀		
34	狄氏	狄氏		
35	邓通	邓通		
36	崔书生	崔书生		
37	崔护	崔护		
38	陈子高	陈子高		
39	长恨传	长恨传		
40	白猿传	白猿传		
41	王生	王生		
42	庆云留情		赵庆云	赵庆云
43	招提琴精		招提嘉遇记	招提嘉遇记
44	邹宗鲁游会稽山记		游会稽山记	游会稽山记
45	野庙花神		野庙花神记	野庙花神记
46	虬须叟传		虬须叟传	虬须叟传
47	秋千会记		秋千会记	秋千会记
48	弊帚惑僧传		搴绒志	搴绒志
49	朱氏遇仙传		蓬莱宫娥	蓬莱宫娥

（续 表）

序号	稗家粹编	艳异编	广艳异编	续艳异编
50	成令言遇织女星记		灵光夜游录	灵光夜游录
51	荔枝入梦		荔枝梦	荔枝梦
52	金钏记		金钏记	金钏记
53	舒大才奇遇		花蕊夫人	花蕊夫人
54	褚必明野婚		褚必明	褚必明
55	并蒂莲花记		并蒂莲花记	并蒂莲花记
56	尹纵之		尹纵之	
57	萧志忠		丹飞先生传	
58	王煌		王煌	
59	麒麟客		麒麟客传	
60	老树悬针记		老树悬针记	
61	华山客		狐仙	
62	工人遇仙		天桂山宫志	
63	陈岩		陈岩	
64	李岳州		李俊	
总计	64	41	23	14

　　《稗家粹编》一些部类的篇目很可能从《艳异编》直接选出。如《稗家粹编》卷三"宫掖部"3篇中有2篇见于《艳异编》，另1篇（《续天宝遗事传》）似经改写，但与《艳异编》大同小异；"戚里部"4篇、"男宠部"2篇、"幻术部"3篇全见于《艳异编》；"俎异部"5篇中有4篇见于《艳异编》。篇目在《稗家粹编》中只有删减，没有增补。可见《稗家粹编》的编选受到《艳异编》的影响非常明显。同时《稗家粹编》对《广艳异编》《续艳异编》也具有不同程度的影响。《稗家粹编》与《广艳异编》同23篇，与《续艳异编》同14篇。

　　当然，现在所见《艳异编》，托名汤显祖，应在汤氏去世之后。

反过来说,今天所见《艳异编》受到《稗家粹编》的影响,也未可知。

第三节　《稗家粹编》与《逸史搜奇》《一见赏心编》等的关系

《逸史搜奇》《一见赏心编》是晚明稀见的两种文言小说选本。《逸史搜奇》148 篇,与《稗家粹编》相同者 22 篇;《一见赏心编》139 篇,与《稗家粹编》相同者 26 篇。具体见下表:

表 9-5

序号	稗家粹编	逸史搜奇	一见赏心编
1	郑德璘传	郑德璘传	
2	韦氏	张楚金	
3	袁氏传	袁氏	袁氏传
4	尹纵之	尹纵之	
5	工人遇仙	阴隐客	阴隐客
6	长恨传	杨太真	贵妃传
7	薛伟	薛伟	
8	许真君	许真君	
9	阳羡书生	许彦相	
10	许汉阳	许汉阳	
11	萧志忠	萧志忠	晋州猎
12	侠妇人	侠妇人	
13	吴全素	吴全素	
14	裴谌	王恭伯	裴谌传
15	裴玭	裴玭	
16	尼妙寂	尼妙寂	
17	掠剩使	掠剩使	
18	李岳州	李岳州	

（续 表）

序号	稗家粹编	逸史搜奇	一见赏心编
19	昆仑奴传	昆仑奴	红绡妓
20	华山客	华山客	
21	郭代公	郭元振	乌将军
22	杜子春	杜子春	
23	白猿传		欧阳纥
24	陈光道遇蔡筝娘传		筝娘传
25	崔护		城南女
26	崔书生		玉卮传
27	狄氏		狄氏传
28	分镜记		德言妻
29	兰蕙联芳记		兰蕙传
30	离魂记		张倩娘
31	柳氏传		柳氏传
32	潘用中奇遇记		黄女传
33	盼盼守节		盼盼妓
34	裴航遇云英记		云英传
35	麒麟客		麟客传
36	王生渭塘奇遇记		渭塘女
37	红线传		红线女
38	梅妖		桂花传
39	谢翱		牡丹女
40	赵旭		青童传
41	张幼谦记		惜惜传
42	崔少玄传		
43	枕中记		
44	杨倡传		
总计	44	22	26

其中《玄怪录》之《韦氏》仅见于《逸史搜奇》，可见其珍稀。

第四节 《稗家粹编》与《虞初志》的关系

《虞初志》收录 31 篇（《续齐谐记》《集异记》整体收录，各算一种），《稗家粹编》与之同者 9 篇：《阳羡书生》《裴琎》《离魂记》《长恨传》《枕中记》《崔少玄传》《柳氏传》《杨娼传》《白猿传》。《虞初志》与《稗家粹编》普遍来源于同一版本，试举几例。

1.《枕中记》

（1）《稗家粹编》：寐中，见其窍大而明，若可处，举身而入。

"若"，《太平广记》作"朗"，全句作："寐中，见其窍大而明朗可处，举身而入。"

（2）《稗家粹编》：遂除生御史中丞河西陇右节度使，又破戎虏七十级，开地九百里……

"七十级"，《太平广记》作"七千级"。

上举二例，《虞初志》俱与《稗家粹编》同。

2.《长恨传》

本篇有《太平广记》和《文苑英华》两种版本。《艳异编》卷一一、《虞初志》卷二、《绿窗女史》宫闱部、重编《说郛》卷一一一等，俱依《太平广记》。《稗家粹编》本系出《太平广记》一脉，但亦有少量异文。如：

（1）《稗家粹编》：及安禄山引兵向关，以讨杨氏为辞……

"关"，《太平广记》作"阙"。

（2）《稗家粹编》：见一人冠金莲，披紫绡，佩红玉，曳凤履。

"履"，《太平广记》作"舄"。

（3）《稗家粹编》：或为天或为人，决再相见，好合如旧。

二"为"字，《太平广记》作"在"。
上举三例，《稗家粹编》与《虞初志》文字同。

3.《阳羡书生》

《稗家粹编》：太元中，彦为兰台令史，以盘饷侍中张敞。
看其题，云是汉永平三年所作也。

"太元"，《虞初志》同。《艳异编》、《顾氏文房小说》本《续齐
谐记》、《逸史搜奇》作"大元"，《类说》作"大无"，俱误。
"张敞"，《类说》作"张敞"，《顾氏文房小说》《虞初志》《逸史
搜奇》作"张散"。

4.《离魂记》

《稗家粹编》：大历末，遇莱芜县令张仲规，因备述其本末。
镒则仲规堂叔祖，而说极备悉，故记之。

《艳异编》《虞初志》和《稗家粹编》文字同。

"堂叔祖"，《太平广记》作"堂叔"。

天授为武则天年号，在 690—692 年间；大历为代宗李豫年号，在 766—779 年间。天授至大历末有 80 余年，张镒为张仲规的"堂叔祖"比"堂叔"较合理[1]。

5.《崔少玄传》

　　《稗家粹编》："得一之元，匪受自天。太老之真，无上之仙。叙美则真，形于自然。真安匪求，神之久留。光含影藏，体性刚柔。丹霄碧虚，上圣之俦。百岁之后，空余坟丘。"

　　《太平广记》："得一之元，匪受自天。太老之真，无上之仙。光含影藏，形于自然。真安匪求，神之久留。叙美其真，体性刚柔。丹霄碧虚，上圣之俦。百岁之后，空余坟丘。"

《虞初志》与《稗家粹编》同。"叙美则真"，《太平广记》和《道藏》卷三二〇《玄珠心镜注》作"光含影藏"；"光含影藏"，《太平广记》作"淑美其真"，《玄珠心镜注》作"淑美则真"。《三洞群仙传》与《太平广记》同。

二者"叙美则真"与"光含影藏"，次序不一，但可证《稗家粹编》的"叙美则真"确有出处，值得重视。

第五节　《稗家粹编》与小说选本的重要异文

《稗家粹编》作为文言小说的选集，从标题到正文，相对而言，

1　参见陈友鹤选注《唐宋传奇选》，人民文学出版社 1998 年版，第 20 页。

非常忠实于原著。除异文之外，今所见有删略者，仅 3 篇。

一是卷三《赵旭》，删"遂各登车诀别"后 400 多字。

二是卷五《太上真人度唐若山》，删去了若山遗表大旨 170 余字，并删相国李绅故事 300 余字，但行文更为紧凑。《稗家粹编》"其弟若水亦尸解于南岳"句不见于《太平广记》。

三是卷六《牡丹灯记》，《剪灯新话》、《艳异编》卷四十、《香艳丛书》八集、何大抡本《燕居笔记》、《情史》卷九俱有"竞往玄妙观谒魏法师而诉焉"后的 800 多字，但《稗家粹编》以"后请四明山铁冠道人治之而灭焉"一句简单笼括。

《稗家粹编》所选与《太平广记》《逸史搜奇》《一见赏心编》等不同之处甚多，版本来源更早，无疑具有参校价值。试举例如下：

（一）关于姓名、时间等

1.《柳氏传》

（1）《稗家粹编》：天宝中，昌黎韩翊有诗名。

"韩翊"，《太平广记》《艳异编》《虞初志》、林近阳本《燕居笔记》、余公仁本《燕居笔记》、《一见赏心编》、《顾氏文房小说》本《本事诗》同；《类说》等作"韩翃"。

（2）《稗家粹编》：寻有诏柳氏宜还韩翊，许俊赐钱二百万。

"许俊"，《虞初志》同，《太平广记》作"沙叱利"。《一见赏心编》无该句。

2.《昆仑奴传》

（1）《稗家粹编》：曹孟海州之犬也。

《一见赏心编》《逸史搜奇》与《稗家粹编》同。《太平广记》作"曹州孟海"。

（2）《稗家粹编》：磨勒遂持匕首，飞出高垣，瞥若鸟翅，翎同鹰隼。攒矢如雨，莫能中之。

"瞥若鸟翅，翎同鹰隼"，《太平广记》《一见赏心编》《逸史搜奇》等皆作"瞥若翅翎，疾同鹰隼"。

3.《薛伟》

《稗家粹编》：薛伟者，乾元二年，任泾州青城县主簿，与丞邹滂、尉雷济、裴察同时。

《逸史搜奇》同。"二年"，宋尹家书籍铺本《续玄怪录》、《太平广记》作"元年"。"泾州"，《太平广记》作"蜀州"。"裴察"，尹家本《续幽怪录》、《太平广记》作"裴寮"。

4.《许汉阳》

（1）《稗家粹编》：汉阳名商，本汝南人也。

"汉阳名商"，《顾氏文房小说》本《博异志》、《逸史搜奇》庚集六同，《太平广记》作"许汉阳"，无商字。

（2）《稗家粹编》：昨夜海龙王诸女及姨姊妹六七人过归洞庭。

"海龙王",《逸史搜奇》、《顾氏文房小说》本《博异志》同。《类说》《太平广记》作"水龙王"。

5.《太上真人度唐若山》

本篇《太平广记》卷二十七引,注出杜光庭《仙传拾遗》,《历世真仙体道通鉴》卷三十五同。但《历世真仙体道通鉴》卷三五《唐若山》,文字多与《稗家粹编》同。

《稗家粹编》:唐若山,鲁国人也。唐睿宗景太中,历官尚书郎,连典剧郡。开元中,出为润州,颇有惠政,远近称之。

"唐睿宗景太中",《太平广记》《仙传拾遗》《历世真仙体道通鉴》等作"唐先天中"。唐睿宗景(云)太(极)年间,为710年七月至712年四月,约一年零十个月。而先天为唐玄宗年号,在712年八月至713年三月,约七个月。从唐若山七个月内"连典剧郡"来看,稍嫌匆促,似以《稗家粹编》本为佳。

另外,《历世真仙体道通鉴》卷三五《唐若山》,文字多与《稗家粹编》同,疑《稗家粹编》从《历世真仙体道通鉴》或其采用底本上删录而成。

6.《李岳州》

《稗家粹编》:岳州刺史李公佐,兴元中举进士,连不中第。次年,有故人国子祭酒通春官包结者,拔成之。

"李公佐",陈本、高本、《太平广记》、《广艳异编》作"李公俊",《逸史搜奇》作"李公陵";"包结",陈本、《逸史搜奇》同,高本、《太平广记》、《广艳异编》作"包佶"。

李剑国据《旧唐书》和《唐摭言》等认定包结应为包佶。

7.《袁氏传》

（1）《稗家粹编》：张生大骇曰："即此是也，其奈之何？"又曰："弟之忖度，何以为异？"恪曰："岂有袁氏海内无瓜葛之亲哉？又辨慧多能，如是以为验矣。"

《太平广记》：张生大骇曰："即此是也，其奈之何？"恪曰："弟之忖度，何以为异？"张曰："岂有袁氏海内无瓜葛之亲哉？又辨慧多能，如是以为验矣。"

《一见赏心编》《逸史搜奇》与《稗家粹编》同。按：李剑国《唐五代传奇集》（第2426页）认为"弟之忖度，何以为异？"应为张氏所言，《太平广记》作"恪言"则误。

（2）《稗家粹编》：到瑞州，袁氏曰："此去半程，江濡有决山寺。"

"瑞州"，《逸史搜奇》《一见赏心编》《古今说海》同。《太平广记》作"端州"。

"决山寺"，《逸史搜奇》《古今说海》同。《太平广记》《一见赏心编》作"峡山寺"。李剑国《唐五代传奇集》（第2428页）认为应作"峡山寺"。

8.《萧志忠》

《稗家粹编》：河东县尉崔知之第三妹，美淑媚绥。绛州卢思由善醪酿，妻产，必有美酒。

"思由",《广艳异编》《逸史搜奇》同,《太平广记》《一见赏心编》作"司户"。联系前文河东县尉明确具名来看,卢司户具名"思由",《稗家粹编》前后更加一致。

（二）脱文或佚文等

1.《许汉阳》

> 《稗家粹编》：汉阳具述不意至此。女郎揖坐,云:"客中止一宵,亦有少酒,愿追欢。"揖坐讫,青衣具饮食,所用皆非人间见者。

《顾氏文房小说》本《博异记》、《逸史搜奇》同。但《太平广记》无"揖坐,云:'客中止一宵,亦有少酒,愿追欢'"十五字,或跳行致脱。

2.《工人遇仙》

> 《稗家粹编》：门人曰:"此皆诸仙初得仙者,关送此国,修行七十万日,然后得至诸天,或玉京、蓬莱、昆阆、姑射,然后方得仙官职位、主箓主符、主印主衣,飞行自在。"

《顾氏文房小说》本、《逸史搜奇》同。《太平广记》无"主符"、"主衣"四字。《一见赏心编》卷五《阴隐客传》无"方得仙官职位、主箓主符、主印主衣,飞行自在"句。

3.《韦皋》

《稗家粹编》卷六所收,与《艳异编》卷二十收,二者文字同。《太平广记》卷二七四,末注出《云溪友议》[1],文字亦同《云溪友议》传本。但是《云溪友议》末尾"论者以韦中书脱布衣不五秋"以下210多字,三者俱不载。重要异文如下:

(1)《稗家粹编》:后韦镇蜀,到府三日,询狱囚,其轻重之系,近三百余人。

《太平广记》:后韦镇蜀,到府三日,询鞫狱囚,涤其冤滥,轻重之系,近三百余人。

(2)《稗家粹编》:敕下,未令赴任,遣人监守,且留宾幕。

《太平广记》:敕下,未令赴任,遣人监守,朱绂其荣,且留宾幕。

4.《并蒂莲花记》

《稗家粹编》:翌日,丽春命侍儿兰香以薛涛笺,染蒙恬笔,书怀素字,作词一阕以寄生,词名《清朝慢》,云:"翠幕香凝,罗帏梦杳,深闺翡翠衾寒……"

"以薛涛笺,染蒙恬笔,书怀素字"十二字,《续艳异编》《广艳异编》本作"持彩笺"。《广艳异编》其余文字与《稗家粹编》一致。《续艳异编》删去一百多字,见下文加"( )"部分:

丽春笑曰:"子知家君馆谷之意乎?东床之选,其在兹矣。

---

1 《太平广记》第6册,中华书局1961年版,第2159—2161页。

子宜郑重，妾亦忍死以待。（不为他人妇也。"生曰："第恐大齐之不偶，而为《春秋》之讥耳。"丽春曰："人定胜天，又何疑焉？"）正叙话间，侍婢报曰："家主回矣。"

　一夕，生明烛独坐，忽闻剥啄叩门声。生启视之，乃丽春也。延入寝室，揖逊而坐。（丽春曰："子读何书？"生曰："《孟子》。"丽春曰："孟子义利之辩其说甚详，无非欲人之趋于正道也。"生曰："既欲人之趋于正道，何以曰逾东家墙而搂其处子则得妻，不搂则不得妻乎？"丽春曰："此设譬之词耳。苟不得父母之命，媒妁之言，钻穴隙相窥，逾墙相从，宁有是理哉？"生曰："食色，天性也。人所不免耳。"）丽春袖中出花笺一幅，上书诗四绝，笑曰："妾效唐人，作回文四时词，请君为我改教之。"

《情史》卷十一题《并蒂莲》，删却更多。《稗家粹编》《广艳异编》所收应是原本。

5.《刘方三义传》

《稗家粹编》：又谓其子曰："予欲令汝归家，唤汝亲故搬取二丧，恐汝幼弱不能自达。汝可暂住予家，待有熟识之人，方可与汝回籍，唤汝亲故搬运父柩还乡，方为孝道。"

本篇出《花影集》卷一[1]，今传本无"与汝回籍……方为孝道"十八字。《稗家粹编》可以用于校勘。

（三）补充信息

1.《并蒂莲花记》

1　据程毅中介绍，《花影集》国内无传本，仅日本早稻田大学图书馆藏有万历十四年跋朝鲜刻本。参见《古体小说丛刊》本《花影集》点校本前言，中华书局2008年版。

生按题挥笔，亦作回文体四绝云。

其一《小桥斜径》：

东西岸草迷烟淡，近远汀花逐水流。

虹跨短桥横曲径，石粼粼砌路悠悠。

其二《短墙乔木》：

墙矮筑轩当绿野，树高连屋近青山。

香清散处残红落，酒兴诗怀遣日闲。

其三《溪曲活水》：

溪曲绕村流水碧，小桥斜傍竹居清。

啼乌月落霜天晓，岸泊闲舟两叶轻。

其四《幽境近山》：

歧路曲盘蛇袅袅，乱山群舞凤层层。

枝封雪蕊梅依屋，独坐闲窗夜伴灯。

《稗家粹编》本标出回文诗题四绝：《小桥斜径》《短墙乔木》《溪曲活水》《幽境近山》。但《广艳异编》《续艳异编》《情史》等俱无回文诗题。

2.《金钏记》

本篇见于《广艳异编》卷八、《续艳异编》卷四、《情史》卷三（题《章文焕》）。但《稗家粹编》集古绝句十首所标作者，他书俱无。

如第一首：

绣户纱窗北里深，杨巨源

灯昏香烬拥寒衾。朱淑真

故园书动经年别，崔　涂

满地月明何处砧。薛　能

经查验，上面四句，确实如书标示作者。

杨巨源《赠王常侍》：绣户纱窗北里深，香风暗动凤凰簪。组紃常在佳人手，刀尺空摇寒女心。欲学齐讴逐云管，还思楚练拂霜砧。东家少妇当机织，应念无衣雪满林。

朱淑真《长宵》：月转西窗斗帐深，灯昏香烬拥寒衾。魂飞何处临风笛，肠断谁家捣夜砧。

崔涂《春夕》：水流花谢两无情，送尽东风过楚城。胡蝶梦中家万里，子规枝上月三更。故园书动经年绝，华发春唯满镜生。自是不归归便得，五湖烟景有谁争。

薛能《秋夜旅舍寓怀》：庭锁荒芜独夜吟，西风吹动故山心。三秋木落半年客，满地月明何处砧。渔唱乱沿汀鹭合，雁声寒咽陇云深。平生只有松堪对，露洇霜欺不受侵。

一般来说，《稗家粹编》所从，应有版本出处。如果系胡文焕等添加，太需要编者具有广博的文化功底，事实上也没有必要如此添加。

第六节 《稗家粹编》与《裴玧》的版本及类型

谈到版本之异，一般想到长篇小说的简本、繁本。《玄怪录》卷九《齐饶州》与《太平广记》卷三五八所引《齐推女》，卷三《尼妙寂》（《太平广记》卷一二八引作《续玄怪录》）与《太平广记》卷四九一《谢小娥传》等内容基本一致，但文字则大不相同，已经成为一种有趣的改写现象[1]。但笔者通过《稗家粹编》，意外发现在文言短篇小说

---

[1] 参阅程毅中点校本《玄怪录 续玄怪录》"前言"部分，《古体小说丛刊》本，中华书局 2006 年版。

《裴珙》中存在另外一种有趣现象。

《裴珙》出唐薛用弱《集异记》卷一，今见《顾氏文房小说》《太平广记》卷三五八、《说郛》卷一一五引《集异记》《逸史搜奇》壬集一、《虞初志》卷一、明末无名氏《我侬纂削》（改题《借马送魂》）等。但存在三种不同版本：一是《阳山顾氏文房小说》本 507 字（《逸史搜奇》《说郛》同）；二是《稗家粹编》本 507 字（《虞初志》同）；三是《太平广记》本 404 字（抄本《我侬纂削》同）。三者最重要的异文主要有两处。

第一处是：

甲.续有乘马而牵一马者,步骤极骏,顾珙有仁色。珙因谓曰："子非投夕入都哉？"曰："然。"珙曰："珙有恳诚,将丐余力于吾子,子其听乎？"即以诚告之。乘马者曰："但及都门而下,则不违也。"珙许约。（《稗家粹编》《顾氏文房小说》）

乙. 忽有少年,骑从鹰犬甚众。顾珙笑曰："明旦节日,今当蚤归,何迟迟也。"乃以后乘借之。（《太平广记》）

第二处是：

甲. 因思令仆马宿窦氏庄,登即遽返。时夜已深,门阗尽闭,而珙意将往,身趣过矣。斯须而至,方见其形僵卧于地,二僮环泣呦呦焉。珙即举衾以入,情意绝邈,终不能合。因出走,求人以告。所见过者,虽极请诉,而曾莫览矣。珙彷徨忧扰,大哭于路。忽有老叟问曰："子其何哉？"珙则具白以事。叟曰："生魂驰鬼马,祸非自掇耶！"因同诣窦门,令其闭目,自后推之,省然而苏。（《稗家粹编》）

乙．因出至通衢，徘徊久之，有贵人导从甚盛，遥见珙，即以鞭指之曰："彼乃生者之魂也。"俄有佩囊鞬者，出于道左，曰："地界启事，裴珙孝廉，命未合终。遇昆明池神七郎子案鹰回，借马送归以为戏耳。今当领赴本身。"贵人微哂曰："小儿无理，将人命为戏。明日与尊父书，令笞之。"既至，而囊鞬者招珙复出上东门，度门隙中，至窦庄。方见其形僵仆，二童环泣呦呦焉[1]。囊鞬者令其闭目，自后推之，省然而苏。(《顾氏文房小说》《太平广记》)

由于《稗家粹编》的阙如，《全唐五代小说》《唐五代笔记小说大观》的校注者往往只能发现第一处不同。但《稗家粹编》的出现，表明《裴珙》事实上还存在着构思（或者完全改写）的不同。很明显，《稗家粹编》《太平广记》《顾氏文房小说》是两个不同版本的三种类型。

类型一：《稗家粹编》是"甲＋甲"型，前后照应；

类型二：《太平广记》是"乙＋乙"型，前后照应；

类型三：《顾氏文房小说》是"甲＋乙"型，前后照应有欠缺。

可见，《裴珙》存在三种不同版本、两种类型。

1　"方见……呦呦焉"13字，《顾氏文房小说》本无。

第十章 《稗家粹编》与《宝文堂书目》等书目著录研究

《宝文堂书目》在中国古代小说研究史上具有重要的地位，直接关涉到诸多话本小说及其本事来源研究、小说与戏曲的关系研究等。前辈学者孙楷第、谭正璧等在资料缺乏的情况下，筚路蓝缕，进行了富有智慧的草创性工作。在《稗家粹编》等相关新资料出现之后，实有必要重新认识《宝文堂书目》的著录和小说认定问题。

第一节 《稗家粹编》与《宝文堂书目》的著录

孙楷第《中国通俗小说书目》[1]、谭正璧《宝文堂藏宋元明人话本考》（1982 年补正本）[2] 从《宝文堂书目》中认定小说 112 种，"现在尚存的"有 53 种，"现已不知存佚而见于他书或内容可考的"有 33 种，"存佚和内容都不可考的"有 26 种，后世研究大抵没有再超出这个范围。随后几十年来，学术界沿袭孙氏、谭氏的结论甚多。借助《稗家粹编》等相关新资料，可以深化《宝文堂书目》对小说著录的认识。

1　孙楷第：《中国通俗小说书目》，作家出版社 1957 年版、人民文学出版社 1982 年版。
2　谭正璧著、谭寻补正：《话本与古剧》（重订本），上海古籍出版社 1985 年版。

一 《宝文堂书目》的著录下限

晁瑮父子生平正史失载。由于一直没有发现晁瑮的具体生卒年月，仅知其生活于嘉靖年间，因而《宝文堂书目》著录的小说也往往笼统地认为成于嘉靖年间。据《明故奉训大夫司经局洗马镜湖晁公暨配二张孺人合葬墓志铭》，晁瑮生于正德二年丁卯（1507），卒于嘉靖三十九年庚申（1560），享年54岁。晁东吴生于嘉靖十一年壬辰（1532），卒于嘉靖三十三年甲寅（1554），仅23岁[1]。据此可以确认，《宝文堂书目》著录的小说下限为1560年，这就为许多小说的下限设定了明确的时间。

二 《宝文堂书目》著录的不全是书目，还有篇目

《宝文堂书目》著录了《合同文字记》《范张鸡黍死生交》《羊角哀鬼战荆轲》《雪川萧琛贬霸王》《杨温拦路虎传》《刎颈鸳鸯会》《齐晏子二桃杀三学士》《冯唐直谏汉文帝》等《六十家小说》（即《清平山堂话本》）中的篇名，且不按册的具体篇目依次著录，而是分散在不同地方。有学者指出，这与《宝文堂书目》作为清查自家藏书之账簿式藏书目[2]有关系。

除重复著录外，《宝文堂书目》子杂类还有疑是名近同书者，大约12种25本，如：《杜阳编》与《杜阳杂编》；《风月机关集》与《风月锦囊》；《合同记》与《合同文字记》；《怀春雅集》与《怀春杂集》；《李娃传》与《李亚仙记》；《梅杏争春》与《梅杏争先》；《张良辞朝佐汉记》与《张子房慕道》；《游名山记》

---

1 具体参见张剑、王义印《〈宝文堂书目〉作者晁瑮、晁东吴行年考》，《文史》2007年第3期。

2 温庆新：《晁瑮〈宝文堂书目〉的编纂特点——兼论明代私家书目视域下的小说观》，《孝感学院学报》2011年第5期。

与《游明山记》（另佳刻）；《燕山逢故人》与《燕山逢故人郑
意娘传》；《吴兴名贤录》与《吴兴明贤录》；《元遗山夷坚续志》
与《夷坚续志》《续夷坚志》。它们真的是同书异名吗？或有《新
河坝妖怪录》，疑为《孔淑芳记》；《合同记》，疑为《合同文字记》；
《张良辞朝佐汉记》，疑为《张子房慕道记》[1]，认为它们"同篇异名，
或题材相同，而不出一人之手"[2]。

　　笔者认为，不可否认这种可能性，即《宝文堂书目》的重出篇目，
当另有所出，也就是说，另有小说选集被《宝文堂书目》按篇著录。
《虞初志》或许就是其中之一。

　　《虞初志》现以如隐草堂刻本最早，且保存最全，本书以此为研
究对象[3]。《续齐谐记》《集异记》被整体收录，各算一种，《虞初志》
共 31 种（另有《虞初志》题名汤显祖本，分八卷三十一篇，目录和
篇数与如隐草堂本一致）与《宝文堂书目》关系密切：

　　第一，《虞初志》八卷 31 种（《续齐谐记》《集异记》整体收录，

1　《张良辞朝佐汉记》叙述重点似乎在"佐汉"上，《张子房慕道记》才是"佐汉"
　　之后"辞朝"，二者内容似乎不同。
2　谭正璧著、谭寻补正：《话本与古剧》（重订本），第 47 页。
3　国家图书馆藏《虞初志》三种，都无序跋和扉页，每篇单独统计页码，且仅每卷首
　　篇标明卷次。第一种题弦歌精舍如隐草堂刻本二册三十二卷（实将《周秦行纪》和
　　所附传算为二种，仍是三十一种），全本，《莺莺传》尾有"如隐草堂"字样。第
　　二种是十三卷本四册，先后有《虬髯客传》、《柳氏传》（题下标卷二）、《白猿传》
　　（尾有"凤桥别墅"四字）、《红线传》、《冥音录》、《莺莺传》、《古镜记》、
　　《李娃传》（题下标卷六）、《杨娼传》、《无双传》（题下标卷七）、《周秦行纪》
　　（题下标卷八）、《嵩岳嫁女记》、《任氏传》等 13 篇。第三种是八册二十卷本，
　　题弦歌精舍凤桥别墅刻本。在《白猿传》尾有"凤桥别墅"字样。现依次见《集翠
　　裘》题下标"二"，《高力士传》题下标"三"，《韦安道传》题下标"八"，《广
　　陵妖乱志》题下标"四"，《周秦行纪》题下标"八"，《南柯记》题下标"五"，
　　《任氏传》题下标"十"，意为卷次，先后极为混乱。《东城老父传》《柳毅传》
　　《古镜记》《蒋琛传》下俱有墨丁，似为涂改卷次。另有《虞初志》题名汤显祖本，
　　分八卷三十一篇（清华大学图书馆收藏，《四库全书存目丛书》子部第 246 册）。
　　程毅中有《〈虞初志〉的编者和版本》（《文献》1988 年第 2 期，又见《程毅中文
　　存》，中华书局 2006 年版，第 398—401 页）文，可参看。

各算一种），除《周秦纪行》《枕中记》二种外 29 种全见于《宝文堂书目》。

第二，《宝文堂书目》所著录的 29 种集中见于子杂类的两页上[1]，第 110—128、138—158 条上[2]。

第三，《虞初志》连续顺序绝大部分与《宝文堂书目》相同：卷一《续齐谐记》《集异记》《离魂记》连续见于《宝文堂书目》上栏；卷二《虬髯客传》《柳毅传》《红线传》《长恨传》连续见于《宝文堂书目》第 110—122 条的上栏；卷四《嵩岳嫁女记》《广陵妖乱志》《崔少玄传》《南岳魏夫人传》连续见于《宝文堂书目》上栏；卷六《莺莺传》《霍小玉传》《柳氏传》《非烟传》连续见于《宝文堂书目》下栏；卷八《任氏传》《蒋氏传》（《蒋琛传》）、《东阳夜怪录》《白猿传》连续见于《宝文堂书目》下栏；卷五《阳娼传》《李娃传》《无双传》和《谢小娥传》、卷七《古镜记》和《冥音录》等亦连续见于《宝文堂书目》。

国家图书馆如隐草堂本有原藏者袁克文（1890—1931）的题辞："是书原阙总目，右目乃估人以意补写，故与原书舛异。"[3]《宝文堂书目》所著录的也许就是这种"原阙总目"的版本，没有著录《虞初志》之名，而按篇目著录，也就在情理之中了。

又，《澹生堂书目》卷七"小说家说丛"类著录《三十家小说》，未著编者，今佚。同书卷十一"续收"丛书类在《三十家小说》条下著录了《集异记》《离魂记》等 30 篇的详目。[4]与八卷 31 篇《虞初志》比较，《三十家小说》仅少首篇《续齐谐记》，且编排顺序依

1　《宝文堂书目》，《宋元明清书目题跋丛刊》第 4 册，中华书局 2006 年版。

2　《宝文堂书目》，上海古籍出版社 2005 年版，第 94—96 页。

3　今总目与正文并无"舛异"，仅卷八目录作《蒋氏传》，正文作《蒋琛传》，似乎藏者袁克文在"乙丑八月"已经按照总目重新装订。

4　《澹生堂书目》卷十一，光绪十八年（1892）徐友兰刻本，《宋元明清书目题跋丛刊》第 4 册影印，中华书局 2006 年版，第 20 页 B。

次是《虞初志》的卷一4篇、卷六4篇、卷七4篇、卷四4篇、卷二4篇、卷八4篇、卷五4篇、卷三4篇。与国家图书馆所藏八册20卷本相比对，和《高力士传》题下标"三"、《韦安道传》题下标"八"、《广陵妖乱志》题下标"四"、《周秦行纪》题下标"八"四种同，但《南柯记》题下标"五"、《集翠裘》题下标"二"、《任氏传》题下标"十"三种，则不同。

《宝文堂书目》和《澹生堂书目》如此严谨、规律的四篇一组，可见二书的著录很有关系，也就是说，《虞初志》与《三十家小说》的关系很密切，但具体情形尚不可考。《宝文堂书目》所著录之书，很可能是二者选一。

《六十家小说》被著录时，都是分篇著录，分散著录。按照《六十家小说》的著录成例，上述二书被分篇、分散著录，也在情理之中。

《虞初志》原书无署名，四库馆臣认为是陆采（1497—1537）所编，现在得到学界广泛认同。然王穉登（1535—1612）序"吾友仲虚吴君，博雅好古，以《虞初》一志，并出唐人之撰，乃于游戏之暇，删厥舛讹，授之剞劂"，叶德均和王重民等据此认为《虞初志》可能是吴仲虚编辑[1]，宁稼雨在为《中国古代小说总目提要》撰写的"虞初志"条目中径题吴仲虚撰[2]。陈大康考吴仲虚乃吴绾，漳浦人，隆庆五年（1571）进士，非刻《古今逸史》之吴绾[3]。吴书荫则认为吴仲虚是徽州休宁吴继灼（1553—1599，字仲虚）。黄汝亨《寓林集》卷十八《亡友吴仲虚先生行状》和冯梦桢《快雪堂集》卷二十二《祭吴仲虚文》有

1　参见叶德均《戏曲小说丛考》，中华书局1979年版，第518页；《中国善本书提要》子部小说类，上海古籍出版社1983年版；石昌渝主编：《中国古代小说总目（文言卷）》"虞初志"条，山西教育出版社2004年版，第626—627页。

2　参见朱一玄等编著《中国古代小说总目提要》，第290页。潘荣胜主编《明清进士录》（中华书局2006年版，第510页）将二人混同。

3　陈大康：《明代小说史》，上海文艺出版社2000年版，第779页。

介绍。[1]《虞初志》的作者无论是陆采，还是吴仲虚、吴绾、吴继灼等，都有被《宝文堂书目》著录的可能。

程毅中认为："《百川书志》传记类和《宝文堂书目》的子杂类里有单刻的《长恨传》《高力士外传》《虬髯客传》《莺莺传》等，与《虞初志》有共同的选目，可能当时有不少唐人传奇的单行本。陆采汇辑时还是陆续刻印的，所以后人又根据陆本重印或翻刻，作者姓名却逐步篡改了。"[2]无疑，程先生认为书目就一定是单行本。事实上只要这种丛书没有总目，著录时就只能著录篇名。

对《虞初志》，《赵定宇书目》著录为二本；《红雨楼书目》著录为八卷；周弘祖［嘉靖三十八年（1559）进士］《古今书刻》著录。

《百川书志》和《宝文堂书目》都不著录《虞初志》，但是基本上著录了《虞初志》所收篇目，见下表：

表 10-1

《虞初志》（国图藏刻本和清华大学藏刻本）目次		《百川书志》	《宝文堂书目》	《澹生堂书目》
卷一	1. 续齐谐记	/	12	/
	2. 集异记	/	13	1（一）
	3. 离魂记	25	14	2
卷二	4. 虬髯客传	3	2	15（五）
	5. 柳毅传	22	3	16
	6. 红线传	15	4	17
	7. 长恨传	1	5	18

1 吴书荫：《"玉茗堂四梦"最早的合刻本探索》，《戏曲研究》第72辑，文化艺术出版社 2007 年版，第 4 页。
2 程毅中：《程毅中文存》，中华书局 2006 年版，第 401 页。

《虞初志》（国图藏刻本和清华大学藏刻本）目次		《百川书志》	《宝文堂书目》	《澹生堂书目》
卷三	8. 韦安道传	23	15	27（八）
	9. 周秦行纪	4	/	28
	10. 枕中记	13	/	29
	11. 南柯记	18	24	30
卷四	12. 嵩岳嫁女记	8	6	11（四）
	13. 广陵妖乱志	6	7	12
	14. 崔少玄传	29	8	13
	15. 南岳魏夫人传	26	9	14
卷五	16. 无双传	21	22	23（七）
	17. 谢小娥传	11	23	24
	18. 杨娟传	19	10	25
	19. 李娃传	16	11	26
卷六	20. 莺莺传	5	18	3（二）
	21. 霍小玉传	12	19	4
	22. 柳氏传	9	20	5
	23. 非烟传	27	21	6. 飞燕传
卷七	24. 高力士传	2	1	7（三）
	25. 东城老父传	20	29	8
	26. 古镜记	14	16	9
	27. 冥音录	24	17	10
卷八	28. 任氏传	10	25	19（六）
	29. 蒋琛传	28	26	20
	30. 东阳夜怪录	7	27	21
	31. 白猿传	17	28	22
总计		31	29	29	30

（本表书目的篇名序号，依著录顺序）

另外，明范氏天一阁藏书进呈书目中有《虞初志》八卷，刊本。[1]一个比较合理的解释就是：对于《虞初志》的著录，《赵定宇书目》《红雨楼书目》《古今书刻》是按书名著录，《百川书志》《宝文堂书目》则按照篇目著录。[2]

所以，在《六十家小说》之外，《宝文堂书目》的著录不仅有书目，还有其他篇名。

三 《宝文堂书目》的著录是否为话本需要论证

《宝文堂书目》子杂类的著录非常复杂，学界往往只要发现有现存话本作品与之相似，就往往直接指认为《宝文堂书目》著录。如莺莺故事，现有唐传奇崔莺莺、张生故事，明李莺莺、张浩故事，前者是传奇，后者是话本，但孙楷第将《宝文堂书目》著录的《莺莺传》指认为话本《宿香亭张浩遇莺莺》，没有将它看作是唐传奇《崔莺莺传》，恐怕也是此种心态。

《宝文堂书目》著录的《孔淑芳记》《杜丽娘记》二篇，现在几乎所有的教材、专著和研究论文都认为：前者就是《熊龙峰小说四种》中的《孔淑芳双鱼扇坠传》，后者就是何大抡本《重刻增补燕居笔记》卷九的《杜丽娘慕色还魂》和余公仁本《燕居笔记》卷八的《杜丽娘牡丹亭还魂记》，并且一直将它们作为话本小说看待。晚出的《中国古代小说总目》将《杜丽娘记》和《孔淑芳记》直接收在"白话卷"[3]。

---

1 骆兆平编著：《新编天一阁书目》，中华书局1996年版，第248页。

2 可参见李剑国《唐五代传奇集》。如第二编卷八《柳氏传》按语云：明晁瑮《宝文堂书目》子杂类著录《柳氏传》，高儒《百川书志》传记类著录许尧佐《柳氏传》一卷，盖据《虞初志》。卷九《谢小娥传》按语：明高儒《百川书志》传记类著录李公佐《谢小娥传》一卷，晁瑮《宝文堂书目》卷中子杂类亦有目，当据《虞初志》。分见《唐五代传奇集》（中华书局2015年版）第683页和第719页。

3 分见《中国古代小说总目》（山西教育出版社2004年版）第189页和第56页。

然而事实上，《稗家粹编》收录的《孔淑芳记》《杜丽娘记》，就是文言体小说。那么，《宝文堂书目》著录的《孔淑芳记》《杜丽娘记》，是白话本还是文言体？需要我们做出回答。

现在学界认为《孔淑芳双鱼扇坠传》就是《宝文堂书目》所著录的《孔淑芳记》，一是二者题目相近，二是《孔淑芳记》缺失。在分析《孔淑芳双鱼扇坠传》时，有两段话被学界引用较多。

1. 《西湖游览志余》卷二十《熙朝乐事》：

> 杭州男女瞽者，多学琵琶，唱古今小说、平话，以觅衣食，谓之陶真。大抵说宋时事，盖汴京遗俗也。……其俗殆与杭无异。若红莲、柳翠、济颠、雷峰塔、双鱼扇坠等记，皆杭州异事，或近世所拟作者也。[1]

2. 绿天馆主人（即冯梦龙）《古今小说叙》：

> 于是内珰辈广求先代奇迹及间里新闻，倩人敷演进御，以怡天颜。然一览辄置，卒多浮沉内庭，其传布民间者，什不一二耳。然如《玩江楼》《双鱼坠记》等类，又皆鄙俚浅薄，齿牙弗馨焉。[2]

《孔淑芳双鱼扇坠传》已经明确言明是"弘治年间"发生的故事，无疑是明人所作。若《双鱼扇坠记》与《孔淑芳双鱼扇坠传》是同书，很明显，田氏《西湖游览志余》认为《双鱼扇坠记》是明本，所论极是；冯氏认为它是宋元旧遗，应误。

但是，《双鱼扇坠记》与《孔淑芳双鱼扇坠传》并非同书，更有可能。

---

1 《西湖游览志余》卷二十，上海古籍出版社1998年版，第298—299页。
2 冯梦龙：《古今小说》，《古本小说集成》本。

因为《孔淑芳双鱼扇坠传》在书眉上简称《孔淑芳小说》《孔淑芳传》，而不是《双鱼扇坠记》。而且冯梦龙的判定也应有他的理由，不会糊涂到连小说开头的"弘治年间"四字都没有注意到。况且冯文作《双鱼坠记》，无"扇"字。《双鱼扇坠记》也许另有小说存在，但这已不是本书所能臆测的了。程毅中认为：

> （《孔惑景春》）故事与熊龙峰刻本小说《孔淑芳双鱼扇坠传》略同，似出近体小说之后。田汝成《西湖游览志余》卷二十《熙朝乐事》曾谓："若《红莲》《柳翠》《济颠》《雷峰塔》《双鱼扇坠》等记，皆杭州异事，或近世所拟作者也。"同书卷二十六《幽怪传疑》又摘载其事，或另有古体小说为本篇所本。[1]

"另有古体小说"应是，可能就是《孔淑芳记》；"出近体小说之后"似乎无据，主要是从《古今清谈万选》的出版年代在万历八年（1580）之后（王重民《中国善本书提要》据《昙阳仙师记》及昙阳之化去而考知）和《宝文堂书目》的著录在嘉靖年间来判断，前提就是认为《孔淑芳双鱼扇坠传》即《宝文堂书目》所著录的《孔淑芳记》。

另外，《孔淑芳双鱼扇坠传》的刊刻者熊龙峰（名佛贵，字东润，福建建阳书商，生卒年不详）所刊书籍，现尚见《重刊元本题评音释西厢记》《天妃济世出身传》。而《西厢记》刊于万历二十年（1592），《天妃济世出身传》约在万历三十三年（1605）之后[2]，现在人们往往据此推断《孔淑芳双鱼扇坠传》为万历刻本。既是万历刻本，《孔淑

1　《古今清谈万选》"孔惑景春"篇后"按"语，载程毅中、薛洪勣编：《古体小说钞·明代卷》，第 319 页。
2　参见陈大康《明代小说史》附录"明代小说编年史"，上海文艺出版社 2000 年版，第 748 页。

芳双鱼扇坠传》的成书就可能在万历年间,那么,《孔淑芳双鱼扇坠传》就不一定被嘉靖年间《宝文堂书目》所著录。所以,《孔淑芳双鱼扇坠传》就可能不被《宝文堂书目》著录。

《稗家粹编》作为一部文言选集,对原著很忠实,《孔淑芳记》改名的可能性很小,《稗家粹编》所收《孔淑芳记》应该就是原名。与其相信与标题相差较大的话本体《孔淑芳双鱼扇坠传》是《宝文堂书目》著录的《孔淑芳记》,还不如相信题目一致的文言小说体《孔淑芳记》。《杜丽娘记》的境况也类似(详见下文)。

事实上,我们在研究中已经过于依赖了《宝文堂书目》,一旦对书目质疑,势必引起原有研究的震荡甚至颠覆。《牡丹亭》的蓝本问题就是一个很好的例子。现在,《牡丹亭》的蓝本问题尚可继续讨论,但是显现的问题足以部分改写和颠覆学界结论,而且问题的解答不容回避。我们的许多学术研究建立在《宝文堂书目》的基础之上,一旦《书目》被质疑,容易引发连锁反应,动摇原有研究的根基。

四 《宝文堂书目》著录小说的认证方法

由于《宝文堂书目》"编次无法,类目丛杂"(《四库全书总目提要》),把小说归入卷中"子杂"类,但"子杂"中,既有《世说新语》等笔记小说,《水浒传》《快嘴李翠莲》等通俗小说,也有《柬牍大全》《古文法则》之类书籍,还杂有《风月锦囊》《狐白裘》等一些戏曲和唱本。与此同时,其他门类亦间或载录小说,如卷上"史"门,就有一本《李唐五代通俗演义》。学界现从后世存在的小说作品以及题目来判断它们是否为小说,多少显得无奈和尴尬。

《宝文堂书目》子杂类的认定是一个复杂的问题。对著录小说的认定,至少需要三个步骤:第一步,从题目以及后世存在的小说作品来判断它们是否为小说;第二步,确认是小说之后,再次确认是话本体还是传奇体；第三步，如果话本体或传奇体有两种以上，再次区分。

试举二例：

1. 《柳耆卿记》

今天所见，关于柳耆卿故事的，就有《清平山堂话本》中《柳耆卿诗酒玩江楼记》,何本《燕居笔记》卷一〇下层《柳耆卿玩江楼记》,余本《燕居笔记》卷七《玩江楼记》,《万锦情林》卷一《玩江楼记》,但它们实为一种。

学界普遍认为,《柳耆卿记》就是《宝文堂书目》著录的小说,《柳耆卿记》是话本《柳耆卿诗酒玩江楼记》(或《柳耆卿玩江楼记》《玩江楼记》)的"简称"。

但这种说法有待提出证据。说《柳耆卿记》是简称,没有版本依据。《清平山堂话本》版心上简题为《江楼记》；绿天馆主人（即冯梦龙）《喻世明言叙》言"《玩江楼》《双鱼坠记》等类,又皆鄙俚浅薄,齿牙弗馨焉",说的也是《玩江楼》,而非《柳耆卿记》。

笔者认为,《宝文堂书目》著录的《柳耆卿记》很可能就是类似宋罗烨《醉翁谈录》卷二丙集《花衢实录》之《柳屯田耆卿》故事的总名:《耆卿讥张生恋妓》《三妓挟歧（"歧"似应作"耆"）作词》《柳耆卿以词答妓名朱玉》。因《柳耆卿以词答妓名朱玉》篇后有阙文,无法确认《柳屯田耆卿》的具体篇目。

《宝文堂书目》另著录了《柳耆卿断芳兰菊》,但不详内容。

2. 《李亚仙记》

前人认为《李亚仙记》"为话本无疑"。《李亚仙记》与唐传奇《李娃传》同源,既然《宝文堂书目》已经著录《李娃传》,笔者姑且认同《李亚仙记》为话本小说,但关于李亚仙故事,至少今存三种版本:

表 10-2

篇名	出处	性质
李亚仙不负郑元和	宋《醉翁谈录》癸集卷一	话本体小说
李亚仙记	明万历刊本《小说传奇》	话本体小说
郑元和嫖遇李亚仙记	明《燕居笔记》（余本卷七、林本卷五）	传奇体小说

经查验，三种文字不同，应为三种不同的版本。那么，《宝文堂书目》著录的《李亚仙记》是哪种版本呢？这是治学者理应深入的问题。《李亚仙记》的著录暂时没有学术探讨意义，但《杜丽娘记》和《孔淑芳记》却存在这种意义，因此无法忽略，不容忽视。

五 《宝文堂书目》著录小说补考

郑振铎、谭正璧等先生限于当时资料，依据题目来判断，疑为话本小说"存佚和内容都不可考的"有 26 种。今特予以考证。

1. 《萧回觅水记》

本篇迄今无人指出来源。但《彤管遗编》续集卷十七略备故事梗概：

> 春娘，金陵人，同母、嫂居于洛东。萧回，字希颜，赴选。道经此地，因渴甚，觅水于春娘之嫂。乃禀命于姑。姑见回仪容俊雅，命女出谒，留款三日，遂许女妻之。别后，回中科。女以乱离为胡虏所获。遇故地，因自叙其事，并书词一阕于壁间。回后于郭令公家见春娘在焉。

> 妾本金陵人也。因父授官于上国，妾生于长安，长于洛安。是年十五也。时守香闺，惯闻欢乐，岂识干戈。一旦胡虏兵升四海，戈戟山川，妾不幸生于此时，凌霄失寄于乔松，兔丝徒忘于巨木。

兄嫂愚浊，使妾徒陷于虏庭，无由得脱。鹤胫虽长不可截，凫胫虽短不可续，此分定也。请过往君子览之勿笑。妾身许良人不归，杳无音信。长安既失，未知存亡，一命孤苦。夜寝一梦难成，愁眉易锁难开。镇日恹恹，离情默默。秦晋未通，良人徒失，妾之不幸。今过旧都，故书于壁，希颜过此请览。言不尽意，意不尽言，复书阮郎归一阕于后：

> 胡虏中原乱似麻，此景依稀似永嘉。丁珠片玉落泥沙，何时返翠华。　呈祥鸾凤失仙槎，因循离恨加。前生应是付偿他，思量无岸涯。

另外，明陈耀文辑《花草粹编》卷八收录萧回《应景乐》[1]。唐圭璋等编《全宋词》在附录一《宋人小说话本中人物词》引录《应景乐》和《阮郎归》二词[2]，对萧回予以介绍："回字希颜，聘春娘为妻，未婚，遭乱失之。"引词如下，但不知源出何种小说。

> 金陵故国。极目长江浩渺。千重隔。山无际，临湍怒涛磧。俯春城苇寂。芳昼迤逦，一簇烟村将晚，严光旧台侧。　何处倦游客。对此景惹起离怀，顿觉旧日意，魂黯愁积。幽恨绵绵，何计消溺。回首洛城东，千里暮云碧。

2. 《白莺行孝》

本篇无人指出来源。话本未见，但具体内容应与明成化刊本《新刊全相莺哥孝义传》接近。大意如下：

1　陈耀文辑，龙建国、杨有山点校：《花草粹编》，河北大学出版社2010年版，第613页。
2　唐圭璋等编：《全宋词》，中华书局1999年版，第4892—4893页。

唐王时，陇州西陇县有娑婆树，上有一对白莺哥，生一小莺，伶俐异常，自幼学得看经、念佛、做赋、吟诗，莺父觅食南园，为猎人王一、王二放弹击死。莺母寻夫未见，双目亦受弹伤成盲。小莺每日外出觅食，供养父母。一日莺母思食荔枝，小莺乃往给孤长者园中觅取荔枝被猎人王氏兄弟所网。小莺口吐人言，恳请释放。王氏兄弟见莺能言，惊为异物，不肯放归，将之纳入笼中，携往城中叫卖。适知府路过，闻王氏兄弟谓小莺能言且能信口成诗，试之果然，乃买归府中。知府视为珍禽，进献朝廷。唐王心喜，连呼三声，小莺故不答。唐王乃宣王氏兄弟入朝，使其吟诗，小莺仍不开口。唐王以为欺君，遂斩王氏兄弟。小莺点头为礼，开口奏明前事，谢唐王为报杀父伤母之仇。又吟诗多首，都惬王意，遂请唐王放归养母。唐王怜其至孝，亲手开笼放归。其时莺母因不见小莺归来，离窠寻子，被狂风吹落跌死。小莺归家，得山鬼化莺相告，觅得母尸，移回窠内。凤奉玉帝命，率百鸟来临，主持丧葬。分派百鸟，各有所司，排场极其盛大。行丧既毕，葬之山西，南海观音念小莺之孝，度往普陀山，教其修行，终成正果。

台湾学者郑阿财对白莺行孝故事进行了综合整理和论述[1]，不赘。

3.《陶公还金述注解》

唐末五代道士陶埴撰《还金述》[2]，南宋《秘书省续编到四库阙书目》及郑樵《通志·艺文略》均著录，《云笈七签》卷七十亦收录。今见于《正统道藏》洞神部。《陶公还金述注解》应是对陶埴《还金述》

1　具体可以参见台湾南华大学教授郑阿财《史语所藏〈鹦哥宝卷〉研究——兼论同一题材在各类俗文学的运用》，《成大中文学报》第23期（2008年）。

2　陶埴另著有《蓬壶集》三卷、《还丹经术黄老经》一卷、《还金丹诀》三卷等。

进行注解的著作，非小说。

其取名方式与《刘先生迩言》类似。南朝宋刘炎（字子宣，括苍人）撰《迩言》十二卷（浙江范懋柱家天一阁藏本），是书分十二章，曰成性、存心、立志、践行、天道、人道、君道、臣道、今昔、经范、习俗、志见。

4.《吴郡王夏纳凉亭》

《彤管遗编》后集卷十二：

> 梅娇、杏俏者，宋吴七郡王之二爱姬也。梅杏丰姿俊雅，善音律诗词。王盛暑卧凉亭，吟云："凉亭九曲栏杆绕，四面柳荷香来好。身眠八尺白鲵须，头枕一枚红玛瑙。毒龙畏热不敢行，海水剪碎蓬莱岛。"后二句命杏梅续之。梅云："公子尤嫌扇力微。"杏云："游人尚在红尘道。"[1]续已。二人矜兢所长，各作词一阕以戏。王笑作杏梅词以和解之。

《绣谷春容》乐集卷二下层《诗余撷粹》载有《梅杏争春词》，说"吴七郡王二爱姬名梅娇、杏俏"。

《传奇汇考·沉香亭》录梅娇、杏俏二人词。

《录鬼簿续编》著录《上林苑梅杏争春》，简名《梅杏争春》，题目正名《金銮殿夫妻成配 上林苑梅杏争春》，剧本佚，内容不详。

5.《风月锦囊》

1　《水浒传》第十六回《杨志押送金银担　吴用智取生辰纲》：昔日吴七郡王有八句诗道："玉屏四下朱栏绕，簇簇游鱼戏萍藻。簟铺八尺白虾须，头枕一枚红玛瑙。六龙惧热不敢行，海水煎沸蓬莱岛。公子犹嫌扇力微，行人正在红尘道。"清褚人获《坚瓠集》丁集卷四"侍婢续诗"：宋赵葵尝避暑水亭，作诗云："水亭四面朱栏绕，簇簇游鱼戏萍藻。六龙畏热不敢行，海水煎彻蓬莱岛。身眠七尺白虾须，头枕一枚红玛瑙。"诗未成，葵即睡去。侍婢续云："公子犹嫌扇力微，行人正在红尘道。"

《风月锦囊》是我国最早的一部戏曲汇选[1]，国内向无传本，今仅存于西班牙爱斯高亚圣劳伦佐皇家图书馆。从牌记"嘉靖癸丑岁秋月詹氏进贤堂重刊"，可推知成书在嘉靖三十二年（1553）之前。该书以"摘汇"形式构成，分为三编：新刊耀目冠场擢奇风月锦囊正杂两科全集卷之一（甲编），新刊摘汇奇妙戏式全家锦囊（乙编），新刊摘汇奇妙全家锦囊续编（丙编）。甲编主要是以男女情爱为主题的杂曲，乙编、丙编多摘录戏曲作品。

6.《刘先生通言》

一般疑为刘改之故事，即《重刊麻姑山志》卷三刘过故事。但不排除刘炎亦撰《通言》的可能。因为其著录方式与《刘先生迩言》和《陶公还金述》等类似。

7.《坦上翁传》

见于《明文海》卷四〇七"传·隐逸"类，题李默著，同卷还收王渐逵《玉峰子传》、周祚《汉逸民传》、邵圭洁《三逸士传》、侯一麟《程山人传》和《逸老传》、何白《吴少君传》、周思廉《胶东二高士传》等，实为典型的传状文。

另外，《聚贤堂》《梅花清韵》《卧云韵语》《忠孝廉洁》等，凭题目也看不出来任何情节，更值得质疑。

第二节　《稗家粹编·杜丽娘记》与《牡丹亭》蓝本研究

汤显祖《牡丹亭》的蓝本问题不单单是其本事来源问题，其实关涉到《牡丹亭》主题及其因袭与创新等重要问题。《牡丹亭》的蓝

1　详见孙崇涛：《风月锦囊考释》，中华书局 2000 年版；孙崇涛、黄仕忠：《风月锦囊笺注》，中华书局 2000 年版。

本是话本小说《杜丽娘慕色还魂》，几乎成为学界共识，被文学史和戏曲论著接受。只有刘辉先生提出异议：《牡丹亭》依《杜丽娘记》而创作，而话本《杜丽娘慕色还魂》则是改编《牡丹亭》成文。[1] 因为没有发现《宝文堂书目》著录的《杜丽娘记》文本，既缺乏版本依据，也无法论证《牡丹亭》怎样依《杜丽娘记》而创作，没有成为真正意义上的"一家之言"，近20年来几乎没有回应者，甚至关于蓝本问题的综述文章也不提及[2]。《稗家粹编》卷二"幽期部"收有《杜丽娘记》，为重新探讨《牡丹亭》的蓝本问题提供了契机[3]。

一 早期学者在《牡丹亭》蓝本研究中存在的疏失

关于《牡丹亭》的蓝本，除汤显祖在《题词》中提及渊源关系不很明显的"三合一"本事外，《牡丹亭》问世之后长达320多年的时间，无人指出另外来源。直到《杜丽娘慕色还魂》话本的发现，才促成了《牡丹亭》蓝本的确认。[4]

---

1 参见刘辉《题材内容的单向吸收与双向交融——中国小说与戏曲比较研究之二》（《艺术百家》1988年第3期）和刘世德主编《中国古代小说百科全书》（修订本）"《杜丽娘慕色还魂》"条目（中国大百科全书出版社1998年版，第71页）。

2 如徐锦玲《〈牡丹亭〉蓝本综论》（《北方论丛》2004年第4期）和江巨荣《二十世纪〈牡丹亭〉研究概述》（《上海戏剧》1999年第10期）等。另外，《二十世纪中国文学研究·明代文学研究》（北京出版社2001年版）"汤显祖研究"没有论及蓝本问题。

3 笔者发现《杜丽娘记》后，在《文艺研究》2007年第3期撰文提出《牡丹亭》的蓝本是文言小说《杜丽娘记》。后来因卓发之《杜丽娘传》的发现，伏涤修《〈牡丹亭〉蓝本问题辨疑》（《文艺研究》2010年第9期），陈国军《新发现传奇小说〈杜丽娘传〉考论》（《明清小说研究》2010年第3期），黄义枢、刘水云《从新见材料〈杜丽娘传〉看〈牡丹亭〉的蓝本问题》（《明清小说研究》2010年第4期）等对此提出不同看法。为此，笔者撰文《〈牡丹亭〉蓝本问题再辨——兼答伏涤修等先生》发表于《中国社会科学报》2012年2月13日"争鸣"版。

4 徐锦玲《〈牡丹亭〉蓝本综论》认为，最早发现《杜丽娘慕色还魂》话本者为孙楷第，最早把《杜丽娘慕色还魂》话本与《牡丹亭》联系起来的人是谭正璧，最早明确地提出了《杜丽娘慕色还魂》话本即《牡丹亭》之蓝本的观点的人是徐朔方，而最早对此"改编说"给了必要的确凿论证的人是姜志雄。

但通过考察蓝本的确立过程,笔者发现早期学者在确认《牡丹亭》蓝本的过程中存在三个比较严重的疏失。

第一,将《杜丽娘慕色还魂》和《杜丽娘牡丹亭还魂记》混为一谈。《杜丽娘慕色还魂》见于何大抢本《燕居笔记》卷九,《杜丽娘牡丹亭还魂记》见于余公仁本《燕居笔记》卷八(目录题《杜丽娘牡丹亭还魂记》,正文题作《杜丽娘记》)。它们虽为同一题材,但《杜丽娘慕色还魂》是话本体白话小说,约 3500 字,而《杜丽娘牡丹亭还魂记》属于传奇体文言小说,约 1500 字。二者并非一书,学界却一直将二者混同。[1]

第二,《燕居笔记》收录的《杜丽娘慕色还魂》和《杜丽娘牡丹亭还魂记》已经被发现,但《宝文堂书目》著录的《杜丽娘记》原书无法看到,在这种情况下,因三者标题近似而普遍先入为主地认为三者同书。

第三,预设话本《杜丽娘慕色还魂》就是《宝文堂书目》著录的《杜丽娘记》,从而认定《杜丽娘慕色还魂》的时间早于《牡丹亭》。也就是说,认定话本《杜丽娘慕色还魂》是《牡丹亭》蓝本的最重要理由是《宝文堂书目》的著录时间,而不是文本本身的因袭关系。

相关学者将《杜丽娘慕色还魂》与《杜丽娘牡丹亭还魂记》混同,无意中就回避了两个应该解答的问题:

第一,《宝文堂书目》著录的《杜丽娘记》是不是在《杜丽娘慕

---

1 孙楷第在 1932 年完成的著作《中国通俗小说书目》卷三据《宝文堂书目》"子杂类"而著录《杜丽娘记》时,似乎已经发现二书的不同,指出有"以文言演之"的区别。薛洪勣在《传奇小说史》中似乎也注意到二者文体的不同:"《杜丽娘记》,嘉靖间《宝文堂书目》已著录,今见冯梦龙本《燕居笔记》。后又演化为白话话本小说《杜丽娘慕色还魂》(见何大抢本《燕居笔记》),情节基本相同,细节略有增删,主要是增加了偶笔的描写文字。至万历二十六年(1598),汤显祖依据这个故事写成了古典戏曲杰作《牡丹亭》。"(浙江古籍出版社 1998 年版,第 254 页)但是没有具体言明汤显祖依据文言还是话本。

色还魂》《杜丽娘牡丹亭还魂记》中二者选一?

第二,如果是二者选一,那么,《宝文堂书目》著录的《杜丽娘记》是《杜丽娘慕色还魂》,还是《杜丽娘牡丹亭还魂记》? 蓝本问题研究的疏失也由此产生。

胡士莹认为:"《宝文堂书目》所著录的《杜丽娘记》,自当在《牡丹亭》之前,而《燕居笔记》所收的两篇《杜丽娘》话本,很有可能就是这篇《杜丽娘记》的异名,不能因为标题不同而有所怀疑。"[1]徐朔方论定话本先于剧本而为其蓝本的理由,即"《牡丹亭还魂记》依据《杜丽娘慕色还魂话本》写成。晁瑮的《宝文堂书目》子杂类中已有著录,名为《杜丽娘记》。现在见到的是明何大抡辑《重刻增补燕居笔记》卷九所载的本子。晁瑮是嘉靖二十年(1541)进士,年代早于汤显祖。因此只能是《牡丹亭》以话本为依据,不可能相反"[2]。他们都是在推测三者乃同书的基础上立论的。

二 《杜丽娘慕色还魂》与《杜丽娘记》及《牡丹亭》的关系

《杜丽娘记》现见于《稗家粹编》和余公仁本《燕居笔记》,二者比较,仅有10多处文字差异[3],1处删略[4],二者显然出自同一版本(下文不再具体区分)。

---

1 胡士莹:《话本小说概论》,中华书局1980年版,第532页。
2 徐朔方:《〈牡丹亭〉的因袭和创新》,《剧本》1981年第10期;又见《汤显祖评传》第三章第七节,南京大学出版社1993年版,第154页。
3 如"寿数难逃",余本《燕居笔记》作"寿数难延";"人间女子行乐图",余本作"人家女子行乐图";"衾枕边",余本作"在枕边";"心志交驰",余本作"心志怡情";"即往梅树下发之",余本作"即往梅树下痤之";"解",余本作"绾";"封",余本作"升";"一同遂唤人夫掘之",余本作"一日果唤人夫掘之"。另,"次早",余本作"次旦";"吉日",余本作"吉旦";"妾乃答曰",余本作"答曰妾乃"。
4 余本《燕居笔记》"口内吐出水银数斤",《稗家粹编》本无,原因不明,也许是似嫌夸张和荒诞而删略。

经比较，笔者发现：《杜丽娘慕色还魂》的内容与《杜丽娘记》完全相同；《杜丽娘慕色还魂》的情节发展与《杜丽娘记》依次相同；《杜丽娘记》的文字几乎可以依次从《杜丽娘慕色还魂》中抽出；《杜丽娘慕色还魂》完全是在《杜丽娘记》文字的基础上的合理想象性添加。如：

宋光宗间，广东南雄府尹姓杜，名宝，字光辉。生女为丽娘，年一十六岁，聪明伶俐，琴棋书画，嘲风咏月，靡不精晓。(《杜丽娘记》)

闲向书斋览古今，罕闻杜女再还魂。聊将昔日风流事，编作新文厉后人。话说南宋光宗朝间，有个官升授广东南雄府尹。姓杜，名宝，字光辉，进士出身，祖籍山西太原府人。年五十岁。夫人甄氏，年四十二岁，生一男一女。其女年一十六岁，小字丽娘。男年一十二岁，名唤兴文。姊弟二人，俱生得美貌清秀。杜府尹到任半载，请个教读于府中，书院内教姊弟二人，读书学礼。不过半年，这小姐聪明伶俐，无书不览，无史不通，琴棋书画，嘲风咏月，女工针指，靡不精晓。府中人皆称为女秀才。(《杜丽娘慕色还魂》)

过旬内，择十月十五日吉日，大排筵会。丽娘与柳生合卺交杯，并枕同衾，极尽人间之乐。(《杜丽娘记》)

过了旬日，择得十月十五日吉旦，正是："屏开金孔雀，褥稳 [按："稳"应为"隐"字] 绣芙蓉。"大排筵宴。杜小姐与柳衙内合卺交杯，坐床撒帐，一切完备。至晚席散，杜小姐与衙内同归罗帐，并枕同衾，受尽人间之乐。(《杜丽娘慕色还魂》)

此处婚宴情景的想象，正类似宋元话本《裴秀娘夜游西湖记》的铺衍：

> 至十二月初一日，裴太尉府中大排筵会，鼓乐笙箫，相请诸亲朋友戚属陪宴，歌《关雎》，咏《螽斯》，堂上屏开金孔雀，绣房褥隐翠芙蓉。至晚筵罢，诸亲属相谢去了，不在话下。却说裴秀娘与刘澄官人，同携素手，共入兰房，进销金罗帐，成了夫妇。佳人才子，一样青春。云雨之际，如鸾凤颠倒，如鱼水相欢。[1]

当然，《杜丽娘慕色还魂》也有唯一一处比《杜丽娘记》文字少，就是柳梦梅与杜丽娘分别时的部分（黑体部分）：

> 是时柳生闻知春榜已动，选场弘开，遂拜别父母妻子，前往临安府上京应举。[别时丽作一词以赠之："方解同心结，又为功名别。郎君去也，愁无竭，枕上乐，何时合？蟾宫第一枝，愿郎早攀折。……"生亦作一词以和云："唱且随，心甚悦。秋关阻隔心益裂。夫妻须有相逢期。悲出阳关泪滴滴。……"夫妻含泪而别。]生到临安府，投店安下，径入试院。三场已毕，喜中二甲进士，除授临安府推官。（《杜丽娘记》）

> 且说柳衙内闻知春榜动，选场开，遂拜别父母妻子，将带仆人盘缠，前往临安府会试应举。在路不则一日，已到临安府，投店安下，径入试院。三场已毕，喜中第一甲进士，除授临安府推官。（《杜丽娘慕色还魂》）

1　《万锦情林》卷二上层，《古本小说集成》本，第226页。

　　柳梦梅与杜丽娘分别时的二词，符合二人心境，非常贴切，将之理解为《杜丽娘慕色还魂》痛快地删去，比《杜丽娘记》艰难地添加要合情理一些。

　　另外，《杜丽娘慕色还魂》的改编性质非常明显。《杜丽娘慕色还魂》开头就言明："闲向书斋览古今，罕闻杜女再还魂。聊将昔日风流事，编作新文厉后人。"改编者"闲向书斋"时发现杜丽娘还魂故事，认为"罕闻"，就将"昔日风流事"编作"新文"。这个阅读的文本无法确证就是文言小说《杜丽娘记》，但《杜丽娘慕色还魂》实从某书的杜丽娘故事文本改编而来应该无疑。《杜丽娘记》与《杜丽娘慕色还魂》在主要内容、情节发展方面几乎完全相同，可以说《杜丽娘慕色还魂》几乎就是在《杜丽娘记》的文字基础上敷衍扩编而成，确实易让人引发《杜丽娘慕色还魂》就是改编《杜丽娘记》成文的合理"想象"。

　　《杜丽娘记》结构清楚、文字流畅，而《杜丽娘慕色还魂》则或有顾此失彼甚至牵强之处。举数几种情况如下：

　　第一，时间混乱。如：

　　　　诗罢，思慕梦中相遇书生曾折柳一枝，莫非所适之夫姓柳乎？自此丽娘思慕之甚，恹恹成病。(《杜丽娘记》)
　　　　诗罢，思慕梦中相遇书生曾折柳一枝，莫非所适之夫姓柳乎？故有此警报耳。自此丽娘慕色之甚。静坐香房，转添凄惨。心头发热，不疼不痛，春情难过。朝暮思之，执迷一性，恹恹成病。时二十一岁矣。(《杜丽娘慕色还魂》)

　　在《杜丽娘慕色还魂》中，杜丽娘出场时，"年一十六岁"；后来"恹恹成病"，"时二十一岁矣"，这与下文杜魂对柳叙其"年十八岁，未曾适人。因慕情色，怀恨而逝"，甚是扞格，而且与杜宝"三年任满"
回京听选时间相矛盾。因为杜宝在丽娘"年一十六岁"时已经在任，
那么"三年任满"，应该在丽娘十九岁之时，文中却在丽娘二十一岁
死之后。这正是因文字添加不慎引起的讹误。

第二，逻辑混乱。如：

> 梦梅收拾后房，于杂纸之中，获小画一幅，展看乃是美人图，
> 详所题诗句，乃知是人间女子行乐图。"何言'不在梅边在柳边'，
> 此乃奇哉怪事也。"亦题一绝，以和其韵。(《杜丽娘记》)

> 这柳衙内因收拾后房，于草茅杂纸之中，获得一幅小画，
> 展开看时，却是一幅美人图，画得十分容貌，宛如姮娥。柳衙
> 内大喜，将去挂在书院之中，早晚看之不已。<u>忽日，偶读上面四
> 句诗，详其备细</u>。"此是人家女子行乐图也。何言'不在梅边在
> 柳边'，此乃奇哉怪事也。"拈起笔来，亦题一绝，以和其韵。(《杜
> 丽娘慕色还魂》)

柳梦梅获得小画后，见其"十分容貌，宛如姮娥"后，正常反
应应是"详所其题诗句"。但《杜丽娘慕色还魂》敷衍为"将去挂在
书院之中，早晚看之不已。忽日，偶读上面四句诗，详其备细"。过
了几日，才偶然读到四句诗，情理有不合之处。

再如杜丽娘昼寝被母亲唤醒后一节：

> 忙起身参母，礼毕，夫人问曰："我儿或事针指，或玩书史，
> 消遣亦可。因何昼寝于此？"丽曰："儿适花园游玩，忽值春意
> 恼人，故此回房。无可消遣，不免困倦少息。有失迎接，望母恕罪。"
> 甄氏曰："后花园中冷静，可同回至中堂。"丽虽身行，心内思

想梦中之事，未尝放怀，行坐间如有所失。至次早，独步后花园中，闲看梦中所遇书生之处，冷静寂寥，杳无人迹。(《杜丽娘记》)

忙起身参母，礼毕，夫人问曰："我儿何不做些针指，或观玩书史，消遣亦可。因何昼寝于此？"小姐答曰："儿适花园中闲玩，忽值春暄恼人，故此回房。无可消遣，不觉困倦少息。有失迎接，望母亲恕儿之罪。"夫人曰："孩儿，这后花园中冷静，少去闲行。"小姐曰："领母亲严命。"道罢，夫人与小姐同回至中堂。饭罢，这小姐口中虽如此答应，心内思想梦中之事，未尝放怀。行坐不宁，自觉如有所失。饮食少思，泪眼汪汪，至晚不食而睡。次早饭罢，独坐后花园中，闲看梦中所遇书生之处，冷静寂寥，杳无人迹。(《杜丽娘慕色还魂》)

《杜丽娘记》叙小姐与母同回中堂，"丽虽身行，心内思想梦中之事，未尝放怀"，完全符合人物的性格发展和心理逻辑。然而《杜丽娘慕色还魂》在添加"饭罢"二字后，"口中虽如此答应"就缺少逻辑联系和文气失连。而且后文"饮食少思，泪眼汪汪"也有失杜氏的大家闺秀气质。在心中有思、夜不成寐的情况下，应是不愿吃早饭而急切去看，体现出急迫心情。《牡丹亭》就是《杜丽娘记》的思路。然而《杜丽娘慕色还魂》将"至次早"敷衍为"至［晚不食而睡］次早［饭罢］"，完全是画蛇添足，拙劣不堪。

第三，衔接牵强。如：

(丽娘)聪明伶俐，琴棋书画，嘲风咏月，靡不精晓。(《杜丽娘记》)

这小姐聪明伶俐，无书不览，无史不通，琴棋书画，嘲风咏月，

女工针指,靡不精晓。府中人皆称为女秀才。(《杜丽娘慕色还魂》)

《杜丽娘慕色还魂》添加的"女工针指"句,既不与"请个教读于府中,书院内教姊弟二人,读书学礼"的"教读"效果相关,也不与"女秀才"之名相称。

再如介绍新府尹柳思恩的家庭情况后:

止生一子,名柳梦梅,随父同来上任。之后梦梅收拾后房……(《杜丽娘记》)

夫妻恩爱,止生一子,年一十八岁,唤做柳梦梅。因母梦见食梅而有孕,故此为名。其子学问渊源,琴棋书画,下笔成文,随父来南雄府。上任之后,词清讼简。这柳衙内因收拾后房……(《杜丽娘慕色还魂》)

"上任之后,词清讼简",在整句中颇为突兀,因为全句都在写柳梦梅情况,却突兀加进柳府尹为政情况,在结构和语义上都不协调。另外,"上任之后"达到"词清讼简"的政绩,也应该有一定时间段,"柳衙内因收拾后房"却应该是上任之后不久之事,二者颇有不协。

第四,称谓混乱。在短短的三千多字里,《杜丽娘慕色还魂》对杜丽娘就有小姐、女子、杜小姐、杜丽娘、这杜丽娘等多种;柳梦梅则有柳衙内、柳生、柳推官、柳梦梅等称呼混用。而《杜丽娘记》以"丽"、"柳生"贯串始终,文气贯通。

上述疏漏与话本改编者的艺术水平不高有关。如:

(1)《杜丽娘慕色还魂》所添加内容:"昔日郭华偶遇月英,张生得遇崔氏,曾有《钟情丽集》《娇红记》二书。"所举掺有"元明"中篇故事,于"宋人"杜丽娘有所不合。

（2）在自绘、题诗、装裱的次序上，《杜丽娘记》是：自画小影→题诗，无装裱环节；《牡丹亭》是：自画小影→题诗→装裱；《杜丽娘慕色还魂》是：自画小影→装裱→题诗。自画小影、题完诗后再去装裱，显然比装裱之后再题诗，合乎常理。

（3）柳梦梅之取名，在《杜丽娘记》中没有提及，《牡丹亭》则叙"柳生梦一美人立于梅花树下，说道：'柳生，柳生，遇俺方有姻缘之分，发迹之期。'柳生故此改名梦梅"。简单的取名在《牡丹亭》里赋予了姻缘的宿命意义，且推动了情节进展。《杜丽娘慕色还魂》里柳梦梅之名源于其母"梦见食梅而有孕"，俗滥不堪，于情节进展没有任何意义。

（4）杜丽娘的自画小影酷似嫦娥和观音，柳梦梅首先认作是观世音喜像，后来经过细看才知道是凡人。《杜丽娘记》和《牡丹亭》言"人间女子行乐图"比《杜丽娘慕色还魂》言"人家女子行乐图"更加切意。[1]

（5）《杜丽娘慕色还魂》在丽娘还魂后敷衍：

> 少时夫人安排酒席，于后堂庆喜。……柳相公与杜小姐曰："不想我愚男与小姐有宿世缘分。今得还魂，真乃天赐也。明日可差人往山西太原府去，寻问杜府尹家，投下报喜。"夫人对相公曰："今小姐天赐还魂，可择日与孩儿成亲。"相公允之。至次日，差人持书报喜。

开头所叙杜宝祖籍山西太原府，已经离开乡土，先在临安，后在江西为官。但还是往祖籍投送，应误。但是下文似乎又将错误修

---

1 "行乐图"即"画像"。参见许政扬校注《喻世明言》，人民文学出版社 1958 年版，第 160 页。

正了：杜宝在江西任上收到报喜书信。

可见，话本作者的水平要低于文言小说作者，谓《杜丽娘慕色还魂》是《杜丽娘记》的"扩编本"，大致不差。

当然，也有学者认为："话本《杜丽娘慕色还魂》确实存在粗糙、混乱之处，但这正是话本未加精雕细琢的原生态表现，尤其是《杜丽娘记》中不乱不误而话本中明显乱误之处，不应该是话本'改编者'艺术水平不高所致，合理的解释应是：话本产生在前，本来面目如此，后来的《杜丽娘记》修正了话本中的明显错讹。"[1] 这实际上是"后来居上"、"后出转精"惯性思维影响。今天所见到的宋元明话本中，话本《杜丽娘慕色还魂》疏失之多，恐怕无出其右。但对于一个具有创作能力的人来讲，频频致误，用思路受到牵制和影响来解释，似乎更合理[2]。所以，话本体《杜丽娘慕色还魂》的疏失也应该是改编者的水平和艺术素养造成的，即使是"易正为误"、"易雅为俗"，也是改编者的责任。《喻世明言》第三十三卷《张古老种瓜娶文女》言：谢灵运曾有一句诗咏雪道："撒盐空中差可疑【拟】。"事实上该诗句作者应为谢朗。即使以冯梦龙之才，改编之时仍然出现知识错误，这也只能以创作疏失来解释。

另外，从艺术感觉看，《杜丽娘慕色还魂》明显受到《牡丹亭》的影响。由于学界长期以来认为话本《杜丽娘慕色还魂》和《杜丽娘牡丹亭还魂记》同书，话本《杜丽娘慕色还魂》是《牡丹亭》的蓝本，所以对《牡丹亭》中《惊梦》《寻梦》《闹殇》等出的宾白和《杜丽娘慕色还魂》相同的文字，就只能认为是《牡丹亭》对《杜丽

---

1 伏涤修：《〈牡丹亭〉蓝本问题辨疑》，《文艺研究》2010 年第 9 期。
2 参见本书第六章第二节。《孔淑芳双鱼扇坠传》对《剪灯新话》的抄袭和模仿，造成了《孔淑芳双鱼扇坠传》中存在"有违生活常理""有违当时情境""有违语言逻辑""有失文气连贯"等疵漏，情况与此完全类似。

娘慕色还魂》的因袭。刘辉曾认为:(《杜丽娘慕色还魂》)"平庸无奇，缺乏魅力，显然不是原本《杜丽娘记》。如以《牡丹亭》第十出《惊梦》与小说描写相比较，语句几乎相同，因袭痕迹甚浓，而独无汤显祖的典雅光彩，一见而知其为明末文人据《牡丹亭》之改作"，"小说文字风格，与明嘉靖以前所刻话本迥异。"[1] 但是没有得到学界回应。

如果没有《宝文堂书目》著录《杜丽娘记》这条资料，单凭《燕居笔记》所载，真正从文本出发，胡士莹承认"我们只能猜测这篇《杜丽娘》话本，很可能是根据汤显祖《牡丹亭》的内容来写的"；谭正璧也认为"我们只能猜测这二篇传奇文（也是话本）……很可能是根据汤氏戏剧的内容来写的"。这就出现了《杜丽娘慕色还魂》晚出《牡丹亭》的尴尬结论。可见，如果排除《宝文堂书目》著录的条件，从艺术感觉来看，《杜丽娘慕色还魂》确实受到《牡丹亭》的影响。

另外，"口内含水银"是中国古代对尸体进行防腐处理的一种方法，这个细节也有助于考察《杜丽娘记》《杜丽娘慕色还魂》与《牡丹亭》的关系。《杜丽娘记》有云：

> 取安魂定魄散服之，少顷，口内吐出水银数斤，便能言语。

这个细节在话本《杜丽娘慕色还魂》没有。《牡丹亭》第三十五出《回生》却有：

> 〔扶旦软躯介〕〔生〕俺为你款款偎将睡脸扶，休损了口中珠。
> 〔旦作呕出水银介〕

1　刘世德主编：《中国古代小说百科全书》（修订本），中国大百科全书出版社1998年版，第71页。

三 《杜丽娘记》《杜丽娘慕色还魂》与《宝文堂书目》著录的关系

《杜丽娘慕色还魂》和《杜丽娘记》之间，谁是《宝文堂书目》著录的《杜丽娘记》，成为蓝本问题的关键和基础。

《杜丽娘记》文中提到南雄府的建制，实始于明初。洪武元年（1368）改南雄路为南雄府，属广东布政使司，辖保昌、始兴两县。可以肯定《杜丽娘记》出现于 1368 年之后，但这仅是《杜丽娘记》的成书上限。后来笔者发现，《杜丽娘记》结尾丽娘所作送别词：

> 方解同心结，又为功名别。郎君去也，愁无竭，枕上乐，何时合？蟾宫第一枝，愿郎早攀折。　　记取折柳情，衾上盟。好成朱陈同偕老，欢如昔。最苦行囊发，从此相思结。安得此魂随去，处处伴郎歇。

亦见《天缘奇遇》：

> 生辞廉夫妇及秀、贞赴科。贞私赠甚厚，不可悉记，惟录一词，名曰《阳关引》："才绾同心结，又为功名别。一声去也，愁千结，心如割。愿月中丹桂，早被郎攀折。　　莫学前科，误尽了良时节。记取枕边情，衾上血。定成秦晋同偕老，欢如昔。最苦征鞍发，从此相思急。安得魂随去，处处伴郎歇。"[1]

---

[1] 此段文字以《国色天香》为底本，参校《绣谷春容》《万锦情林》《燕居笔记》（俱从《古本小说集成》本）等。《绣谷春容》无从"贞私赠甚厚"到"处处伴郎歇"之间文字，即无《阳关引》词；余本《燕居笔记》无《阳关引》下阕。"才"，林本《燕居笔记》、余本《燕居笔记》、《万锦情林》俱作"初"。"血"，何本《燕居笔记》、林本《燕居笔记》、《万锦情林》俱作"盟"。

"莫学前科，误尽了良时节"句，实为《天缘奇遇》一段故实，即祁生在赴试途中，救娇元后滞留道院而误了试期。《杜丽娘记》中无此句，很可能是将之删去而未续补之故，按照《阳关引》曲谱，却不再是一阕完整的词了。"定成秦晋同偕老"句也与丽贞、祁生先私合而望结缘有关，然《杜丽娘记》中柳杜已结夫妻，再言"好成朱陈同偕老"似无必要。应是《杜丽娘记》仿《天缘奇遇》而成。

《天缘奇遇》曾招致小说《刘生觅莲记》正文点名批评："兽心狗行，丧尽天真，为此话本，其无后乎？"而《刘生觅莲记》"成书年代约在嘉靖后期"[1]，那么《天缘奇遇》成书下限应早于嘉靖后期。《杜丽娘记》的成书肯定在《天缘奇遇》之后，这是前提。但《天缘奇遇》成书下限不能等同于《杜丽娘记》的成书上限。因为《刘生觅莲记》和《杜丽娘记》都是与《天缘奇遇》有直接关系，但二者也有先后关系。我们不能由《刘生觅莲记》而推断的《天缘奇遇》成书下限来论断《杜丽娘记》。《宝文堂书目》是嘉靖年间晁瑮父子的藏书目录，在时间上，现存文言小说《杜丽娘记》在时间上有可能被《宝文堂书目》著录。

《杜丽娘慕色还魂》的写作时间同样无文献资料可证。话本中提到的《钟情丽集》现有成化二十二年（1486）和二十三年（1487）乐庵中人和简庵居士的作序，成书应在此时。但是由《钟情丽集》的成书推出的只能是《杜丽娘慕色还魂》的成书上限，而不是下限，亦即只能认定《杜丽娘慕色还魂》不早于 1487 年。胡士莹认为话本《杜丽娘慕色还魂》"产生的年代大约在弘治至嘉靖初年这一段时期"[2]，其推断明显与《宝文堂书目》的著录时间有关。陈大康认为林近阳本《燕居笔记》（是书未收录《杜丽娘慕色还魂》）刊在万历三十一

---

1 《中国古代小说总目（文言卷）》"刘生觅莲记"条（陈益源撰），山西教育出版社 2004 年版，第 269 页。
2 胡士莹：《话本小说概论》，第 533 页。

年（1603）前后，而何大抡本应在林近阳本之后。[1]那么，《杜丽娘慕色还魂》的写作时间就有可能晚于 1603 年，也就是有在 1598 年《牡丹亭》之后成书的可能了，这也为前文从文本出发的论证提供了支持。

笔者最近亦发现，《征播奏捷传》礼集一卷第十一、十二回《杨应龙编孤庖丁　田禾盛私奸族妹》：

> 忽时值三月，景色融和，乍晴乍雨天气，不寒不冷时光。这玉娥一日与侍女同往后花园中游赏，信步来至花园内。但见：
>
> 　　假山真水，翠竹奇花。璇环碧沼，傍栽杨柳绿依依；森耸青峰，侧畔桃花红灼灼。双双粉蝶穿花，对对蜻蜓点水。梁间紫燕呢喃，柳上黄莺睆睆。纵目台亭池馆，几多瑞草奇葩。端的有四时不谢之花，果然是八节长春之景。
>
> 　　这玉娥观之不足，触景伤情，心中不乐。感春暮景，俛首沉吟而叹曰："春色恼人，信有之乎？尝观诗词乐府，古之女子因春伤情，遇秋成恨，诚不谬矣！吾今年已十八，未得早成佳配，诚为虚度青春也。"叹息久之。

文中"假山真水"一段与《杜丽娘慕色还魂》几乎雷同：

> 正值季春三月中，景色融和，乍晴乍雨天气，不寒不冷时光。这小姐带一侍婢，名唤春香，年十岁，同往本府后花园中游赏，信步来至花园内。但见：
>
> 　　假山真水，翠竹奇花。普环碧沼，傍栽杨柳绿依依；森耸青峰，侧畔桃花红灼灼。双双粉蝶穿花，对对蜻蜓点水。梁间紫燕呢喃，柳上黄莺睆睆。纵目台亭池馆，几多瑞草奇葩。端的有四时不谢之花，果然是八节长春之景。

1　陈大康：《明代小说史》，第 778—779 页。

　　这小姐观之不足，触景伤情，心中不乐。急回香阁中，独坐无聊，感春暮景，俛首沉吟而叹曰："春色恼人，信有之乎？常观诗词乐府，古之女子，因春感情，遇秋成恨，诚不谬矣！吾今年已二八，未逢折桂之夫。感慕景情，怎得蟾宫之客？昔日郭华偶逢月英，张生得遇崔氏，曾有《钟情丽集》《娇红记》二书。此佳人才子，前以密约偷期，似（'似'应为'后'之误）皆一成秦晋。嗟呼，吾生于宦族，长在名门，年已及笄，不得蚤成佳配，诚为虚度青春，光阴如过隙耳。"叹息久之，曰："可惜妾身颜色如花，岂料命如一叶耶？"遂凭几昼眠……

　　据《征播奏捷传》封面中间小字"万历癸卯秋佳丽书林谨按原本重镌"和书末牌记"癸卯冬名衢逸狂白"，以及征讨播州宣慰使杨应龙事在万历二十八年（1600），可知癸卯为万历三十一年（1603），《征播奏捷传》刊于 1603 年。二者因袭关系明显，但尚无证据证明谁先谁后。如果《杜丽娘慕色还魂》的写作时间晚于 1603 年，那么，《杜丽娘慕色还魂》就是因袭《征播奏捷传》了。

　　《宝文堂书目》著录的《杜丽娘记》是不是现存的传奇体呢？文言小说普遍篇幅较短，单独成书的少。但是《宝文堂书目》著录了很多文言小说，如《离魂记》《任氏传》《蓝桥记》等。《宝文堂书目》的著录不一定就是"书"目，其中就有《六十家小说》中除《随航集》外每篇小说的篇名和《虞初志》的篇名。《杜丽娘记》有可能就是《六十家小说》的篇名，当然也有可能是另外一些书中的篇名（《宝文堂书目》既然著录了《六十家小说》和《虞初志》的篇名，也有可能著录另外一些书中的篇名）。所以，认为《宝文堂书目》收录传奇体《杜丽娘记》是有道理的，况且《宝文堂书目》也没有明确注明收录的《杜丽娘记》是话本小说。

相关学者从《燕居笔记》的成书来判断《杜丽娘慕色还魂》早于《牡丹亭》，"何本《燕居笔记》所收话本小说与传奇故事共三十一篇。凡见于他书者，大半可确定为嘉靖以前作品，至晚亦在嘉靖前期"，从而认为何本《燕居笔记》所收作品的写定时间"肯定不后于嘉靖年间"[1]。从《燕居笔记》收录的其他 30 篇小说成书早于《牡丹亭》，从而推理出《杜丽娘慕色还魂》也早于《牡丹亭》，其"推理"也有待确证。因为《杜丽娘慕色还魂》早不早于《牡丹亭》，关键是何大抡本《燕居笔记》的成书时间。

另有学者通过分析《宝文堂书目》著录《杜丽娘记》的"前后、连续"篇目来判断《杜丽娘记》的文本性质，来确证《杜丽娘记》的文本性质[2]。但笔者发现，《六十家小说》被《宝文堂书目》著录时，都是"分篇"著录和"分散"著录，那么，"前后、连续排列"的"同类"意义在《宝文堂书目》中存在极大的局限性。

所以，1594 年序刻的《稗家粹编》收录了《杜丽娘记》，表明 1594 年以前已有《杜丽娘记》的存世，同时也大致可定《杜丽娘牡丹亭还魂记》的年代，两者皆略早于《牡丹亭》于 1598 年的问世[3]。《稗家粹编》明确早于学界公认的 1596 年成书的《牡丹亭》，具有成为蓝本的全部条件。而《杜丽娘慕色还魂》成书时间和收录时间无考，成为蓝本的条件只是推论。

新发现资料传奇体小说《杜丽娘传》，也无法改变这一基本事实。《杜丽娘传》系卓发之（1587—1638）"少年著述"，约作于卓发之的 14—19 岁，即 1601—1606 年[4]，其写作时间晚于《牡丹亭》。无法排

1　姜志雄：《一个有关牡丹亭传奇的话本》，《北京大学学报》1963 年第 6 期。

2　伏涤修：《〈牡丹亭〉蓝本问题辨疑》，《文艺研究》2010 年第 9 期。

3　无论是《牡丹亭》成书于 1592 年、1596 年或者是现在公认的 1598 年，《杜丽娘记》都有成为《牡丹亭》蓝本的可能。

4　陈国军：《新发现传奇小说〈杜丽娘传〉考论》，《明清小说研究》2010 年第 3 期。

除这种可能：《杜丽娘慕色还魂》在《杜丽娘记》的文字基础上敷衍扩编并参考《牡丹亭》而成，且最早完成于 1598 年，卓发之看到《杜丽娘慕色还魂》后再改写成《杜丽娘传》。但是否参考了《杜丽娘记》，尚无法证明。

四　《杜丽娘记》《杜丽娘慕色还魂》的刊刻出版

有关研究者普遍相信作者《题词》中提到了《牡丹亭》的来源本事：

> 天下女子有情宁有如杜丽娘者乎！……传杜太守事者，仿佛晋武都守李仲文、广州守冯孝将儿女事。予稍为更而演之。至于杜守收拷柳生，亦如汉睢阳王收拷谈生也。

汤显祖没有提及《杜丽娘慕色还魂》话本，却提到关系不大的武都太守李仲文、广州太守冯孝将儿女的故事，徐朔方认为其原因是"杜丽娘话本曾风行一时，以至于汤显祖在写作《题词》时，觉得没有必要记载它的篇名。'天下女子有情宁有如杜丽娘者乎！'不言而喻，指的当然是这篇话本"[1]。事实果真如此吗？

在《牡丹亭》"家传户诵，几令《西厢》减价"的情况下，在"凡阅传奇而必考其事从何来，人居何地"[2]的文化心理下，在通俗类书《燕居笔记》畅销流行的背景下，《牡丹亭》"刺陈继儒说""刺王昙阳说""刺张居正说""刺郑洛说"等影射说反而层出不穷，的确耐人寻味。一个合理的解释是：人们普遍认为《牡丹亭》是"凭空结撰"，这说明《杜丽娘慕色还魂》话本尚未被人熟知，也就是说《杜丽娘慕色还魂》

1　徐朔方：《汤显祖评传》，南京大学出版社 1993 年版，第 154 页。
2　李渔：《闲情偶寄·词曲部·结构第一》，载《中国古典戏曲论著集成》（七），中国戏剧出版社 1959 年版，第 20 页。

并未流行，并非杜丽娘话本曾风行一时，以至于汤显祖在写作《题词》时，觉得没有必要记载它的篇名。《杜丽娘记》在未收入通俗类书之前，影响可能较小，汤显祖"有意隐瞒"真实来源的嫌疑不能排除。

但近来有学者认为，汤显祖与当代学者的考证重心大为不同，今人之考证除了解决蓝本文献名称之外，更重要的是比较《牡丹亭》与蓝本之异同并研究汤显祖对蓝本的改编与突破。而汤显祖考证蓝本故事情节的原始源头的目的，是为"至情说"寻找文献依据，增强"至情说"的说服力。故汤氏一方面利用复生情节论证"至情说"，一方面又要努力减轻甚至化解虚构性对"至情说"的抵消作用。如果汤显祖自称复生情节乃来源于虚构色彩比较浓厚的小说文本或佛教典籍，就会大大削弱"至情说"的合理性。所以汤氏对蓝本名称及《法苑珠林》皆避而不谈，而是将复生情节直接追溯到晋代。[1] 这个说法很有道理。

在《牡丹亭》之前的刊本《燕居笔记》，没有收录话本《杜丽娘慕色还魂》。那么，《杜丽娘记》是什么时候被《燕居笔记》收录的呢？《杜丽娘慕色还魂》的改编似乎与《牡丹亭》的风行有关。

传奇体《杜丽娘记》流传不广，影响较少，《燕居笔记》早期版本（林近阳本以及林之前的版本）都没有收录，现仅见收于《稗家粹编》。当《牡丹亭》流行的时候，何本《燕居笔记》收入了对《杜丽娘记》进行了改编的《杜丽娘慕色还魂》，后来余本《燕居笔记》删掉《杜丽娘慕色还魂》，收录了传奇体《杜丽娘记》（与《稗家粹编》本同源），且二书收入时都依照汤显祖传奇《牡丹亭》的全名《牡丹亭还魂记》进行了改名，添加了具有关键意义的"还魂"二字，明显是典型的"搭车"出版案例。

1　参见甄洪永《汤显祖"至情说"的多维解读——兼论〈牡丹亭〉若干艺术问题》，《中华戏曲》2014 年第 1 期。

五　结　论

在传奇体《杜丽娘记》缺场和一些学者臆断的情况下,话本体《杜丽娘慕色还魂》取得的《牡丹亭》蓝本地位,现在看来有必要重新探讨。

《杜丽娘记》明确早于《牡丹亭》,而《杜丽娘慕色还魂》早于《牡丹亭》尚为推论;《宝文堂书目》"分篇、分散"的著录方式,无法具体确认著录的《杜丽娘记》是《杜丽娘慕色还魂》还是《杜丽娘记》;《杜丽娘慕色还魂》以《杜丽娘记》为基础进行"敷衍扩编",其疏漏源于受到牵制;从艺术感觉来看,《杜丽娘慕色还魂》明显受到《牡丹亭》的影响;"影射说"层出不穷支持《杜丽娘慕色还魂》受到《杜丽娘记》和《牡丹亭》的影响。

所以,在版本依据和文本内证上,《杜丽娘记》确定无疑应该是《牡丹亭》的蓝本。在无法确定《杜丽娘慕色还魂》的成书时间和是否被《宝文堂书目》著录的情况下,在文本内证和改编理据更支持《杜丽娘慕色还魂》受到《杜丽娘记》的影响的情况下,在无法合理解释《牡丹亭》层出不穷的"影射说"的情况下,话本体《杜丽娘慕色还魂》的蓝本地位应该予以剥夺。如要维持其原先的蓝本地位,至少需要提出新的证据。

第十一章 《稗家粹编》与《国色天香》
等通俗类书研究

孙楷第先生提出通俗类书的概念以来，学术界一直接受并且使用。《国色天香》《绣谷春容》《万锦情林》《燕居笔记》已经成为通俗类书的代名词。《稗家粹编》作为《胡氏粹编》之一种（小说部分），在通俗类书中具有承上启下的重要地位，值得探讨。

第一节 《稗家粹编》与《国色天香》等通俗
类书的编选

一 小说视角和类书视角的通俗类书概念

类书是分类汇编各种材料以供检查之用的工具书，被视为中国古代的百科全书，其编纂有着较久的历史。类书始于汉魏，兴于唐宋，盛于明清。据统计，约有 1600 种。[1]曹魏时的《皇览》为我国第一部类书；唐以《北堂书钞》《艺文类纂》《初学记》等最有名；宋则出现四大类书，各有特色:《太平广记》实为小说渊薮，《太平御览》乃前朝文献汇聚，《册府元龟》重点"摘录历代君臣事迹"，《文苑英华》

---

1 赵含坤：《中国类书》，河北人民出版社 2005 年版。

着重收录诗歌文赋；明清时期的《永乐大典》《古今图书集成》则是皇皇巨制等。按照编纂主体、编纂动机等多种因素，古代类书存在两种（主要参考刘天振《明代通俗类书研究》）：

表 11-1

编纂主体	官方	家族	书坊
编纂动机	政治	作文或者科举	牟利
编纂时间	三国魏（《皇览》）	隋（《北堂书钞》）	南宋
传播形态	定本		递修本
阅读群体	帝王、文士阶层		普通大众
文化精神	雅文化		俗文化
类书类型	正宗类书、传统类书		民间类书

如果按照用途，大致分为三类：仕途经济型类书、日用生活型类书、休闲娱乐型类书。上举《北堂书钞》《艺文类纂》等为仕途经济型类书，现存万历年间《文林聚宝万卷星罗》《应用碎金》《事林广记》等为日用生活型类书，而《国色天香》《绣谷春容》等为休闲娱乐型类书。本书所使用的通俗类书概念大致接近休闲娱乐型类书。

"通俗类书"一词始出孙楷第《日本东京所见中国小说书目》，我们现在所用的通俗类书概念即源于此。既然《书目》为小说目录，下面就先从小说视角来谈。《日本东京所见中国小说书目》一书，实际上就是孙先生对他在日本东京所见的中国古代小说进行了分类著录。作为目录学家和小说研究家的孙先生，非常慎重和谨严，在正编之外，又作附录，附录传奇、通俗类书、子部小说三类。在通俗类书目下列入《国色天香》、《万锦情林》、何本《燕居笔记》和余本《燕居笔记》四种。[1]

限于目录学体例，孙先生没有释义。但是通俗类书的概念主要着眼于通俗小说，就已经暗含这四种就是"类书型"的小说之意。其实，这是借用了类书的概念。限于当时历史条件，《绣谷春容》未列入，但是它与《国色天香》完全属于同一类型，理所当然被吸收。这种概念划分现在已被学术界广泛接受，常说的通俗类书一般就是专指这四种。如：

袁行霈主编《中国文学史》完全接受了这个概念："随着文言小说创作的兴盛和读者的爱好，收集、汇刊各类文言小说也蔚然成风。……另外一些通俗类书如《国色天香》《燕居笔记》《万锦情林》《绣谷春容》等也选录了大量的小说。"[2]

台湾政治大学古典小说研究中心编《明清善本小说丛刊初编》第二辑"短篇文言小说"收传奇、笔记、通俗类篇三种，通俗类篇即收《国色天香》、《绣谷春容》、林本和何本《燕居笔记》三种[3]，未收《万锦情林》，事实上也认同了通俗类书的分类。

萧相恺在《珍本禁毁小说大观》中将所收200余部长篇白话小说分成五类：世情小说、神魔小说、讲史小说、侠义公案小说、通俗类书。其中通俗类书在上举四种之外多《宫艳》一种。[4]

通俗类书暗含类书型的小说之意，约定俗成，小说研究者一般

1　孙楷第：《日本东京所见中国小说书目》，人民文学出版社1958年版。传奇类著录《效颦集》《广艳异编》《删补文苑楂橘》《痴婆子传》《钟情丽集》《风流十传》；子部小说著录《诸司公案》《廉明奇判公案》《明镜公案》《详刑公案》《佛印禅师语录问答》。其实它们都是文言小说。事实上，后来的《中国通俗小说书目》（人民文学出版社）已经不再使用这个不成熟的分类方式。如子部小说中的《诸司公案》《廉明奇判公案》《明镜公案》《详刑公案》列入卷三"明清小说部甲"的公案类。
2　袁行霈主编：《中国文学史》，高等教育出版社1999年版，第197—198页。
3　台湾政治大学古典小说研究中心编：《明清善本小说丛刊初编》，台湾天一出版社1985年版。
4　萧相恺：《珍本禁毁小说大观》，中州古籍出版社1998年版。

能够把握。[1]

对正宗、传统型类书,学界研究颇多[2],但对民间类书研究却很少。刘天振《明代通俗类书研究》是国内第一部专门研究传统或者正宗类书之外其他类书的专著。他对通俗类书的定义是：通俗类书是相对于官修大型类书及文人学者私撰类书而言的、主要由民间书坊编刊的一类书籍。[3]并认为通俗类书产生于南宋,盛行于明清,主要供下层民众日常实用、道德教育及文化娱乐之需要。由选材范围及性质来看,既有百科全书式的《事林广记》《三台万用正宗》等,也有各种专门性的医书、农书、尺牍、律历、商书、善书、消遣娱乐书等。第四编《娱乐性通俗类书研究》集中探讨的六部通俗类书,就是学界通常所说的通俗类书。显然,此处以雅俗分界,将通俗类书的概念扩大了。孙先生所言通俗类书,仅仅是其中的娱乐性通俗类书部分。

总之,作为目录学家和小说研究家的孙先生,通俗类书的概念主要着眼于通俗小说,类书研究专家的通俗类书概念主要着眼于类书。为了学术的延续性,应该保留原来的通俗类书概念,刘天振的通俗类书概念还是改称胡道静使用过的"民间类书"[4]更好。

二　古代通俗类书的特点

为了便于把握通俗类书的特点,我们不妨来具体分析《国色天香》

1　《万锦情林》《国色天香》等往往在具体的研究中归类不同。陈大康在《明代小说史》中将之视为"合刻小说集",在四种之外列入《万选清谈》等 10 多种。秦川在《中国文言小说总集研究》中将《万锦情林》《国色天香》视为艳情系列的文言小说总集。宁稼雨《中国文言小说总目提要》则将四种归于传奇类。

2　如刘叶秋《类书简说》、胡道静《中国古代的类书》(中华书局 1982 年版)、王重民《中国善本书提要》(上海古籍出版社 1983 年版)、张涤华《类书流别》(商务印书馆 1985 年版)、夏南强《类书通论》(湖北人民出版社 2001 年版)等。

3　刘天振：《明代通俗类书研究》,齐鲁书社 2006 年版,第 4 页。

4　胡道静在《元至顺刊本〈事林广记〉解题》中称呼《事林广记》(宋陈元靓撰)和《万宝全书》(明徐笔洞辑),见《事林广记》附录(中华书局 1999 年版)。

《绣谷春容》《燕居笔记》等通俗类书的特点。

1.《国色天香》。正文分上下两层。上层分别标目："珠渊玉圃""搜奇览胜""戛玉奇音""快睹争先""士民藻鉴""规范执中""名儒遗范""山房日录""台阁金声""资谈异语""修真秘旨""客夜琼谈"；下层则是中篇小说。

2.《绣谷春容》。上层是中篇小说，下层包括："琼章摭粹"（名家诗）、"玑囊摭粹"（名媛诗）、"诗余摭粹"（名家词）、"彤管摭粹"（名媛词）、"击筑摭粹"（名士歌）、"彤管摭粹"（名姬歌）、"游翰摭粹"（赋）、"新话摭粹"、"嘉言摭粹"、"寓言摭粹"（传）、"稗编摭粹"（传）、"微言摭粹"、"怡耳摭粹"、"文选摭粹"、"琐言摭粹"、"文苑英华"、"奇联摭粹"等。

3.《燕居笔记》。现存三种，以何本为例。上下分层。上层为中篇小说。下层卷一到卷八为"客座琼谈"，为诗文杂类，卷一诗类，卷二词类、歌类、赋类，卷三文类、书类、联类、曲类、吟类、图类、赞类，卷四箴类、铭类、行类、判类、辨本类、供状类、疏类，卷五卷六为记类，卷七卷八为传类，卷九卷十为"大家说锦"，收《张于湖宿女真观》等小说六种。

孙楷第在《国色天香》提要中提到：

> 此等读物，在明时盖极普通。诸体小说之外，间以书函、诗话、琐记、笑林，用意在雅俗共赏。施之于初学弄笔咬文嚼字之人，最为相宜；即士夫儒流，亦粗可攀附。其性质略同后日之《酬世锦囊》等；远亦通于《广记》。[1]

---

1 孙楷第：《日本东京所见中国小说书目》，《中国通俗小说书目》附录，人民文学出版社 1982 年版，第 127 页。

这就初步道出了通俗类书的性质和特点。盖是收罗广博，内容庞杂，不限文体，"为记耶，为传耶，为铭耶，为联耶，为赞为集耶，为歌为疏耶，靡不一一备战"，雅俗共赏，"不独为古人扬其芳，标其奇，而凡宇宙间稍脱俗骨者，朝夕吟咏，且使见日扩、闻日新、识日开，而藏日富矣"[1]，方便实用，从而达到多售盈利的最终商业目的。

现在学术界普遍认为，通俗类书的特点主要有三：一是上下分两层，便于长短排版；二是内容庞杂，以小说为主；三是雅俗共赏，方便实用。

但是笔者认为，上下分层不是通俗类书的特色和标志。上下分层是明万历时代的书坊流行的刻书版式。上图下文或者上下都是文字，两截板或者三截板，多用于小说戏曲及通俗读物。如《词林一枝》《戏曲传奇合刻》就是如此。同属于通俗类书阵营的《燕居笔记》现存三种，何本、林本都是上下分层，但是余公仁本却没有上下分层。难道可以说分层的何本、林本是通俗类书，而上下不分层的余本就不是通俗类书吗？显然，上下分层不是通俗类书的特色和标志，不应该将之作为判断标准。我们应该从内容的广博和丰富多样性着眼。

第二节 《稗家粹编》与《国色天香》等通俗类书的生成

一 《胡氏粹编》应该被纳入通俗类书范围

《胡氏粹编》的题名，无论是《五粹编》，还是《胡氏粹编五种》，确为后人所拟。但是《胡氏粹编》五种的体例、版式等一致，完全

---

1 何本《燕居笔记》序，《古本小说集成》本。

是丛书形式，实是一部"完整"的书：

第一，相同的编校班底。《粹编》五种都由胡文焕、庄汝敬和胡光盛共同编辑校对完成，似乎是一个专门的编辑小组。

第二，分工明确、整体协调的编辑体例。《胡氏粹编》五编二十卷，内容丰富，类似百科全书，求大求全，但又分工明确。《稗家粹编》主要收小说，《游览粹编》分别收各类文体（47类），《谐史粹编》收咏物和游戏之作，《寓文粹编》收录寓言体，《寸札粹编》收录从汉到明书信。整部书，诗、词、文、小说、书翰等各类文体俱全。整个《胡氏粹编》，收录1100余篇大大小小文章，只有2篇重出[1]，可见经过了统一、精心的编排处理。

第三，相同的版式。《胡氏粹编》五种都是前有二序，后有一跋。版式整齐统一，开本和版心等大体一致。

第四，非常接近的出版时间。《胡氏粹编》的出版时间大致在1593—1595年间。

那么，《胡氏粹编》算不算通俗类书呢？笔者认为，《胡氏粹编》列入通俗类书，理由有三：

第一，内容选择。由上文可以看出，《胡氏粹编》完全是一套丛书，其编选以小说为主，在20册中，《稗家粹编》就占8册，约14万字，与通俗类书大量收录小说相同。并且，在通俗类书都选编中篇传奇的情况下，《胡氏粹编》集中精力选编文言短篇小说，正是其特色，有利于市场销售。

第二，编辑定位。胡文焕《游览粹编》序云：

> 夫以游览名者，则不独宜于斋几而又宜于舟车、旅馆也，

---

1 《佞人传》，见于《稗家粹编》卷八和《游览粹编》卷二；《祭义蜂文》，见于《游览粹编》卷一和《寓文粹编》卷上。

不独宜于士夫而又宜于商贾农工也。是书也，通而行之，宁不大有裨哉！

庄汝敬《游览粹编》序亦云：

> （《游览》一书）匪但鸿儒博士观之醒心爽目，即商贩子、稼穑夫，倘非目不知书者，亦可藉之怡情适况。

二者求雅俗共赏之意非常显明。通俗类书消费对象，很大部分就是人在旅途的商贾。正如戴不凡先生所注意到的：

> 明初以来，小说刊本大行，瓷商舶主于旅途无聊之际，正可手把一编为乐，或资友朋谈助。……观夫建板小说，往往在东京、伦敦、巴黎多所收藏，而国内反多遗佚，亦可得知此中消息一二。[1]

《游览粹编》的定位与《国色天香》等通俗类书类同。

第三，版式特色。《胡氏粹编》没有采取书坊流行的上下分层形式，相比而言，不分层，但分类，这正是《胡氏粹编》的特色和长处。后期余本《燕居笔记》改变其原来上下分层形式，也许就是看到和接受了这点。

所以，我们应该将《胡氏粹编》纳入明万历年间的通俗类书阵营。按照成书年代，各通俗类书的顺序是：

---

[1] 戴不凡：《小说见闻录》，浙江人民出版社 1980 年版，第 242 页。

表 11-2

书名	刊刻地点	刊刻时间
《国色天香》	金陵万卷楼	万历十五年
《绣谷春容》	金陵世德堂	万历十五年至二十年间
《胡氏粹编》	杭州文会堂	万历二十一年至二十二年
《万锦情林》	建阳双峰堂	万历二十六年
林本《燕居笔记》	建阳萃庆堂	万历三十一年前后
何本《燕居笔记》	金陵大盛堂	万历三十一年后（林本后）
余本《燕居笔记》	建阳	崇祯九年后（明末清初）

二 《胡氏粹编》与通俗类书的地位

《胡氏粹编》的成书年代在通俗类书阵营中处于中间偏前的位置，直接影响了后出的通俗类书的生成。胡文焕《游览粹编》序云：

> 世有《古文大全》等书足供游览，然而皆未切当也。他若坊间所梓种种，其名又皆龌龊不佳，只足以病人之心目。此游览者恒以为憾，而予亦深以为歉也。予故督同友人修父氏、侄孙孟显氏，比方诸集，考索群书，美而遗者补，恶而存者斥。亦附以己作，非敢好名也，将以求正四方也。且也详分其类，而类之中复求严其次第，务求切当。编为成书，名之曰《游览粹编》。

"美而遗者补，恶而存者斥"，所谓"补"和"斥"者，一般就是指增删。由此序可知，《游览粹编》应在"种种""坊间所梓"的底本基础上增删而成。将"比方诸集，考索群书"视作胡氏为编辑《游览粹编》

而博览群书，未为不可，但是看成胡氏对底本的"比方"和"考索"，也决非牵强。那么，这个底本是什么呢？或者，在《游览粹编》前有什么可以选择作为底本的呢？

胡氏序中"坊间所梓种种"所指，似是指此前出版的《国色天香》《绣谷春容》。理由有三：第一，《国色天香》《绣谷春容》俱是"坊刻"；第二，其名"龌龊不佳"，似直接针对《国色天香》《绣谷春容》二书的脂粉化取名；第三，《国色天香》《绣谷春容》分类"未切当"（下文具体论述）。那么，《胡氏粹编》怎样影响通俗类书的生成呢？笔者认为，至少在三个方面：

第一，编辑观念。《国色天香》《绣谷春容》都没有收入编者自己作品，但《胡氏粹编》收入了编者自己的作品。后来余公仁本《燕居笔记》也把自己的《南窗笔记》《南窗诗集》《南窗杂录》《南窗语录》四种全部刻印添入，在卷二"歌类"亦收入自己的《山云歌》；并且没有沿袭前面两种《燕居笔记》上下分层的形式，也许就受到《胡氏粹编》的影响。

第二，篇目选择。通俗类书都是汇编性质，篇目选择的同异能够明显体现出它们之间的影响程度。现以通俗类书各本所收"歌类"为例（画横线部分为首出，画波浪线为独出者）：

1.《国色天香》

卷二上层"戞玉奇音"歌类：《今夕歌》《明日歌》《勉学歌》《乐学歌》《劝懒歌》《昔别歌》《相思歌》《古调歌》《青梅歌》《黄鹄歌》《长恨歌》《指环篇歌》《下堂歌》《细腰歌》《明月歌》；

卷四上层"规范执中"：《劝孝歌》《传习歌》《节妇歌》《无可奈何歌》；

卷六上层"修真秘旨"：《敲爻歌》《摇头坏歌》《谷神歌》《直指大丹歌》。

共23篇，其中3篇独出。

2.《绣谷春容》

击筑摭粹(名士歌)：《劝孝歌》《劝学歌》《勉学歌》《乐学歌》《明日歌》《明月歌》《劝懒歌》《无可奈何歌》《未遇歌》《长恨歌》《今夕歌》《昔别歌》《行乐歌》《草书歌》《白扇歌》《霜发歌》《寿星歌》《金碧山水图歌》《画竹歌》《醉学士歌》《渔樵问答歌》；

彤管摭粹（名姬歌)：《题邮亭壁歌》、《节妇歌》、《下堂歌》、《青梅歌》、《相思歌》、《长愁歌》（正文作《长怨歌》)、《指环歌》、《贡鹄歌》（正文作《黄鹄歌》)、《紫玉歌》、《乌鸡歌》、《乌鸢歌》、《悲歌》。

共33篇，其中5篇首出，10篇独出。

3.《游览粹编》

卷五歌类：《劝忠歌》、《劝孝歌》、《劝学歌》、《勉学歌》、《乐学歌》、《斋居十二时歌》、《草书歌》、《训学长恨歌》、《歌志》、《传习歌》、《继母歌》、《劝懒歌》、《刺白丁歌》、《凶年劝世歌》、《慰贫歌》、《酒色财气四凶歌》、《明日歌》、《无可奈何歌》、《霜发歌》、《摇头坏歌》、《心丹歌》、《明月歌》、《今夕歌》、《昔别歌》、《古调歌》、《妻去自歌》、《指环歌》、《节妇歌》、《金齿壁歌》（即《题邮亭壁歌》)、《芙蓉屏歌》、《相思歌》、《相思长恨歌》、《长怨歌》、《下堂歌》、《青梅歌》、《炉花歌》、《左丘明歌》、《茶歌》、《月下传杯歌》、《把酒对月歌》、《花下酌酒歌》、《无油歌》、《黄鹄歌》、《百舌歌》、《细腰歌》、《银豆歌》、《破踪帽歌》、《破毡袜歌》。

共48篇，独出20篇（其中胡文焕本人6篇)，首出3篇。

4.《万锦情林》

卷五上层:《勉学歌》《明日歌》《明月歌》《行乐歌》《无油歌》《霜发歌》《节妇歌》《长恨歌》《指环歌》《青梅歌》《下堂歌》。

共 11 篇。

5. 何本《燕居笔记》

下层卷二"歌类":《乐学歌》《青梅歌》《长恨歌》《指环篇歌》《霜发歌》《相思歌》《无油歌》《明月歌》《明日歌》《节妇歌》《行乐歌》《无可奈何歌》《荣归歌》《下堂歌》《百舌歌》《细腰歌》《勉学歌》《劝懒歌》《继母歌》。

共 19 篇,独出 1 篇。

6. 林本《燕居笔记》

卷二下层"歌类":《乐学歌》《勉学歌》《明月歌》《明日歌》《行乐歌》《无油歌》《霜发歌》《节妇歌》《长恨歌》《相思歌》《指环篇歌》《青梅歌》《下堂歌》《细腰歌》。

共 14 篇。

7. 余本《燕居笔记》

卷二"歌类":《乐学歌》《勉学歌》《明月歌》《明日歌》《行乐歌》《无油歌》《霜发歌》《节妇歌》《长恨歌》《相思歌》《指环篇歌》《青梅歌》《下堂歌》《细腰歌》《山云歌》。

共 15 篇,独出 1 篇。

从选目来看,各书新出被后出之书吸收者:《国色天香》先出,《绣谷春容》有《草书歌》《霜发歌》《寿星歌》《题邮亭壁》(正文多"歌"字)《长愁歌》(正文作《长怨歌》)5 篇;《胡氏粹编》有《继母歌》《无油歌》《百舌歌》3 篇,俱被后出选本收入(胡文焕本人的 6 篇却没有一篇入选，也许后来者对此有所避忌）。在选目上体现出滚雪球的特征，然而都有去取，趋势并不是递增。林本删何本《无可奈何歌》《荣归歌》《百舌歌》《劝懒歌》《继母歌》5篇而成，余本删何本《无可奈何歌》《荣归歌》《百舌歌》《劝懒歌》《继母歌》5篇或者在林本基础上加余公仁本人1篇。

从类型来看，《国色天香》卷二上层"戛玉奇音"、卷四上层"规范执中"和卷六上层"修真秘旨"三类中都同时收有歌类，"绣谷春容"则按性别分为"击筑摭粹"（名士歌）、"彤管摭粹"（名姬歌）两类，它们都有失文体意义。但是从《胡氏粹编》开始，《万锦情林》《燕居笔记》都将"歌类"集中在一个类型。总体趋势来看，通俗类书的文体意识越来越强。

总之，从"歌类"的选目和文体的细化来看，《胡氏粹编》的承前启后地位和转折角色不容忽视。

第三，版本文字。如果说篇目的选择还是不能完全确定通俗类书之间的影响，有"英雄所见略同"的巧合性，那么，版本文字的异同就是铁证了。试举三例：

1.《李淳奴供状》。除《绣谷春容》没有收录外，其余几种通俗类书都予以收录[1]，但是文字差异颇大：

---

[1] 三种《燕居笔记》俱题《李淳奴供状》，《万锦情林》题《李淳奴供状》，《游览粹编》题《捉奸供状》。《游览粹编》除"供状人"作"供状妇"、"责问其名"作"请问其名"外，其余文字诸全同。《欢喜冤家》卷十《许玄之赚出重囚牢》，改变诉状人姓名外，几乎将此诉状完全袭用。公案小说《奇快集》所录《洪（供）得遂》，供状主体与《游览粹编》亦几乎一致。《奇快集》原文参见官桂铨《新发现明公案小说〈奇快集〉》（《明清小说研究》2007年第3期）。

表 11-3

国色天香	游览粹编、万锦情林、燕居笔记
供状妇李淳奴，年二十一岁，系浦城县招贤里籍。有父李琼，见任四川成都府知府。侄儿被叔李瑶捉获奸情到官。淳奴供状：	供状人李淳奴，年二十一岁，系福建建宁府浦城县招贤里民。有父李琼，见任四川成都府知府职事。
是于本年二月十五日，时逢春景，节届花晨，纵步后园观花。观花：花红似锦，妆成二月之风光；看柳：柳绿如丝，衬出三春之景色。则见蝴蝶以交飞，时有莺花而嘹亮。梁间紫燕呼雏，对对语呢喃；树上流莺唤友，声声啼睆睆。睹景物之无穷，叹青春之不再。二八男儿，曾有题桥之志；三七女子，未逢折桂之夫。向思牵牛织女，一年一度巧相逢；可念奴身，二十一年无匹配。想鳞鱼尚能比目，看草木而有连枝。恍惚间，则见一人藏身于牡丹花下，遮体于芍药丛边。见奴惊走，因就赶进问名，其人答曰：姓魏名华，字君寿。观其容貌，发黑脸腻，唇红齿白，强如偷香韩寿；察其言谈，议彷堆金，词如积玉，争似傅粉潘郎。李淳奴一时春情难忍，把芳心不定，私向花前而结发，即会月下而交欢。情匿如胶如漆，盟誓若海若山。乐成偕老之思，渐作分离之草[草]。当被叔捉获之日，行如鸾凤双遭罗网，状似鸂鶒对镜帘桄。拿获到官，略容分说。奈缘明月尚有盈亏之日，乃长江岂无清浊之时？得遇孟姜，曾指绿杨作证；题情韩氏，须凭红叶为媒。齐王纳妃，	状供永乐八年二月十五日，节届花晨，淳奴纵步南园，第见：桃红似锦，柳绿如丝，鸳鸯效交颈之欢，蝴蝶舞翩翩之乐；梁间紫燕对呢喃，枝上流莺双睆睆。嗟叹物兴无穷，退想青春不再。三七女子，思逢折桂之夫；二八才郎，当诵摽梅之句。每思织女一年一度有相逢，自恨奴身二十一年无匹配。转桃溪而登葵苑，穿柳巷以抹花衢。陡遇一秀才，当时淳奴惊恐，责问其名，答曰姓魏名华。观其唇红齿白，发黑眉青。遂成亲于牡丹花下，遮藏体于芍药丛边。结成偕老之欢，返遭离别之祸，被叔李瑶捉获送官，犹如鸾凤双投罗网，恰似鸂鶒对锁牢笼。父母官司，略容分诉。明月尚有盈亏，江河岂无清浊？姜女初配于范郎，曾指绿杨为证；韩氏嫁于于佑，须凭红叶为媒。况上古乃有私通，淳奴岂无贞洁？重夫重妇，当受罪于琴堂；一女一男，难作违条之论。荣枯总在案前，生死并由笔下。万乞大人察其情而恕其罪，若得终能偕老，来生必报深恩。

（续　表）

国色天香	游览粹编、万锦情林、燕居笔记
得会柔桑陌上；小卿得婿，相逢红杏村中。自古曾有私通，奈淳奴忍存贞节。重夫叠妇，甘当官法之重刑；只女单男，难作违条之奸论。蒙双贵琴堂之上，今伏县宰大人掌判。荣枯总在案前，生死并由笔下。若论夫妇，身归鸾凤，尽皆仰赖于二天。	
判云：捉获单男并只女，偷期暗约论为奸。古来犯法人罪定，今日违条赦本难。芍药阑边情鱼水，牡丹花下誓山盟。吾今免汝风流棒，配与夫妻效凤鸾。	无
A 版本	B 版本

2.《联芳楼记》。出《剪灯新话》，五大类书都收录，但文字也有不同。

表 11-4

绣谷春容、国色天香、何本燕居笔记	万锦情林、稗家粹编、林本燕居笔记
吴郡富室有姓薛者，至正初	吴郡有薛氏者，其家颇富，至正初
夏月于船首澡浴，二女于窗隙窥见之。	夏月于船首澡浴，亭亭碧波中微露其私嫪生之具，二女在楼于窗隙窥见之。
玉砌雕栏花两枝，相逢恰是未开时。娇姿未惯风和雨，吩咐东君好护持。	国色天香花两枝，芳心犹是未开时。娇容尚未经风雨，全仗东君好护持。
宝篆烟消烛影低，枕屏摇动镇犀。风流好似鱼游水，才过东来又向西。	帘外风微月色低，欢情摇动帐帏垂。轻狂好似莺穿柳，过了南枝又北枝。
A 版本	B 版本

3.《秋香亭记》。《万锦情林》卷二（无目有文）、林近阳本《燕居笔记》卷六、余公仁本《燕居笔记》卷七、《稗家粹编》卷四收录。《万锦情林》、林本《燕居笔记》、余本《燕居笔记》三种文字相同，与《稗家粹编》相比，仅有二处微异，应出自同一版本。但是与《剪灯新话句解》异文多达 50 多处（前文已述）。

表 11-5

剪灯新话句解	万锦情林，稗家粹编，林本、余本燕居笔记
A 版本	B 版本

将上述三种版本综合，即成下表：

表 11-6

	李淳奴供状	联芳楼记	秋香亭记
国色天香	A 版本	A 版本	/
绣谷春容	/	A 版本	/
胡氏粹编	B 版本	B 版本	B 版本
万锦情林	B 版本	B 版本	B 版本
何本燕居笔记	B 版本	A 版本	/
林本燕居笔记	B 版本	B 版本	B 版本
余本燕居笔记	B 版本	/	B 版本

《胡氏粹编》与《国色天香》《绣谷春容》的文字多有不同，分属 B 版本和 A 版本，但是与后面的《万锦情林》《燕居笔记》几乎相同，同属 B 版本。于此可见，《胡氏粹编》确实导启和影响了后面几种通俗类书的版本选择。

所以，《胡氏粹编》在通俗类书的生成上，影响甚大，也从而证明了《胡氏粹编》确实应该划归通俗类书的阵营。

《胡氏粹编》的加盟，对促进通俗类书的研究亦有意义。以前我们研究通俗类书的生成，总是认为类书之间单纯地因袭承继，所论亦多在篇目比对。直接将《燕居笔记》与《国色天香》《万锦情林》等进行比较，中间少了《胡氏粹编》这个桥梁或者中介，势必有所偏失。有人用计量分析方法，单纯从篇目比较角度出发，认为何本《燕居笔记》与另外两种《燕居笔记》"存在明显差异"[1]，甚至认为"除了书名相同外，并无实质上的直接关系"[2]。他主要从篇目数量、刊本特点和编辑体例来分析，但是少了版本文献这个重要的角度。显然，在上举三例中，三种版本的《燕居笔记》在版本文字上关系密切，而与《国色天香》和《绣谷春容》关系甚远。

1　刘天振认为《国色天香》、《绣谷春容》、何本《燕居笔记》都在金陵刊刻，便于书坊主之间"就地取材"（见刘天振《明代通俗类书研究》，第291页）。笔者认为值得商榷。篇目易得，文字版本难求。三者尚未发现拼版现象。从市场角度讲，在不同的出版地抄袭出版，恰恰更易于销售。

2　刘天振：《明代通俗类书研究》第四编《娱乐性通俗类书研究》，第301页。

结　论

一　新资料《稗家粹编》在小说研究史上具有重要价值

第一，《稗家粹编》具有重要的小说资料价值。一是《稗家粹编》有明确的序刻时间和收录时间，有利于厘清许多小说编年及其本事来源变迁问题。二是《稗家粹编》的发现和引入，有利于建立新的参照系，使文言小说汇编和通俗类书的编辑、诗文小说和汇编型小说的创作、《牡丹亭》蓝本问题等研究在科学的意义上探讨成为可能。

第二，《稗家粹编》具有重要的辑佚和校勘价值。如作为《玄怪录》的重要选本，《稗家粹编》不仅比《玄怪录》的最精善版本（高承埏《稽古堂群书秘简》本）出版时间要早，而且有多处胜于高本，可用于校勘。《稗家粹编》收录《鸳渚志余雪窗谈异》13篇，不仅最多，而且5篇独出，并含有佚文1篇，是《鸳渚志余雪窗谈异》整理和研究的重要资料。《稗家粹编》所收《剪灯新话》篇目最多，而且4篇为独出，毫无疑义是《剪灯新话》的最重要选本。现行《剪灯新话》通行本文字几乎相同，较少校勘价值，然而与《稗家粹编》等选文有400多处异文，由此导源出《剪灯新话》的早期版本和晚年定本概念，对《剪灯新话》的版本研究具有突破意义。通过文本比勘，发现并提出"两种《秋香亭记》"的新论，对瞿佑的前后期的自传心态进行了个案分析。另外，《稗家粹编》与《太平广记》有30篇相同，但没有版本来源关系，也具有重要的参校价值。

第三，《稗家粹编》具有重要的小说研究价值。《稗家粹编》在篇目和分类方面深受《艳异编》的影响，但也对《广艳异编》《续艳异编》产生了不同程度的影响；《稗家粹编》与《国色天香》《绣谷春容》的文字多有不同，但是与后出的《万锦情林》《燕居笔记》几乎相同，《稗家粹编》影响了后出的通俗类书的篇目和版本选择；《稗家粹编》与《湖海奇闻》《幽怪诗谭》《古今清谈万选》的风格和篇目接近，《稗家粹编》的引入有利于厘清四者之间的相互关系；《稗家粹编》收录的《杜丽娘记》和《孔淑芳记》等小说，引发了《牡丹亭》蓝本问题的新讨论以及对《宝文堂书目》的重新认识；依据《稗家粹编》对《百家公案》的本事来源进行了重要补正，并由此探讨了《百家公案》的成书特点；通过考察《孔淑芳双鱼扇坠传》对《稗家粹编》所收《孔淑芳记》和《剪灯新话》中《牡丹灯记》《滕穆醉游聚景园记》等的因袭与改写，以及《杜丽娘慕色还魂》对《杜丽娘记》的改编，探讨了改编思路受到牵制和影响而出现的诸多创作疵漏，如"有违常理""有违情境""有违逻辑""有失连贯"等，对"后出转精"的观念进行了质疑；等等。

二 《稗家粹编》导启了具有突破意义的研究新路

一是《稗家粹编》对古代小说的本事及其变迁研究有突破。如《孔淑芳双鱼扇坠传》的本事来源，一般认为是《西湖游览志余》卷二十六《幽怪传疑》，但是《稗家粹编》卷六收录的《孔淑芳记》也应该是它的主要参考资料。《百家公案》第三回、第六回、第七回尚无人正确指出本事来源，实际上它们见于《稗家粹编》；《稗家粹编》卷二收录的《杜丽娘记》为《牡丹亭》蓝本研究提供了版本依据，引发新讨论。

二是《稗家粹编》对古代小说的版本研究有突破。如通过考辨《剪灯新话句解》本和《稗家粹编》本的异文，本书发现普遍文义俱通，当是作者自己所作的改动，并且体现出作者前后期的不同创作心态，从而首次提出了《剪灯新话》早期刊本和晚年定本的概念。再如发现《裴琪》存在"两个版本、三种类型"，从而在长篇小说的繁本、简本之外，发现文言短篇小说也存在版本之异。

三是《稗家粹编》在提供新资料引发新问题方面有突破。如我们历来将现存话本小说《孔淑芳双鱼扇坠传》和《杜丽娘慕色还魂》看成《宝文堂书目》所著录的《孔淑芳记》《杜丽娘记》，但是发现《稗家粹编》收有传奇小说《孔淑芳记》《杜丽娘记》之后，需要学界回答"《宝文堂书目》著录是传奇还是话本"的新问题。再如我们已经将《秋香亭记》当作了瞿佑的自传来看待，但《稗家粹编》本与《剪灯新话句解》本所收《秋香亭记》的异文多达 49 处，完全是"两种《秋香亭记》"，那么二者在何种程度上更加接近历史真实？这些势必都会引起新的思考。

三　《稗家粹编》是对胡文焕刻书的一次重要"正名"

对于《稗家粹编》来说，偶尔有删却外，非常忠实于原著。与《太平广记》相比异文较多，《稗家粹编》直接选材于传本，独立于《太平广记》版本系统；《稗家粹编》与通行本《剪灯新话》相比异文甚多，但确源于《剪灯新话》的早期版本系统，黄正位刊本的出现，进一步佐证了《稗家粹编》并非枉改；《稗家粹编》与《玄怪录》陈玄翔刊本相比异文甚多，但和《玄怪录》的最精善版本高承埏本基本相同，出自同一版本系统。

　　所以，对胡文焕的刻书，应该区别对待；对《稗家粹编》的版本价值，给予充分肯定。

参考文献

一 古典文献

安遇时：《百家公案》，《古本小说丛刊》第二辑，中华书局 1990 年影印本。

碧山卧樵：《幽怪诗谭》，国家图书馆、南京大学图书馆藏明刻本；南京大学图书馆 1983 年油印本；国家图书馆、北京大学图书馆藏抄本；任明华校注，齐鲁书社 2011 年排印本。

晁瑮：《宝文堂书目》，《明代书目题跋丛刊》，书目文献出版社 1993 年影印本；《中国历代书目题跋丛书》，上海古籍出版社 2005 年排印本。

陈邦俊编：《广谐史》，《四库全书存目丛书》子部第 252 册，齐鲁书社 1995 年影印本。

陈葆光：《三洞群仙录》，《四库全书存目丛书》子部第 258 册，齐鲁书社 1997 年影印本。

陈友鹤选注：《唐宋传奇选》，人民文学出版社 1998 年版。

程毅中、薛洪勣编：《古体小说钞·明代卷》，中华书局 2001 年版。

程毅中编：《古体小说钞·宋元卷》，中华书局 1995 年版。

程毅中编：《宋元小说家话本集》，齐鲁书社 2000 年版。

程毅中校注：《清平山堂话本校注》，中华书局 2012 年排印本。

虫天子辑：《香艳丛书》，人民文学出版社 1992 年影印本。

钓鸳湖客：《鸳渚志余雪窗谈异》，于文藻点校，中华书局 1997 年、2008 年排印本；徐野点校，吉林大学出版社 1995 年排印本。

丁福保编：《历代诗话续编》，中华书局 1983 年排印本。

丁锡根点校：《宋元平话集》，上海古籍出版社 1990 年排印本。

都穆：《都公谈纂》，《明代笔记小说大观》，上海古籍出版社 2005 年排印本。

杜光庭著，罗争鸣辑校：《神仙感遇传》，《杜光庭记传十种辑校》，中华书局 2013 年排印本。

杜光庭著，罗争鸣辑校：《仙传拾遗》，《杜光庭记传十种辑校》，中华书局 2013 年排印本。

冯惠民等选编：《明代书目题跋丛刊》，书目文献出版社 1993 年影印本。

冯梦龙编："三言"（《古今小说》《醒世恒言》《警世通言》），《古本小说集成》本，上海古籍出版社影印本。

冯梦龙编：《太平广记钞》，《冯梦龙全集》，上海古籍出版社 1993 年影印本。

高儒：《百川书志》，《明代书目题跋丛刊》本，冯惠民等选编，书目文献出版社 1993 年影印本；《中国历代书目题跋丛书》，上海古籍出版社 2005 年排印本。

高奕：《传奇品》，上海古籍出版社 1978 年排印本。

葛洪著，胡守为校释：《神仙传校释》，中华书局 2010 年排印本。

谷神子：《博异志》，《顾氏文房小说》本，《北京图书馆古籍珍本丛刊》第 84 册，书目文献出版社 1988 年影印本；中华书局 1980 年排印本。

顾起元著，谭棣华、陈稼禾点校：《客座赘语》，《元明史料笔记丛刊》，中华书局 1987 年排印本。

顾元庆：《顾氏文房小说》，《北京图书馆古籍珍本丛刊》第 84 册，书目文献出版社 1988 年影印本。

何良俊：《四友斋丛说》，《元明史料笔记丛刊》，中华书局 1959 年排印本。

洪迈著，何卓点校：《夷坚志》，中华书局 2006 年排印本。

洪楩编：《清平山堂话本》，《古本小说集成》，上海古籍出版社影印本。

侯忠义、安平秋、刘烈恒等主编：《中国古代珍稀本小说》（10 卷本），春风文艺出版社 1997 年排印本。

胡文焕编：《稗家粹编》，明文会堂万历刻本；《胡氏粹编》五种，《北京图书馆古籍珍本丛刊》第 80 册，书目文献出版社 1988 年影印本；向志柱点校，《古体小说丛刊》，中华书局 2010 年排印本。

胡文焕编：《群音类选》，中华书局 1980 年影印本。

胡文焕编：《游览粹编》，国家图书馆藏文会堂万历刻本；《北京图书馆古籍珍本丛刊》第 80 册影印，书目文献出版社 1988 年影印本。

皇都风月主人著，周楞伽笺注：《绿窗新话》，上海古籍出版社 1991 年排印本。

黄虞稷：《千顷堂书目》，上海古籍出版社 2001 年版。

纪昀等：《四库全书总目》，中华书局 1965 年版。

蒋一葵：《尧山堂外纪》，《四库全书存目丛书》子部第 147、148 册，齐鲁书社 1995 年影印本。

郎瑛：《七修类稿》，上海书店出版社 2001 年排印本。

李昉等编，汪绍楹点校：《太平广记》，中华书局 1961 年排印本；张国风点校，燕山出版社 2011 年排印本。

李复言：《续玄怪录》，程毅中点校，中华书局 2006 年排印本；

陈应翔本和尹家书籍铺本，《四库全书存目丛书》子部第 245 册，齐鲁书社 1995 年影印本。

李剑国编：《宋代传奇集》，中华书局 2001 年版。

李剑国辑校：《唐五代传奇集》，中华书局 2005 年版、2015 年版。

李时人编校：《全唐五代小说》，陕西人民出版社 1998 年版。

李诩：《戒庵老人漫笔》，《元明史料笔记丛刊》，中华书局 1982 年排印本。

林近阳、何大抡、余公仁等分别编辑：《燕居笔记》，《古本小说集成》，上海古籍出版社影印本。

凌濛初："二拍"（《初刻拍案惊奇》《二刻拍案惊奇》)，《古本小说集成》，上海古籍出版社影印本。

鲁迅辑录：《古小说钩沉》，《鲁迅辑录古籍丛编》，人民文学出版社 1999 年版。

鲁迅辑录：《唐宋传奇集》，《鲁迅辑录古籍丛编》，人民文学出版社 1999 年版。

陆粲著，谭棣华、陈稼禾点校：《庚巳编》，《元明史料笔记丛刊》，中华书局 1987 年排印本。

陆楫等编：《古今说海》，巴蜀书社 1988 年排印本。

陆容：《菽园杂记》，《元明史料笔记丛刊》，中华书局 1985 年排印本。

路工、谭天合编：《古本平话小说集》，人民文学出版社 1999 年排印本。

罗炌、黄承昊编：崇祯《嘉兴县志》，《日本藏中国罕见地方志丛刊》，书目文献出版社 1990 年影印本。

罗烨：《醉翁谈录》，古典文学出版社 1957 年排印本。

洛源子编集：《一见赏心编》，《明清善本小说丛刊初编》，台北天一出版社影印本。

吕天成撰，吴书荫校注：《曲品校注》，中华书局 2006 年排印本第 2 版。

梅鼎祚辑：《青泥莲花记》，黄山书社 1998 年版。

牛僧孺：《玄怪录》，程毅中点校，中华书局 2006 年排印本；陈应翔本，《四库全书存目丛书》子部第 245 册，齐鲁书社 1995 年影印本。

潘之恒：《亘史钞》，《四库全书存目丛书》子部第 194 册，齐鲁书社 1995 年影印本。

祁彪佳：《远山堂曲品》，《中国古典戏曲论著集成（六）》，中国戏剧出版社 1959 年影印本。

祁承㸁：《澹生堂藏书目》，《明代书目题跋丛刊》本，冯惠民等选编，书目文献出版社 1993 年影印本；《中国历代书目题跋丛书》，上海古籍出版社 2005 年排印本。

起北赤心子辑：《绣谷春容》，《古本小说集成》，上海古籍出版社影印本。

钱曾：《虞山钱遵王藏书目录汇编》，上海古籍出版社 2005 年版。

钱南扬：《宋元戏文辑佚》，《钱南扬文集》，中华书局 2009 年版。

秦淮寓客编：《绿窗女史》，《明清善本小说丛刊初编》，台湾天一出版社影印本。

瞿佑：《归田诗话》，丁福保《历代诗话续编》本，中华书局 1983 年排印本。

瞿佑：《剪灯新话》，《明清善本小说丛刊初编》，台湾天一出版社影印本；《剪灯新话句解》，《古本小说集成》，上海古籍出版社影印本；黄正位刊本，日本早稻田大学藏；周楞伽校注，上海古籍出版社 1981 年排印本。

瞿佑著，乔光辉校注：《瞿佑全集校注》，《两浙作家文丛》，浙江古籍出版社 2010 年版。

阙名:《传奇汇考》,书目文献出版社 1994 年影印本。

阙名:《古今清谈万选》,《明清善本小说丛刊初编》,台湾天一出版社影印本。

阙名:《曲海总目提要》,俞为民、孙蓉蓉编《历代曲话汇编:新编中国古典戏曲论著集成》,黄山书社 2008 年版。

阙名:《异闻总录》,《四库全书存目丛书》子部第 246 册,齐鲁书社 1995 年影印本。

阙名:《虞初志》,国家图书馆藏明刻本三种;旧题汤显祖辑,《四库全书存目丛书》子部第 246 册,齐鲁书社 1995 年影印本。

饶宗颐初纂、张璋总纂:《全明词》,中华书局 2004 年排印本。

上海古籍出版社编:《明代笔记小说大观》,《历代笔记小说大观》,上海古籍出版社 2005 年排印本。

上海古籍出版社编:《宋元笔记小说大观》,《历代笔记小说大观》,上海古籍出版社 2001 年排印本。

上海古籍出版社编:《唐五代笔记小说大观》,《历代笔记小说大观》,上海古籍出版社 2000 年排印本。

沈德符:《万历野获编》,《元明史料笔记丛刊》,中华书局 1959 年排印本。

沈泰编:《盛明杂剧》,《续修四库全书》集部第 1764、1765 册,上海古籍出版社 2002 年影印本。

施显卿:《新编古今奇闻类纪》,《四库全书存目丛书》子部第 247 册,齐鲁书社 1995 年影印本。

孙绪:《沙溪集》,《景印文渊阁四库全书》第 1264 册,台湾商务印书馆 1986 年影印本。

谈修(旧题梁溪无名生):《游翰稗编》,《北京图书馆古籍珍本丛刊》第 65 册，书目文献出版社 1988 年影印本。

汤显祖等编，柯愈春编纂：《说海》，人民日报出版社 1997 年排印本。

唐圭璋等编：《全宋词》，中华书局 1999 年排印本。

陶辅著，程毅中点校：《花影集》，中华书局 1997 年排印本；程毅中点校，吉林大学出版社 1995 年排印本。

陶宗仪等编：《说郛》（三种），上海古籍出版社 1990 年影印本。

田汝成辑：《西湖游览志余》，施奠东主编《西湖文献》丛书，上海古籍出版社 1998 年排印本。

田汝成辑撰：《西湖游览志》，施奠东主编《西湖文献》丛书，上海古籍出版社 1998 年排印本。

童轩：《清风亭稿》，《景印文渊阁四库全书》第 1247 册，台湾商务印书馆 1986 年影印本。

汪盈科：《雪涛小说》（外四种），上海古籍出版社 2000 年排印本。

汪云程编：《逸史搜奇》，《四库全书存目丛书》子部第 249 册，齐鲁书社 1995 年影印本。

王国维：《宋元戏曲史》，上海古籍出版社 1998 年版。

王季思主编：《全元戏曲》，人民文学出版社 1990 年排印本。

王仁裕著，丁如明辑校：《开元天宝遗事》，上海古籍出版社 1995 年排印本。

王汝梅、朴在渊主编：《韩国藏中国稀见珍本小说》，中国大百科全书出版社 1997 年版。

王世贞编：《剑侠传》，《四库全书存目丛书》子部第 245 册，齐鲁书社 1995 年影印本。

王世贞编：《艳异编》，《古本小说集成》，上海古籍出版社影印本；孙葆真整理，春风文艺出版社 1988 年排印本。

王松年：《仙苑编珠》，《四库全书存目丛书》子部第 258 册，齐鲁书社 1997 年影印本。

吴大震编：《广艳异编》，《古本小说集成》，上海古籍出版社影印本。

吴敬所编：《国色天香》，《古本小说集成》，上海古籍出版社影印本。

吴均编：《续齐谐记》，《顾氏文房小说》本，《北京图书馆古籍珍本丛刊》第 84 册，书目文献出版社 1988 年影印本。

吴震元编：《奇女子传》，《明清善本小说丛刊》初编第二辑，台湾天一出版社 1985 年影印本。

西湖渔隐主人编：《欢喜冤家》，北京师范大学出版社 1992 年排印本。

谢伯阳编：《全明散曲》，齐鲁书社 1994 年排印本。

谢肇淛：《五杂俎》，《四库禁毁书丛刊》子部第 37 册，北京出版社 2000 年影印本。

熊龙峰编：《熊龙峰小说四种》，《古本小说集成》，上海古籍出版社影印本。

薛用弱：《集异记》，《顾氏文房小说》本，《北京图书馆古籍珍本丛刊》第 84 册影印，书目文献出版社 1988 年影印本。

杨循吉（旧伪题）：《雪窗谈异》，宋文等点校，山西人民出版社 1992 年排印本。

余象斗：《万锦情林》，《古本小说集成》，上海古籍出版社影印本。

詹詹外史：《情史》，《古本小说集成》，上海古籍出版社影印本。

曾慥编：《类说》，《北京图书馆古籍珍本丛刊》第 62 册，书目文献出版社 1988 年影印本。

张岱编：《夜航船》，浙江古籍出版社 1987 年排印本。

张廷玉等：《明史》，中华书局 1991 年版。

张涌泉主编审订，窦怀永、张涌泉汇辑校注：《敦煌小说合集》，浙江文艺出版社 2010 年排印本。

赵弼：《效颦集》，《四库全书存目丛书》子部 246 册，齐鲁书社 1995 年影印本；《明清善本小说丛刊》初编，台湾天一出版社 1985 年影印本；《续修四库全书》第 1266 册，上海古籍出版社 2002 年影印本；古典文学出版社 1957 年排印本。

赵弼：《重刊武当嘉庆图》，《中华续道藏初辑》第四册，台湾新文丰出版公司 1999 年影印本。

赵道一：《历世真仙体道通鉴》，《正统道藏》洞真部记传类。

赵文华编：嘉靖《嘉兴府图记》，《四库全书存目丛书》史部第 119 册，齐鲁书社 1995 年影印本。

赵用贤：《赵定宇书目》，《明代书目题跋丛刊》，书目文献出版社 1993 年影印本；《中国历代书目题跋丛书》，上海古籍出版社 2005 年排印本。

钟惺编：《名媛诗归》，《四库全书存目丛书》集部第 339 册，齐鲁书社 1997 年影印本。

钟兆华：《元刊全相平话五种校注》，巴蜀书社 1989 年排印本。

周明初、叶晔编：《全明词补编》，浙江大学出版社 2007 年排印本。

周铭编：《林下词选》，《四库全书存目丛书补编》第 2 册，齐鲁书社 2001 年影印本。

朱一玄校点：《明成化说唱词话丛刊》，中州古籍出版社 1997 年排印本。

卓发之：《漉篱集》，《四库禁毁书丛刊》集部第 107 册，北京出版社 2000 年影印本。

二 学术著作、论文集、资料集

北京图书馆编：《北京图书馆古籍善本书目》，书目文献出版社1987年版。

北婴编著：《曲海总目提要补编》，人民文学出版社1959年版。

曹之：《中国古籍编撰史》，武汉大学出版社1999年版。

常金莲：《六十家小说研究》，齐鲁书社2008年版。

陈大康：《明代小说史》，上海文艺出版社2000年版。

陈大康：《通俗小说的历史轨迹》，湖南人民出版社1993年版。

陈国军：《明代志怪传奇小说研究》，天津古籍出版社2006年版。

陈平原：《陈平原小说史论集》，河北人民出版社1997年版。

陈汝衡：《说苑珍闻》，上海古籍出版社1981年版。

陈文新：《文言小说审美发展史》，武汉大学出版社2002年版。

陈益源：《剪灯新话与传奇漫录之比较研究》，台湾学生书局1990年版。

陈益源：《元明中篇传奇小说研究》，华艺出版社2002年版。

程国赋：《唐代小说嬗变研究》，广东人民出版社1997年版。

程毅中：《程毅中文存》，中华书局2006年版。

程毅中：《程毅中文存续编》，中华书局2010年版。

程毅中：《古体小说论要》，华龄出版社2009年版，北京出版社2017年版。

程毅中：《古小说简目》，中华书局1981年版。

程毅中：《明代小说丛稿》，人民文学出版社2006年版。

程毅中：《宋元小说研究》，江苏古籍出版社1998年版。

戴不凡：《小说见闻录》，浙江人民出版社1980年版。

邓长风:《明清戏曲家考略全编》,上海古籍出版社 2009 年版。

董乃斌:《中国古典小说的文体独立》,中国社会科学出版社 1994 年版。

古今小说精华编委会:《古今小说精华》,北京出版社 1992 年排印本。

郭英德:《明清传奇史》,江苏古籍出版社 1999 年版。

郭英德:《明清传奇戏曲文体研究》,商务印书馆 2005 年版。

韩结根:《明代徽州文学研究》,复旦大学出版社 2006 年版。

韩南:《韩南中国小说论集》,王秋桂等译,北京大学出版社 2008 年版。

韩南:《中国白话小说史》,尹慧珉译,浙江古籍出版社 1989 年版。

韩锡铎、王清原:《小说书坊录》,春风文艺出版社 1987 年版。

侯忠义、刘世林:《中国文言小说史稿》,北京大学出版社 1993 年版。

胡从经:《胡从经书话》,北京出版社 1998 年版。

胡士莹:《话本小说概论》,中华书局 1980 年版。

江苏省社会科学院明清小说研究中心编:《中国通俗小说总目提要》,中国文联出版公司 1990 年版。

金源熙:《〈情史〉故事源流考述》,凤凰出版社 2011 年版。

李剑国、陈洪主编:《中国小说通史》,高等教育出版社 2007 年版。

李剑国:《宋代志怪传奇叙录》,南开大学出版社 1997 年版。

李剑国:《唐五代志怪传奇叙录》,南开大学出版社 1993 年版;增订本,中华书局 2017 年版。

李修生等主编:《古本戏曲剧目提要》,文化艺术出版社 1997 年版。

李忠明:《17 世纪中国通俗小说编年史》,安徽大学出版社

2003 年版。

刘世德主编：《中国古代小说百科全书》（修订本），中国大百科全书出版社 1998 年版。

刘天振：《明代通俗类书研究》，齐鲁书社 2006 年版。

鲁德才：《古代小说形态发展史论》，南开大学出版社 2002 年版。

鲁迅：《中国小说史略》，人民文学出版社 1981 年版。

路工：《访书见闻录》，上海古籍出版社 1985 年版。

罗宝树编著：《中国古代印刷史》，印刷工业出版社 1993 年版。

马廉著，刘倩编：《马隅卿小说戏曲论集》，中华书局 2006 年版。

聂付生：《冯梦龙研究》，学林出版社 2002 年版。

宁稼雨：《中国文言小说总目提要》，齐鲁书社 1996 年版。

欧阳代发：《话本小说史》，武汉出版社 1994 年版。

齐裕焜：《明代小说史》，浙江古籍出版社 1997 年版。

齐裕焜：《中国古代小说演变史》，敦煌文艺出版社 1990 年版。

钱南扬：《戏文概论》，《钱南扬文集》，中华书局 2009 年版。

乔光辉：《明代剪灯系列小说研究》，中国社会科学出版社 2006 年版。

瞿冕良：《中国古籍版刻辞典》，齐鲁书社 1999 年版。

邵曾祺编著：《元明北杂剧总目考略》，赵景深主编《中国古代戏曲理论丛书》，中州古籍出版社 1985 年版。

施廷镛：《古籍珍稀版本知见录》，北京图书馆出版社 2005 年版。

石昌渝：《中国小说源流论》，三联书店 1994 年版。

石昌渝主编：《中国古代小说总目》，山西教育出版社 2004 年版。

宋莉华：《明清时期的小说传播》，中国社会科学出版社 2004 年版。

宋伦美：《唐人小说玄怪录研究》，北京大学出版社 2005 年版。

孙崇涛、黄仕忠笺校：《风月锦囊笺校》，中华书局 2000 年版。

孙崇涛：《风月锦囊考释》，中华书局 2000 年版。

孙楷第：《大连图书馆所见小说书目》，中华书局 2012 年版。

孙楷第：《日本东京所见小说书目》，中华书局 2012 年版。

孙楷第：《戏曲小说书录解题》，人民文学出版社 1990 年版。

孙楷第：《小说旁证》，人民文学出版社 2000 年版。

孙楷第：《中国通俗小说书目》，作家出版社 1957 年版；人民文学出版社 1982 年版；中华书局 2012 年版。

孙逊：《明清小说论稿》，上海古籍出版社 1986 年版。

谭帆：《中国小说评点研究》，华东师范大学出版社 2001 年版。

谭正璧、谭寻：《古本稀见小说汇考》，浙江文艺出版社 1984 年版。

谭正璧：《话本与古剧》（重订本），上海古籍出版社 1985 年版。

谭正璧：《三言两拍资料》，上海古籍出版社 1983 年版。

汪超宏：《明清曲家考》，中国社会科学出版社 2006 年版。

王庆华：《话本小说文体研究》，华东师范大学出版社 2006 年版。

王重民：《中国善本书提要》，上海古籍出版社 1983 年版。

魏隐儒：《中国古籍印刷史》，印刷工业出版社 1988 年版。

吴志达：《中国文言小说史》，齐鲁书社 1994 年版。

向楷：《世情小说史》，浙江古籍出版社 1998 年版。

向志柱：《胡文焕〈胡氏粹编〉研究》，中华书局 2008 年版。

肖东发：《中国图书出版印刷史论》，北京大学出版社 2001 年版。

萧相恺：《宋元小说史》，浙江古籍出版社 1997 年版。

萧欣桥、刘福元：《话本小说史》，浙江古籍出版社 2003 年版。

谢国桢：《江浙访书记》，上海书店出版社 2004 年版。

徐大军：《中国古代小说与戏曲关系史》，人民文学出版社 2010 年版。

徐朔方：《汤显祖评传》，南京大学出版社 1993 年版。

徐朔方：《晚明曲家年谱》，《徐朔方集》，浙江古籍出版社 1993 年版。

徐朔方：《小说考信编》，上海古籍出版社 1997 年版。

许政扬：《许政扬文存》，中华书局 1984 年版。

薛洪勣：《传奇小说史》，浙江古籍出版社 1998 年版。

严敦易：《元明清戏曲论集》，中州书画社 1982 年版。

阳海清编撰：《中国丛书广录》，湖北人民出版社 1999 年版。

杨绪容：《百家公案研究》，上海古籍出版社 2005 年版。

杨义：《中国古典小说史论》，中国社会科学出版社 1995 年版。

叶德辉：《书林清话》，中华书局 1957 年版。

叶德均：《戏曲小说丛考》，中华书局 1979 年版。

叶树声、余敏辉：《明清江南私人刻书史略》，安徽大学出版社 2002 年版。

于天池：《明清小说研究》，北京师范大学出版社 2003 年版。

袁行霈、侯忠义：《中国文言小说书目》，北京大学出版社 1981 年版。

张兵：《宋辽金元小说史》，复旦大学出版社 2001 年版。

张兵：《宋元话本》，春风文艺出版社 1999 年版。

张秀民：《中国印刷史》，上海人民出版社 1989 年版。

赵含坤：《中国类书》，河北人民出版社 2005 年版。

赵景深：《中国小说丛考》，齐鲁书社 1980 年版。

郑伟章：《文献家通考》，中华书局 1999 年版。

郑振铎：《中国文学研究》，人民文学出版社 2000 年版。

中华书局编辑部：《宋元明清书目题跋丛刊》，中华书局 2006 年影印本。

《中国古籍善本书目》编委会：《中国古籍善本书目》（丛部），上海古籍出版社 1990 年版。

《中国古籍善本书目》编委会：《中国古籍善本书目》（子部），上海古籍出版社 1990 年版。

周绍良：《唐传奇笺证》，人民文学出版社 2000 年版。

周心慧：《中国版画史丛稿》，学苑出版社 2002 年版。

朱一玄等编著：《中国古代小说总目提要》，人民文学出版社 2005 年版。

庄一拂：《古典戏曲存目汇考》，上海古籍出版社 1982 年版。

三　学术论文、学位论文

阿部泰记：《明代公案小说的编纂》，《绥化师专学报》1989 年第 4 期。

阿部泰记：《明代公案小说的编纂》（续），《绥化师专学报》1991 年第 1 期。

白亚仁：《新见〈六十家小说〉佚文》，《文献》1998 年第 1 期。

蔡亚平：《读者与明清通俗小说创作、传播的关系研究》，暨南大学博士学位论文，2010 年。

陈丹丹：《明代通俗小说序跋整理与研究》，暨南大学硕士学位论文，2007 年。

陈国军：《论〈鸳渚志余雪窗谈异〉的作者、创作时间及其它》，《中华文史论丛》2004 年第 1 期。

陈国军：《僧人或文士——关于〈鸳渚志余雪窗谈异〉作者的考论》，《书品》2009 年第 5 期。

陈国军：《新发现传奇小说〈杜丽娘传〉考论》，《明清小说研究》

2010 年第 3 期。

陈国军:《周静轩及其〈湖海奇闻〉考》,《文学遗产》2005 年第 6 期。

程毅中:《〈包龙图判百家公案〉与明代公案小说》,《文学遗产》2001 年第 1 期。

程毅中:《〈虞初志〉的编者和版本》,《文献》1988 年第 2 期。

代智敏:《明清小说选本研究》,暨南大学博士学位论文,2009 年。

董玉洪:《中国文言小说评点研究》,华东师范大学博士学位论文,2006 年。

杜贵晨:《瞿佑〈过苏州〉诗与〈秋香亭记〉》,《文学遗产》2000 年第 3 期。

方文烺:《明末清初公案话本研究》,暨南大学硕士学位论文,2013 年。

伏涤修:《〈牡丹亭〉蓝本问题辨疑——兼与向志柱先生商榷》,《文艺研究》2010 年第 9 期。

傅逅勒:《也谈〈鸳渚志余雪窗谈异〉的作者问题》,《书品》2010 年第 5 期。

官桂铨:《新发现明公案小说〈奇快集〉》,《明清小说研究》2007 年第 3 期。

韩春平:《传统与变迁:明清时期南京通俗小说创作与刊刻研究》,暨南大学博士学位论文,2008 年。

胡海义:《科举文化与明清小说研究》,暨南大学博士学位论文,2009 年。

黄霖:《关于古小说〈香螺卮〉》,《明清小说研究》1999 年第 3 期。

黄义枢、刘水云:《从新见材料〈杜丽娘传〉看〈牡丹亭〉的蓝本问题——兼与向志柱先生商榷》,《明清小说研究》2010 年第

4 期。

纪德君：《书坊主编创与明清通俗小说类型的生成》，《明清小说研究》2012 年第 4 期。

江巨荣：《二十世纪〈牡丹亭〉研究概述》，《上海戏剧》1999 年第 10 期。

姜志雄：《一个有关牡丹亭传奇的话本》，《北京大学学报》1963 年第 6 期。

金源熙：《明代文言小说集〈幽怪诗谭〉浅谈》，《中国学研究》第 8 辑（济南出版社 2006 年版）。

李剑国、陈国军：《瞿佑仕宦经历考》，《文学遗产》1992 年第 4 期。

李剑国、陈国军：《瞿佑续考》，《南开学报》1997 年第 3 期。

李剑国：《唐传奇校读札记（三）》，《文学遗产》2011 年第 2 期。

李剑国：《唐传奇校读札记（四）》，《文学遗产》2012 年第 3 期。

李艳华：《〈绿窗新话〉研究》，暨南大学硕士学位论文，2012 年。

刘洪强：《传奇〈牡丹亭〉的蓝本商榷》，《明清小说研究》2013 年第 2 期。

刘辉：《题材内容的单向吸收与双向交融——中国小说与戏曲比较研究之二》，《艺术百家》1988 年第 3 期。

马幼垣：《明代公案小说的版本传统——〈龙图公案考〉》，《中国古典小说研究专集》，台湾联经出版事业公司 1981 年。

马幼垣：《熊龙峰所刊短篇小说四种考释》，刘世德编《中国古代小说研究——台湾香港论文选辑》，上海古籍出版社 1983 年版。

乔光辉：《〈剪灯新话〉的版本流变考述》，《中国典籍与文化》2006 年第 1 期。

乔光辉：《由黄正位刊本看瞿佑晚年对〈剪灯新话〉的重校》，《明清小说研究》2011 年第 2 期。

任明华：《论小说选本〈幽怪诗谭〉的独特价值》,《齐鲁学刊》2013 年第 1 期。

任明华：《中国小说选本研究》,华东师范大学博士学位论文,2003 年。

任明菊、任明华:《〈古今清谈万选〉的编者、来源、改动及价值》,《喀什师范学院学报》2011 年第 4 期。

盛志梅：《论汤显祖唯情文学观的复古倾向——以〈牡丹亭〉为例》,《文艺理论研究》2017 年第 5 期。

石昌渝：《明代公案小说：类型与源流》,《文学遗产》2006 年第 3 期。

市成直子：《关于〈剪灯新话〉的版本》,《上海大学学报（社科版）》1995 年第 3 期。

王宝平：《胡文焕丛书考辨》,《中华文史论丛》2001 年第 1 辑。

王宝平：《明代刻书家胡文焕考》,《中日文化交流史论集——户川芳郎先生古稀纪念》,中华书局 2002 年版。

王宝平：《日本胡文焕丛书经眼录》,《中国典籍在日本的流播与影响》,杭州大学出版社 1990 年版。

王宝平：《中国胡文焕丛书经眼录》,《中日文化论丛（1991）》,杭州大学出版社 1992 年版。

温庆新：《晁瑮〈宝文堂书目〉的编纂特点——兼论明代私家书目视域下的小说观》,《孝感学院学报》2011 年第 5 期。

吴书荫：《"玉茗堂四梦"最早的合刻本探索》,《戏曲研究》第 72 辑（文化艺术出版社 2007 年版）。

向志柱：《〈百家公案〉本事考补》,《社会科学辑刊》2007 年第 2 期。

向志柱：《〈稗家粹编〉本异文与〈剪灯新话〉的成书》,《中国古代小说研究》第3辑（人民文学出版社2009年版）。

向志柱：《〈宝文堂书目〉中话本小说的认定》，《中国社会科学报》2016年2月2日。

向志柱：《〈宝文堂书目〉著录与中国古代小说研究》，《南京师大学报》2009年第3期。

向志柱：《〈湖海奇闻〉〈万选清谈〉〈稗家粹编〉〈幽怪诗谭〉四种考述》，《明清小说研究》2010年第2期。

向志柱：《〈牡丹亭〉蓝本问题考辨》，《文艺研究》2007年第3期。

向志柱：《〈牡丹亭〉蓝本问题再辨——兼答伏涤修等先生》，《中国社会科学报》2012年2月13日。

向志柱：《〈玄怪录〉新校本与〈稗家粹编〉本异文》，《书品》2007年第1辑。

向志柱：《〈游翰稗编〉作者考实》，《文献》2007年第2期。

向志柱：《古代通俗类书与〈胡氏粹编〉》，《古典文学知识》2008年第4期。

向志柱：《两种〈秋香亭记〉不同自传心态》，《社会科学研究》2007年第3期。

向志柱：《论〈孔淑芳双鱼扇坠传〉的来源、成书及其著录》，《明清小说研究》2006年第3期。

向志柱：《论〈鸳渚志余雪窗谈异〉的作者和收录问题》，《书品》2009年第2辑。

向志柱：《再商〈鸳渚志余雪窗谈异〉的作者问题》，《书品》2010年第3辑。

向志柱：《新资料〈稗家粹编〉的研究价值》，《文学遗产》2007年第6期。

解陆陆：《幽怪诗谭研究》，山东师范大学硕士学位论文，2014年。

徐锦玲：《〈牡丹亭〉蓝本综论》，《北方论丛》2004 年第 4 期。

徐永明：《明代小说集〈一见赏心编〉的编纂及其插图解题》，《中正大学中文学术年刊》第 15 期（2010 年）。

徐永明：《晚明小说集〈一见赏心编〉与〈艳异编〉的比较》，《汤显祖—莎士比亚文化高峰论坛暨汤显祖和晚明文化学术研讨会论文集》，浙江大学出版社 2012 年版。

杨宗红：《论明末清初话本小说的劝善性及其文化背景——以其与善书关系为考察中心》，《安徽大学学报》（哲学社会科学版）2013 年第 2 期。

于为刚：《胡文焕与〈格致丛书〉》，《图书馆杂志》1982 年第 4 期。

张兵：《瞿佑及其〈剪灯新话〉》，《上海师范大学学报》（社会科学版）2001 年第 6 期。

张剑、王义印：《〈宝文堂书目〉作者晁瑮、晁东吴行年考》，《文史》2007 年第 3 期。

张正学：《〈牡丹亭〉"蓝本"新辨》，《戏曲艺术》2017 年第 1 期。

章友彩：《〈国色天香〉研究》，暨南大学硕士学位论文，2011 年。

甄洪永：《妙合与超越：从〈牡丹亭〉到〈红楼梦〉》，《红楼梦学刊》2014 年第 6 期。

甄洪永：《汤显祖"至情说"的多维解读——兼论〈牡丹亭〉若干艺术问题》，《中华戏曲》2014 年第 1 期。

中里见敬：《反思〈宝文堂书目〉所录的话本小说与清平山堂〈六十家小说〉之关系》，《复旦学报》2005 年第 6 期。

朱琴：《苏州古代笔记研究》，苏州大学博士学位论文，2011 年。

朱银萍：《顾元庆及其编刊小说研究》，暨南大学硕士学位论文，2011 年。

《稗家粹编》目录

8卷，21部，146篇。题名以正文为准。

《王魁负约》《汤赛师》

男宠部（2篇）：《邓通》《陈子高》

梦游部（10篇）：《枕中记》《王生渭塘奇遇记》《韦氏》《薛伟》《吴全素》《荔枝入梦》《永州野庙记》《赵旭》《沈亚之》《金马绿衣记》

卷四（14篇）

星部（1篇）：《成令言遇织女星记》

神部（11篇）：《天王冥会录》《李主遇仙源宫土地》《野庙花神》《龚元之遇岳神》《龚弘遇赴任城隍》《丹景山报应录》《舒大才奇遇》《修文舍人传》《萧志忠》《掠剩使》《富贵发迹司志》

水神部（2篇）：《郑德璘传》《王勃遇水神助风》

卷五（16篇）

龙神部（1篇）：《许汉阳》

仙部（15篇）：《太上真人度唐若山》《裴航遇云英记》《许旌阳斩蛟》《崔书生》《鬻柑老人录》《朱氏遇仙传》《杜子春》《裴谌》《洞霄遇仙录》《刘阮天台记》《崔少玄传》《麒麟客》《工人遇仙》《陈光道遇蔡箏娘传》《求仙记》

卷六（27篇）

鬼部（20篇）：《裴珫》《倪斯文遇》《鬼携误卷》《邹宗鲁游会稽山记》《牡丹灯记》《金凤钗记》《钱益学佛》《王煌》《云从龙溪居得偶》《郑荣见弟》《褚必明野婚》《张客旅中奇遇》《卫生悔酒》《庆云留情》《绿衣人传》《太虚司法传》《孔淑芳记》《许慕洁失节》《柏长春月下见妻》《杨允和记》

冥感部（4篇）：《离魂记》《韦皋》《京师士人》《崔护》

幻术部（3篇）:《阳羡书生》《梵僧难陀》《画工》

卷七（18篇）

妖怪部（18篇）:《郭代公》《弊帚惑僧传》《招提琴精记》《白猿传》《临江狐》《猫精》《犬精》《袁氏传》《懒堂女子》《陈岩》《谢翱》《公署妖狐》《拜月美人》《灯妖夜话》《梅妖》《尹纵之》《老树悬针记》《景德幽涧传》

卷八（12篇）

禽兽部（2篇）:《白犬报冤记》《华山客》

报应部（10篇）:《钱长者阴德传》《佞人传》《董生恶心》《陈氏妒悍》《李岳州》《卖妇化蛇记》《录事化犬记》《许女雪冤》《雷生遇宝》《唐珏徇义录》

附　录

"玉林春供状"与玉堂春故事的关系

　　学界公认玉堂春故事在历史上确有其事，但是有两种说法：一在正德年间，为礼部尚书王琼之子事，史书不传；一在万历初年，为王三善（1565—1624）事，《明史》有传[1]。记载此故事的，有《全像海刚峰先生居官公案传》、《情史》卷二《玉堂春》、《青楼小名录》卷六《玉堂春》和话本小说《警世通言》卷二十四《玉堂春落难逢夫》等。前三者内容同出一源，并且文字多有因袭。另《小说传奇》收有《玉堂春》残页，内容类似《情史》。另有乾隆弹词本《真本玉堂春全传》与此不同。《玉堂春落难逢夫》在开头已经明确表示"不似旧刻《王公子奋志记》"。据此可知还有《王公子奋志记》，但已散佚。玉堂春故事经过了四次演变：由公案到《奋志记》是一次演变；由《奋志记》到《落难逢夫》是第二次演变；从小说到弹词本是第三次演变，然后又改成传奇京戏是第四次演变。[2]但是《国色天香》《游览粹编》等书中的玉林春供状的出现，迫使我们进行新的探讨。

1　王三善，字尤名，河南永城人。万历二十九年（1601）进士，授荆州推官，公正廉明，曾平反楚宗等人冤案。后任吏部文选、太常少卿、右佥都御史等。后在镇压贵州少数民族起兵时被俘杀害。诏赠太子太保、兵部尚书，谥忠烈。事见《明史》卷一百三十七本传。
2　参见阿英《玉堂春故事的演变》，见《小说二谈》第1—31页，载《小说闲谈四种》，上海古籍出版社1985年版。

一　玉林春供状的性质与王生的原型

《情史》卷二《玉堂春》文后有一段话：

> 生非妓，终将落魄天涯；妓非生，终将含冤地狱。彼此相成，卒为夫妇。好事者撰为《金钏记》。生为王瑚，妓为陈林春，商为周镗，奸夫莫有良。其转折稍异。

这里提到了玉堂春故事的另外一个版本《金钏记》，然而学界一直没有循踪进行研究。《国色天香》卷六收有的《玉林春供状》（何大抡本《燕居笔记》下层卷四题《陈氏玉林春供状》，《游览粹编》卷五题《谋夫冤情供状》）、《莫有良供状》（何本《燕居笔记》下层卷四题《监生莫有良供状》，《游览粹编》卷五题《奸情供状》）都提到了王瑚、陈林春、周镗、莫有良等名字，与《金钏记》似有很大关系。

《国色天香》本所收录最完整，为论述方便，兹录《玉林春供状》于下：

> 伏以女慕贞洁，乃坤道之当然；志存有家，固人伦之定体。念妾名号林春，姓惟陈氏，籍出南京旧院，心驰良户闺门。言德工容，不用师仪姆教；诗词针指，何须内则规模？齿尚韶龄，性行异于流俗；年将笄岁，贞淑出乎风尘。
>
> 时有汴下王瑚，金陵游贾。族本缙绅，英标卓出洛阳之才子；胸横经济，纯雅远过洛社之温公。因观国士无双，已许姻缘到老。是以晋约秦盟，本非亲迎而成婚；朱缲陈缲，不待奠雁以行礼。暑往寒来，日征月迈，良人金帛将空，老鸨詈词已见。故使合卺之杯，变作一天离恨；同心之带，断成两地相思。当斯时也，

车投东，马投西，解环为记；心欲碎，肠欲断，屈指为期。

正忧一别三秋，更喜双闱连第。蜀锦宫花，曾寄孤帏之女；襕衫绫袜，亦报天上之郎。岂期天意乖违，人事蹉跎。宣化承流，政声未报九重阙；魂升魄降，星芒已坠五丈原。讣音初到，死节使从。不意狼毒周镗，作成圈套陷孤贞；狐谋老鸨，做就机关夺守制。两地反心，百年画饼。虽然邑可改而井不可移，人可欺而心不可没。是以诈许从良，欲弃命于前夫祠下；佯踪出院，欲留心在后世人间。艰山险水，得至伏马关[1]头；击楫开帆，始到龙兴泉口。谁知镗室毛氏，已是听琴之卓女；监生莫子，原为折齿之谢鲲。鸩酒赍来于关上，致镗有不明之死；捏词告到于县堂，诬妾受无辜之刑。审于县，理于府，案牍遍三司之胸；淹乎监，滞乎狱，谳囚无二天之鉴。厄陈冻馁不终朝，无人解倒悬之苦；羑里凄凉几一载，惟妾作相吊之悲。

物盛必衰，火焰斯灭。妾今得遇明台，宛似拨云雾而睹青天；欣逢官长，胜如脱荆棘而由大道。不敢诳诉，所供是实。

玉林春的这篇供状，清楚地描述了她与王瑚相识、相爱以及被迫分离、王生中第早逝以及自己含冤的经过（另有莫有良供状，主要自叙与毛氏私通和陷害陈林春的经过，不再述）。《国色天香》在供状后另收有察院曹知府关于玉林春案件的判词：

其陈氏林春与侍婢三人判归本院守制，附令其兄陈银领回；毛氏谋杀亲夫，架祸他人，依律凌迟处死；莫有良因奸致死，陷害孤贞，按条处斩合宜；张店妪勾引私通，罪杖一百；钱县

---

1 据《明史》志第四十一《地理志》卷十七，伏马关，又名白马关，在盂县东北。

令赃污太甚，罢职不叙。

也透露出玉林春故事发展的关键点，亦不容忽视。

那么，通俗类书所收的这篇状词是法律文书，还是小说家关于玉堂春故事的一段拟文呢？

《国色天香》卷六、《游览粹编》卷五、何本《燕居笔记》卷四共收有《李白供状》《士人争倡供状》《蒲城李淳奴供状》《赵氏谋杀亲夫供状》《玉林春供状》《莫有良供状》《幽魂供状》《符女供状》《金莲供状》《药名首状》《曲牌名首状》《秋试败回戏笔拟罪状》等12篇供状文字。《幽魂供状》《符女供状》《金莲供状》3篇是鬼魂供状，系抄自瞿佑《剪灯新话》中之《牡丹灯记》；《药名首状》《曲牌名首状》《秋试败回戏笔拟罪状》《李白供状》都是游戏文字。《士人争倡供状》《李淳奴供状》《赵氏谋杀亲夫供状》《玉林春供状》《莫有良供状》6篇，凭现在所见文字，无法判断，但是很难说它们就是真正意义上的法院文书。然而《玉林春供状》为深化玉堂春故事研究提供了条件。

按照成书出版时间，收录《玉林春供状》的通俗类书《国色天香》现存明万历丁酉（1597）金陵书林周氏万卷楼刊本，藏日本内阁文库，书前有谢有可1587年序；《游览粹编》有1594年序；何本《燕居笔记》在万历年间，无法确定具体时间。

如果《玉林春供状》是真正意义上的法律文书，那么，这就说明玉堂春故事应另有原型，与现在玉堂春故事大体相合，并受到其深刻影响。

如果《玉林春供状》仅仅依据法律文书而改易姓名，故事原型只有正德年间（1506—1521）礼部尚书王琼之子事才与之相合。而与万历年间王三善事不合，因为王三善在万历二十九年（1601）才中进士，授荆州推官，换句话说，王三善须在万历二十九年之后才被授官，才能断案，那么其事迹就不能收录在此前已经出版的《国色天香》、《游览粹编》、何本《燕居笔记》里。《中国古代小说百科全书》认为"(《玉堂春逢难遇夫》)小说谓玉堂春故事发生在明正德年间，三善年代似不相及，可能是作者故布疑阵"[1]，已经发现其中疑窦，但解释不确。

如果《玉林春供状》确是小说家言，那么，玉堂春故事最晚在1587年就已经进入小说家的视野了。万历丙午（1606）《海刚峰先生居官公案传》不是最早记载玉堂春故事者。《玉林春供状》以及判词提到王瑚、妓女陈林春、商人周铛、奸夫莫有良等名字，又与冯氏在《情史》里提到的传奇故事《金钏记》的名字一致，它或许就是《金钏记》故事的一部分，即小说中的供状。而且供状通篇骈偶，用典贴切，"词意骈丽，句语铺张"，体现出较高的文学素养。《玉林春供状》是《金钏记》的写作者"好事者"代拟的可能性较大。

以上三种情况说明，王三善不是玉堂春故事的原型。玉堂春故事的原型不宜再提王三善其人。玉堂春故事原型另有其人，这点应该是肯定的。至于原型何人，不详。

二 《玉林春供状》与《玉堂春落难逢夫》的比较

从《玉林春供状》及判文，我们可以探踪许多重要情节和细节：

> 1. 念妾名号林春，姓惟陈氏，籍出南京旧院。
> 时有汴下王瑚，金陵游贾。族本缙绅。

1　刘世德主编：《中国古代小说百科全书》（修订本），中国大百科全书出版社1998年版，第716页。

可知玉林春姓陈，王生身份为游商，但是先族为缙绅。在《玉堂春落难逢夫》中，玉堂春姓周，其父叫周彦亨，大同人。男主角王景隆是礼部尚书之子，在寓读书。

2. 车投东，马投西，解环为记。

二人被迫分离，陈林春送行、解环相赠（也许《金钏记》之取名由此）。《玉堂春落难逢夫》则是二人将破镜留念。

3. 正忧一别三秋，更喜双闱连第。蜀锦宫花，曾寄孤帏之女；襕衫绫袜，亦报天上之郎。

可知分别后，王生转行读书，中第后，二人互寄物品，一直往来。但在《玉堂春落难逢夫》中，公子读书、中举连第，二人未通音讯。

4. 宣化承流，政声未报九重阙；魂升魄降，星芒已坠五丈原。讣音初到，死节使从。

可知王生上任未久就不幸去世，陈林春矢志为王生守节。但是《玉堂春落难逢夫》中叙王生授真定府理刑官，娶妻后中了伤寒，一月后就痊愈了。

5. 不意狼毒周镗，作成圈套陷孤贞；狐谋老鸨，做就机关夺守制。
是以诈许从良，欲弃命于前夫祠下；佯踪出院，欲留心在后世人间。

陈林春曾经陷入周镗和老鸨所设圈套，陈林春将计就计，"诈许从良"。《玉堂春落难逢夫》中，玉堂春也中了圈套，被鸨儿哄去岳庙烧香，却被沈洪雇轿抬往山西。

6. 艰山险水，得至伏马关头；击楫开帆，始到龙兴泉口。……鸩酒赍来于关上，致镗有不明之死。

周镗饮了其妻毛氏送来的毒酒死在路上，未入家门。在《玉堂春落难逢夫》中，皮氏在家里将砒霜放进辣面毒死丈夫。

7. 审于县，理于府，案牍遍三司之胸。
羑里凄凉几一载。

陈林春官司由县而至府，官司打了很久，并在牢里被关押一年。

8. 其陈氏林春与侍婢三人判归本院守制，附令其兄陈银领回。

可知陈林春由其兄陈银领回，为王生守制。《玉堂春落难逢夫》则叙王生娶玉堂春为侧室，二人得合。

从上述线索可以看出，此故事与《玉堂春落难逢夫》有很大出入。最重要的是两点：

第一，王生授官后不久就死去，没有替玉堂春翻案。《全像海刚峰居官公案传》云："生归，父怒斥之，遂矢志读书，登甲后，擢御史，案山西。时公已转江浙运使，生以之告公：'可为生根究此？'公诺之托，至浙询之，乃知妓成狱已久。"按史传，海瑞未任过江浙运使，《海刚峰先生居官公案传》是虚构。且玉堂春故事刚刚流行之时，最后结果确是王生断案，《公案传》可能不会如此转换。玉堂春故事很可能与供状接近。

"三言"往往体现果报显著的叙事逻辑。如《警世通言》卷一《苏知县罗衫再合》的相关本事来源都叙徐继祖（苏云之子，由谋害苏云之海盗徐能收为养子）赴试未中，罗衫相合后向官府告状，得以为父报仇，但冯梦龙氏改编成徐继祖一举中试，得官御史后亲自审案，又法场监斩，为父雪冤。在玉堂春故事中，"生非妓，终将落魄天涯；妓非生，终将含冤地狱"，"彼此相成"，由王生亲自审案，也加强了戏剧性色彩。这也许是冯梦龙的审美理想。

第二，陈林春最后为王生守制。除《玉林春供状》外，所有玉堂春故事如《海刚峰先生居官公案传》《玉堂春落难逢夫》《情史》的结局都是二人得合，体现出大团圆的特点。而《玉林春供状》中陈林春为王生守制，一定程度上体现出王、陈的爱情坚贞，但是也多少让观众心理有不能团圆的遗憾。故事的改编向大团圆挺进并得以定型，这也是中华民族文化心理在此故事中的忠实折射。

因为这两点，陈林春故事或者《金钏记》慢慢湮没，而冯梦龙氏改编的玉堂春故事大行，就在情理之中了。

三　与《金钏记》同名小说和玉堂春故事类似的传奇

1.《金钏记》

文言小说，见《稗家粹编》卷二，叙窦时雍女羞花与章文焕青梅竹马而终成眷属故事。又见《情史》卷三"情私"类，改题《章文焕》，但内容已经简化，如集古绝句十首就仅录其中四首，与玉堂春故事无关。

2.《金钏记》

传奇。祁彪佳《远山堂曲品》著录："《金钏》，金时之狎刘小桃，似《玉镯》所载王顺卿事。"按,现全本不存。《群音类选》卷九收有《金钏记》四段曲词,计《小桃卖花》《斗草拾钏》《卖花荐妓》《易姓嫖院》,按其内容,确是金时之、刘小桃事。

3.《分钗记》

传奇。吕天成《曲品》,云:"纪红川(句容人)所著传奇一本《分钗记》。王景隆昵名妓玉堂春事。见弹琵琶瞽者能道之,此亦荡子之常技。复远嫁贾人,稍似《金钏记》,情趣亦减。"按,现全本不存。《群音类选》卷二十一收有《分钗记》,有六段曲词,计《春游遇妓》《月夜追欢》《复入烟花》《分钗夜别》《计诱皮氏》《私通苟合》。与今见玉堂春故事很近。

4.《玉镯记》

传奇。吕天成《曲品》:"李玉田所作传奇一本,《玉镯》。此记王顺卿丽情重会事。北人能南词,亦空谷之音也。"

5.《完贞记》

传奇。祁彪佳《远山堂曲品》著录:"记王顺卿,全仿原传。说白极肖口吻,亦是次场所难。较《玉镯》稍胜之。"

6.《鸳鸯记》

传奇。《远山堂曲品》云:"王邦臣经商荆楚,受一妓所赠,得免于流离,后卒以巡方解妓祸,遂为二室。传之绝无景色,第即取其明畅之词可也。"据此可知,《鸳鸯记》的情节结构与玉堂春故事极相似。

《相思长恨歌》与王娇鸾故事的关系

王娇鸾故事，现在一般认为是明天顺年间发生的实事。但是无史实记载。其故事今见于《情史》与《警世通言》卷三十四《王娇鸾百年长恨》。《游览粹编》收录的《相思长恨歌》与王娇鸾故事很有关系，尚无人提及，本书据此进一步探讨。

一 王娇鸾故事在《相思长恨歌》里有迹可循

关于王娇鸾的生平文献寥寥，仅有钟惺《名媛诗归》、冯梦龙《情史》与《警世通言》、清周铭《林下词选》等提及。现依《名媛诗归》卷二十七介绍如下：

> 临安武弁女，其父左迁南阳千（兵）[户]。有吴江周廷章，父除南阳司教。适鸾宫与卫署密迩，周与娇鸾私焉，誓终生无相负也。后周抵家，遂别议姻。娇鸾闻之噬脐。偶乘其父有公牍当投苏州按院之便，乃括宿昔倡和往来吟咏，汇成一帙，密缄牍中。至夜乃自经死。其牍至苏时，绣衣使樊公社见之，为之怃然，论周如律。天顺初事也。[1]

1　钟惺：《名媛诗归》，《四库全书存目丛书》集部第 339 册，齐鲁书社 1997 年版，第 311 页下。

此实与冯梦龙的《情史》卷十六《周廷章》和《警世通言》卷三十四《王娇鸾百年长恨》内容同。《名媛诗归》被认为是后人伪托,此段介绍实源于冯氏二书。

　　然而笔者发现,《名媛诗归》卷二十七收王娇鸾的叙事长诗《长恨歌》则比较详细地记录了王周二人相私的全部过程,王娇鸾故事实有踪可循。更早的万历刻本《游览粹编》卷五也有《相思长恨歌》一诗,题王娇鸾作。二者与《警世通言》卷三十四《王娇鸾百年长恨》中的《长恨歌》非常接近,但是文字有较大差异。其中以《游览粹编》最全。为论述方便,移录全诗如下[1]:

> 长恨歌,为谁作?题起头来心便恶。
> 朝思暮想无了期,再仗鸾笺诉情薄。
> 妾身本是临安人,祖有功勋入麟阁。
> <u>一朝得令封将军,保国抚民共安乐。</u>
> 后因亲老失军务,改调南阳卫千户。
> <u>子悲母泣成此中,地冷天寒谁共顾?</u>
> 深闺养育娇鸾身,不曾举步游中庭。
> <u>严慈惜我如珠玉,我惜严慈如宝珍。</u>
> 岂知二八年当灾,忽随女伴离妆台。
> <u>为蹴秋千到西宅,花园邂逅逢多才。</u>
> <u>蹴罢秋千临绮筵,管弦声里锦杯传。</u>
> 感君递妾一杯酒,风流无限眉稍间。
> <u>眼角传情两不厌,举眉一笑胜千金。</u>
> 临行失却香罗帕,后令侍妾来追寻。

1　胡文焕:《游览粹编》卷五,《北京图书馆古籍珍本丛刊》第80册,第314—315页。

岂料香罗入君手，空使梅香往来走。
不曾写寄香罗诗，恼杀相思病慨久。
来词去柬情虽多，未曾携手同吟哦。
西衙咫尺如天样，闲愁万斛如悬河。
切蒲曾赏五月五，乐处岂知愁处苦。
再思再想一年过，方使君来继奴母。
继奴母兮结妹兄，愈加托契凭相从。
只恐相思成苟合，与兄结发同山盟。
山盟海誓犹未信，又托曹姨作媒证。
婚书写定烧苍穹，始信姻盟天已定。
妇随夫唱心无偏，挝肩挽手同花前。
不记雨云情几百，那知风月诗三千。
妾姓王兮君姓周，一天和气多绸缪。
笑约西楼共君语，情娱南浦同行游。
情交二载亲如蜜，自信一生似胶漆。
何当才子忽思亲，终日思亲更无极。
思亲恋妾两难抛，废寝忘飧渐成疾。
妾心不忍君心愁，反劝才郎归故籍。
叮咛此去姑苏城，花街莫听阳春声。
一睹慈颜便回首，香闺可念人孤另。
委曲叮咛别才子，弃旧怜新在乎尔。
谁知一去意忘还，终日思君不如死。
人多来说君为婚，几番欲信仍难凭。
后因孙九复归返，始知伉俪谐文君。
此情恨杀薄情者，千里姻缘难遽舍。
到底恩情却负之，得意风流在何也？

若问妾愁长共短，何处箱囊书不满。
题残锦札五千张，写秃毛锥三百管。
深闺人静娇无力，佳期变作长相忆。
枉将八字推子平，空把三生念周易。
金钱掷下心自焦，菱花揉碎情难熬。
倚楼闲望魂飞去，欲生逃计君家遥。
从头一一思量起，往日交情不亏你。
醒眸醉眼勾妾肩，情动花心贴奴体。
有时笑耍罗帏中，金环玉佩声叮咚。
鲛绡被里云雨罢，万般私语如春风。
既然恩爱如浮云，何不当初莫相与？
此夜恩情妾常记，谁想才郎一朝弃。
既然如此各东西，悔不当初莫相识。
清明时节纷纷雨，自恨雕栏没分主。
洞房空锁碧桃春，踏碎残红共谁语。
子规声里离人肠，深惭失节因周郎。
指望当初同白发，谁知今日成昏黄。
莺莺燕燕皆成对，何独天生我无配。
娇莺妹子少一年，适添孩儿已三岁。
芰荷香里来南薰，凉亭欲赏谁论文。
花朵竟忘簪绿鬓，佩环久不摇红裙。
西风叶落寒飕飕，凄凉不忍登南楼。
试将琴瑟闲调手，空把黄花笑插头。
冬雪飘飘寒凛凛，闷闷恹恹常伏枕。
帐里无人伴我眠，尊中有酒共谁饮？
当时有事通曹姨，曹姨去后愁鸣谁？

逢时遇节强争赏，他欢我独心孤悲。
调脂弄粉总无意，茶饭食时不知味。
甘旨懒去奉慈帏，针线何曾离窗几。
不堪弃妾千金躯，举头万丈无门间。
此行短行天不报，先曾誓愿今何如？
君在江南妾江北，千里关山远相隔。
若能两翅忽然生，飞向吴江傍君侧。
想今不得见君面，死在幽冥动怨嗟。
阎王案下屈声高，追汝夫妻也情断。
初教你我天地知，今来无数人扬非。
虎门深锁千金色，天教一笑遭君机。
可怜铁甲将军家，玉闺养女娇如花。
只因颇识书中味，风流不久归黄沙。
为君忍辱归阴府，譬若皇天不生我。
自今书到故人收，再莫回音到中所。
白罗丈二悬高梁，西风残切魂茫茫。
报道一声娇鸾缢，满城笑杀林安王。
妾身自愧非良女，擅把闺门贱轻许。
相思债满归九泉，九泉之下不饶汝。
当初惜汝如南金，如今怨汝似海深。
自知妾意施仁义，岂料君心似狗心！
再将一幅罗鲛绡，殷勤远寄图君腰。
自叹兴亡皆此物，杀人可恕情难饶。
委曲叮咛只如此，往日交情今日止。
君若肯念旧时情，饱看风流书一纸。

经比勘，笔者发现：

在文字方面，《游览粹编》本《相思长恨歌》共 182 句 1274 字；《名媛诗归》本《长恨歌》共 178 句 1246 字；《王娇鸾百年长恨》本《长恨歌》共 104 句 728 字，文中下划横线部分或无，或者被删改。《王娇鸾百年长恨》没有而《相思长恨歌》特有的诗句，《名媛诗归》与《相思长恨歌》大致同；《王娇鸾百年长恨》和《相思长恨歌》都有的诗句，《名媛诗归》则与《王娇鸾百年长恨》大致相同。如前面部分：

表附 -1

《游览粹编》	《名媛诗归》	《王娇鸾百年长恨》
岂知二八年当灾， 忽随女伴离妆台。 为蹴秋千到西宅， 花园邂逅逢多才。 蹴罢秋千临绮筵， 管弦声里锦杯传。 感君递妾一杯酒， 风流无限眉稍间。 眼角传情两不厌， 举眉一笑胜千金。 临行失却香罗帕， 后令侍妾来追寻。 岂料香罗入君手， 空使梅香往来走。	岂知三七年当灾， 忽随女伴离妆台。 为蹴秋千到西苑， 花间邂逅逢多才。 蹴罢秋千临绮筵， 绮罗声里金杯传。 感君递妾一杯酒， 风流无限眉稍边。 眉角传情两不禁， 举头一笑重千金。 临行失却香罗帕， 后令侍妾来追寻。 岂料香罗入君手， 空使梅香往来走。	岂知二九灾星到， 忽随女伴妆台行。 秋千戏蹴方才罢， 忽惊墙角生人话。 含羞归去香房中， 仓忙寻觅香罗帕。 罗帕谁知入君手， 空令梅香往来走。
不曾写寄香罗诗， 恼杀相思病慨久。	得蒙君赠香罗诗， 恼妾相思淹病久。	得蒙君赠香罗诗， 恼妾相思淹病久。

（续 表）

《游览粹编》	《名媛诗归》	《王娇鸾百年长恨》
只恐相思成苟合， 与兄结发同山盟。	只恐恩情成苟合， 两曾结发同山盟。	只恐恩情成苟合， 两曾结发同山盟。
山盟海誓犹未信， 又托曹姨作媒证。	山盟海誓又不信， 又托曹姨作媒证。	山盟海誓还不信， 又托曹姨作媒证。
婚书写定烧苍穹， 始信姻盟天已定。	婚书写定烧苍穹， 始结于飞在天命。	婚书写定烧苍穹， 始结于飞在天命。

《相思长恨歌》独有的"既然恩爱如浮云，何不当初莫相与"二句，《王娇鸾百年长恨》和《相思长恨歌》都有的"虎门深锁千金色，天教一笑遭君机"二句，《名媛诗归》无。《王娇鸾百年长恨》主要从精练角度进行了删减。《相思长恨歌》与《王娇鸾百年长恨》相比，《相思长恨歌》有79句（见画横线部分）为《王娇鸾百年长恨》所无。"何当才子忽思亲，终日思亲更无极。思亲恋妾两难抛，废寝忘飧渐成疾"四句在《王娇鸾百年长恨》中精练成为一句："才子思亲忽成疾"。而中间还有几句与《王娇鸾百年长恨》差别较大。《情史》叙王娇鸾制"绝命诗三十六首，复为《长恨歌》数千言"，但没有引用一句《长恨歌》，因此无法进行对校，但是"《长恨歌》数千言"正好说明，1200多字的《相思长恨歌》与之符合。

在用韵方面，《游览粹编》本《相思长恨歌》转换自由，四句一韵，正好体现了"语甚愤激"的情绪。但中间"既然恩爱如浮云，何不当初莫相与"只有两句，似乎缺少了两句，没有凑成一韵。"想今不得见君面，死在幽冥动怨嗟。阎王案下屈声高，追汝夫妻也情断"四句不协韵，疑"死在幽冥动怨嗟"原为"死在幽冥动嗟怨"，就非常合韵。《名媛诗归》本和《王娇鸾百年长恨》在用韵方面没有明显体现。

　　另外还有一处顺序变化。《游览粹编》本"可怜铁甲将军家，玉闺养女娇如花。只因颇识书中味，风流不久归黄沙。为君忍辱归阴府，譬若皇天不生我。自今书到故人收，再莫回音到中所"句，话本小说《王娇鸾百年长恨》和《名媛诗归》作："为君忍辱归阴府，譬若皇天不生我。自今书到故人收，再莫回音到中所。可怜铁甲将军家，玉闺养女娇如花。只因颇识书中味，风流不久归黄沙。"画横线句与画波浪线句进行了对换。因为四句一韵，从韵律角度看，没有明显优劣。但从诗意和逻辑来看，《相思长恨歌》较胜。

　　可见，从出版时间、文字变化、字数多少以及用韵情况等方面来看，《游览粹编》卷五所收《相思长恨歌》应该是王娇鸾的原作，或最接近原作。

　　全文收录了《相思长恨歌》的《游览粹编》，同卷还收有：《指环歌》出自《金指环篇》；《芙蓉屏歌》出自《芙蓉屏记》；《相思赋》《相思歌》分别与梁意娘与李生赋、意娘与李生相思歌一致，出《醉翁谈录》；桂英《寄王魁二首》出《王魁传》；《小重山·谢别》出《刘生觅莲记》；《苏幕遮·偷情》与《金谷怀春》同；《拜文房四子洞房六子议》（蒋世隆）、《送愁文》出《龙会兰池录》；《妻去自歌》，为朱买臣妻事，出《羞墓亭记》，亦见《鸳渚志余雪窗谈异》卷上；《解嫖论》和《醒迷论》两篇长论，分别出自《鸳渚志余雪窗谈异》卷上《王翠珠传》和卷下《醒迷余录》；《返魂诗》（一陌金钱便返魂），不题作者，文字与《剪灯新话》卷二《令狐生冥梦录》同；卷六《合欢图》（戏水鸳鸯，穿花鸾凤）见于《清平山堂话本》中《五戒禅师私红莲记》，又见冯梦龙《喻世明言》卷三十《明悟禅师赶五戒》，等等。《节妇歌》和《金齿壁歌》具体出处不详，但它们都应出自某个故事。可见王娇鸾《相思长恨歌》也应出自某故事，也就是说《游览粹编》很有可能是从一篇完整的故事中选出《相思长恨歌》。这个故事大致怎样，《王娇鸾百年长恨》中有一些蛛丝马迹。

《王娇鸾百年长恨》现有诗24首，在"三言"中非常显眼。文中还提到许多诗，尽管没有抄录。

1. 自此一倡一和，渐渐情熟，往来不绝。……诗篇甚多，不暇细述。

2.（是日鸾寄生二律云）廷章亦有酬答之句。

3. 如此又半年有余，其中往来诗篇甚多，不能尽载。

4. 即时修书一封，曲叙别离之意。嘱他早至南阳，同归故里，践婚姻之约，成终始之交。书多不载，书后有诗十首。录其一云。

5. 亦有诗十首，录其一。

6. 这是第三封书，亦有诗十首。末一章云。

7. 制绝命诗三十二首及长恨歌一篇。一篇诗云……余诗不载。

笔者粗略统计了一下，以上提到的可以计算字数的诗作有：三次寄诗未录者共27篇1512字，绝命诗未录者31篇1736字，共3248字。《情史》言王娇鸾"制绝命诗三十六首，复为长恨歌数千言"，而《王娇鸾百年长恨》仅言32首，所以还要再加4首七律224字，总共有3472字。文中已收录的诗作计有七绝8首，224字；七律14首，共784字，古风一首252字，《长恨歌》104句728字，共1988字。已录与未录之诗作相加至少有5460字。但是《相思长恨歌》182句1274字，比《王娇鸾百年长恨》中的《长恨歌》多546字，所以，如再加上这个数字，诗歌字数就多达6006字。如此推算，王娇鸾故事的文本，篇幅当在万字以上。当然，小说不会每诗必录，字数会有所减少。但是小说的篇幅分量不少，确可肯定。

二 《寻芳雅集》《王娇鸾百年长恨》是王娇鸾故事的"一事两传"补正

《寻芳雅集》《王娇鸾百年长恨》是王娇鸾故事的"一事两传",有学者已经论及[1],不赘,兹补两条资料。

第一,《寻芳雅集》中吴廷璋姓吴,《王娇鸾百年长恨》中廷章则姓周,但廷章在文中说:"家本吴姓,祖当里长督粮,有名督粮吴家。周是外姓也。"那么,则吴廷章与周廷章实是一人。

第二,清周铭《林下词选》卷六收王娇鸾词一首并介绍:

> 天顺初人,临安卫王指挥女,与松陵周廷章善,往返诗词最多。其送别诗有"郎马未离青柳下,妾心先在白云边"之句。后廷章负盟别娶,鸾遂自殉。[2]

并录其《如梦令》:

> 正好欢娱彩幔。何事赤绳缘断。步月散幽怀,又被琴声撩乱。情愿,情愿,孤枕与君分半。[3]

《林下词选》在作者简介里提到"郎马未离青柳下,妾心先在白云边"诗句,现见于《王娇鸾百年长恨》,不见于《寻芳雅集》;而

---

1 分别见《话本小说概论》第 557 页、《三言两拍资料》第 360 页、《中国古代小说百科全书》第 555 页和陈益源《元明中篇传奇小说研究》(华艺出版社 1992 年版)第 208 页等。
2 康熙十年(1671)周氏宁静堂刻本,《四库全书存目丛书补编》第 2 册,齐鲁书社 2001 年版,第 595 页下。
3 《四库全书存目丛书补编》第 2 册,第 596 页上。《女子绝妙好词》卷六收入此词,《全明词》第一册据《女子绝妙好词》收入。

入选的《如梦令》一词见于《寻芳雅集》，却不见于《王娇鸾百年长恨》。可见，王娇鸾的诗词分见于二书。

可以说，王娇鸾故事原是明天顺年间的悲剧故事，《寻芳雅集》改成双美兼收、大团圆结局的风流故事，《王娇鸾百年长恨》则忠实再现了事实真相。

三 《王娇鸾百年长恨》本事应上溯到《相思长恨歌》

《王娇鸾百年长恨》的本事，学界公认是《情史》卷十六情报类"周廷章"条。如：谭正璧《三言两拍资料》(上海古籍出版社 1980 年版)、赵景深《〈警世通言〉的来源和影响》(1936 年作，收入《中国小说丛考》，齐鲁书社 1980 年版)、孙楷第《三言二拍源流考》(《沧州集》，中华书局 1965 年版)和《小说旁证》(作于 1935 年，《北平图书馆月刊》发部分，人民文学出版社 2000 年版)、《中国古代小说百科全书》等。台湾学者金荣华在《〈啖蔗〉跋》中认为："《长恨传》。此篇为《警世通言》卷三十四《王娇鸾百年长恨》所本。"[1] 但是《啖蔗》中《长恨传》系由《王娇鸾百年长恨》改写。[2] 确实，《情史》卷十六情报类"周廷章"条与《王娇鸾百年长恨》故事很近，但是它并非最早出处，笔者认为最早者应该是《游览粹编》卷五全文收录的这首《相思长恨歌》。

第一，在出版时间上。《游览粹编》在 1596 年以前已经出版，早于 1620 年之后成书的《情史》。

第二，在内容上。王娇鸾故事在《情史》之前就有比较成熟的故事和诗词存在，《相思长恨歌》就是其中文字。《情史》的记载经

---

1 转引自陈益源：《元明中篇传奇小说研究》，华艺出版社 2002 年版，第 208 页。
2 参见马美信《论〈啖蔗〉与"三言两拍"和〈今古奇观〉的关系》，《明清小说研究》2000 年第 3 期。

过了冯梦龙的编辑，主要就是删改了它的诗歌。

尽管我们否定了冯梦龙的独创性，但是，经过对两篇文章的比较，我们还是可以看出冯梦龙改编的努力程度和价值。

《相思长恨歌》是一首长篇叙事诗，生动地描绘了王与周相识、相爱而被弃的过程。《王娇鸾百年长恨》中的《长恨歌》也是如此，但是为了更加符合创作意旨，冯氏对其进行了一定程度的改动。

　　1.《相思长恨歌》：岂知二八年当灾，忽随女伴离妆台。
　　《王娇鸾百年长恨》：岂知二九灾星到，忽随女伴妆台行。

可知王娇鸾与周相识时年岁有异，一言十六岁，一言十八岁。

　　2.《相思长恨歌》：为蹴秋千到西宅，花园邂逅逢多才。蹴罢秋千临绮筵，管弦声里锦杯传。感君递妾一杯酒，风流无限眉稍间。眼角传情两不厌，举眉一笑胜千金。临行失却香罗帕，后令侍妾来追寻。岂料香罗入君手，空使梅香往来走。不曾写寄香罗诗，恼杀相思病慨久。

据《王娇鸾百年长恨》可知，河南南阳"卫署与学官基址相连，卫叫做东衙，学叫做西衙。花园之外，就是学中的隙地"。《相思长恨歌》言王娇鸾与周廷章的相识过程是：先在学官花园相遇，然后是酒会，且同席，并且周递与王一杯酒，二人明显是一见钟情。《王娇鸾百年长恨》改作王、周二人蹴秋千时相见，后来因为诗词反复传递而见情。相比而言，似乎前者更多情感成分，而后者则多才华成分。王、周同席在《王娇鸾百年长恨》中也是在周廷章"认亲"后："王翁设宴后堂，权当会亲。一家同席，廷章与娇鸾暗暗欢喜，席上眉来眼去，自不必说。"

　　3.《相思长恨歌》：切蒲曾赏五月五，乐处岂知愁处苦。

　　《相思长恨歌》明言王、周端午同度。但《王娇鸾百年长恨》云：
"时届端阳，王千户治酒于园亭家宴。廷章于墙缺往来，明知小姐在
于园中，无由一面，侍女明霞亦不能通一语。"二人无法见面，当然
无此欢聚情节。

　　4.《相思长恨歌》：娇莺妹子少一年。
　　《王娇鸾百年长恨》：娇凤妹子少二年。

　　于此可知，王娇鸾的妹妹实际上名娇莺，而不是娇凤。"鸾""莺"
同偏旁，取名似乎要胜过"娇凤"。娇凤年纪少其姐一岁，而不是小
说中的二岁。[1]

　　5.《相思长恨歌》：当时有事通曹姨，曹姨去后愁鸣谁？

　　《相思长恨歌》言曹姨后来离开王娇鸾。但《王娇鸾百年长恨》
中曹姨一直寡居王家，陪伴娇鸾，为之出谋划策。
　　总之，《相思长恨歌》的出现，证明了《王娇鸾百年长恨》有本
事来源，且应该上溯到《游览粹编》，同时也为研究冯梦龙的加工再
创作提供了一个很好的范本，值得我们加以重视。

1　明人谢惠《鸳鸯记》（祁彪佳《远山堂曲品》误作《鸳莺记》，见《中国古典戏曲
　论著集成〔六〕》）传奇据《寻芳雅集》改编，似乎取名是娇鸳和娇鸾。

《韩蕲王太清梦》的历史虚无化批判

明末松江才子宋存标编《情种》卷五《韩蕲王太清梦》[1]，三千六百余言，借岳飞同僚蕲王韩世忠入地府观断案之梦，对岳飞等主战派进行了全盘否定，兼及孙膑、诸葛亮等军事名家，而且将司马迁、李白等一干文人亦全数一笔抹倒，颠覆了传统的价值观念，完全是一篇离经叛道的惊世之作。宋存标在该文后评注中猜测："抑作者若束皙（笔者注：西汉诙谐作家）漫戏为此言，以嘲谑天地耶？悲愤之极甚于痛哭，怒骂之深转同嬉笑。"但是不可否认此文客观体现出来的历史虚无观，很有必要对其加以剖析，以正本清源。

一

小说以"上帝之德，好生不好杀"立论根基，并以之为判断是非曲直的最高标准，直接抹杀了武将们的历史地位、历史功劳。姜尚、孙膑、穰苴、孙武、李靖等，"不惟身为大将，多所杀戮。且皆著造兵法，教天下后世以惨毒谲诈之术，贻害无穷"，因而受到"万劫不赦"的惩罚。

小说在息兵至上的前提上反对战争，完全否定了正义与非正义之分，没有站在人类普遍正义的基础上正确看待战争，片面强调了

1　宋存标编：《情种》，《北京图书馆古籍珍本丛刊》第 65 册，书目文献出版社 1988 年版，第 2 页。

战争残酷厮杀的一面。强调"一人之忠孝，在天地间如一萍浮于江，一芥之沉于海，所稗其小"，从而过分强调生存而忽略价值观念："或欲成其忠孝之故，而遗害苍生，殉之以万骨而不足，则尤上帝之深恶也。谐臣媚子，上帝所恶。然临事消阻，或反以□媚退缩而致生灵保全；处事糊涂，或反以多所漏网而成及物之德，亦上帝所曲宥也。"

小说取消了国家民族观念，对保家卫国、抗击侵略者取贬斥态度，对丧权辱国者进行了歌颂。认为宋高宗"恭俭爱民，悯南北用兵，无辜涂炭。乃纳宰臣弭兵之策，称臣上国，割地讲和。固将绍归马放牛之遗风，继封山禅父之洪烈矣"，为高宗的投降行径进行了辩护，对岳飞、岳云、王贵、牛皋、张宪等维护民族利益的主战派将领进行了贬斥，反而认为他们"好事佳兵，争城争地"，导致"白骨蔽于草莽，膏血涂于川泽"，因而有"君臣生有流离颠沛之虞，死有幽囚谴责之报"的结局。韩世忠后来"修水陆善果，度僧尼二百牒"，"生前杀戮罪过免"，"再世亦得至卿相"。

二

李林甫、秦桧之奸，许巡、岳飞之忠，历史已经作出公正评判。蔡京、王黼是徽宗朝"六贼"之一，王钦若是真宗朝"五鬼"之一。然而文章指认宋高宗是西清帝主、秦桧是绛霄洞主、桧妻王氏是北岳紫阳夫人、李林甫是紫薇仙官、道君皇帝是长生大帝、蔡京是左元仙伯、王黼是文华使。他们禀承上帝旨意下凡，或"奉行天善"，或"免锋镝"而"以救万姓"。通过所谓的因果报应，小说将传统伦理认定的"奸行"消解为上帝的安排，事实上就取消了忠奸之辨。

韩世忠梦游中发现"上帝有法曹如人间廷尉，一切过恶，皆由阎罗谳者，复由法曹对薄，始达上帝"，法曹都官是"取下界大臣中聪明正直者充之"。在韩世忠和众人眼里，"林甫乃唐朝之罪人，钦若亦得罪先朝，缙绅不齿"。但小说将二人设置为"上帝执法"（法曹前任都官是李林甫，新都官是王钦若），就进一步解构了历史事实和公正性。

三

小说忽视历史背景，苛刻评价。小说取消了张巡、许远孤军奋战的历史意义。小说认为张巡、许远"以一孤城之故，残数万之生，使城内生灵得保，犹可以功赎罪。终乃势穷力屈，城内城外尽饱敌手，则孰若早致身而死，犹救一城之命乎？且他人为将，惨毒止于士卒。此二人害及鸟雀蛇鼠皆不保其余生，又罪人中之巨魁，永劫不复者也"。睢阳之战是古代战争史上最惨烈的保卫战之一，因为兵粮断绝、援军不至，睢阳守军以城内百姓为食，张巡由此成为一个充满争议性的人物。但张巡的功绩，早已载入史册。如《新唐书》卷一九二《忠义传》："（张巡、许远）以疲卒数万，婴孤堞，抗方张不制之虏，鲠其喉牙，使不得搏食东南，牵掣首尾，隤溃梁、宋间。大小数百战，虽力尽乃死，而唐全得江、淮财用，以济中兴，引利偿害，以百易万可矣。"

小说对古代名相的典型代表诸葛亮进行了无耻污蔑。认为诸葛亮"以兄事吴，故每事必左袒吴。关羽性傲士大夫，故尝慢亮，亮乃衔之，阴委羽于虎口而不为之援，卒陷其躯。后蜀主兴报仇之师，亮复受谨密嘱，不献一筹。致六十万之命，尽付烈焰"，至唐转生为西川节度使韦皋后，"重敛暴敛，严刑好杀"，"罪过种种，故不免系狱"，但因刘汉诸帝求情，论其"鞠躬尽瘁"，"功过相准"，"复谪人间"。然而稽之史实，关羽陷于虎口实是自身轻敌骄纵；刘备报仇败师，也因亮劝阻无效。

小说指责宋朝的主战派人物有人格缺陷，强烈进行人身攻击。

岳飞"性独忍骛暴伉","行同枭獍，性逾豺虎"，因而"锐请出兵，好杀不已"。"中间大小二百余战，所杀金人一百万七千有奇，杀中原人二百万六千有奇。"但事实是："诸将多行剽掠，惟飞军秋毫无所犯。"当曹成拥众十余万，被败而奔连州后，岳飞告诫部属："成党散去，追而杀之，则胁从者可悯，纵之则复聚为盗。今遣若等诛其酋而抚其众，慎勿妄杀，累主上保民之仁。"因为维护民族正义，岳飞所领导的抗金队伍受到广泛欢迎："父老百姓争挽车牵牛，载糗粮以馈义军，顶盆焚香迎候者，充满道路。"（俱见《宋史》）但是在文章中，岳飞等却受到"安置阿鼻狱四千余年，然后徐议谴罚"，天道实在不公。

小说中唯一受到称赞的武将只有曹彬，认为他"不杀一人，子孙钟鼎相继"。据《宋史·曹彬传》载：曹彬为人仁厚，"平居于百虫之蛰犹不忍伤"，"总戎专征，而秋毫无犯，不妄戮一人者"。如南唐城破之时，"彬忽称疾不视事。诸将皆来问疾。彬曰：'余之疾非药石所能愈。惟须诸公诚心自誓，以克城之日，不妄杀一人，则自愈矣'"。更有曹彬敬畏文臣，虽然"位兼将相，不以等威自异。遇士夫于途，必引车避之"。曹彬既不嗜杀，又与文臣友好，在小说中受到称赞，实非偶然。

<h2 style="text-align:center">四</h2>

小说不但在否认战争的基础上否认了兵家著作，而且否认了丰富人类生活的文学艺术。左丘明、司马迁、司马相如、班固、邹阳、枚乘、苏武、李陵、陈琳、王粲、曹植、阮籍、嵇康、陆机兄弟、潘岳、谢灵运兄弟、陶渊明、沈约、江淹、杜甫、李白、韩愈、白居易等人，创造了优秀的文化成果，在中国乃至世界文化史上都是中华民族的杰出代表和骄傲。但是小说无理地指责他们"泄造化之奇，凿神鬼

之秘，擅天地之名，夺山川之秀，上帝所深忌。且又作好作恶，变乱是非，意有所喜者盗跖目为夷齐，意有所恶者白璧指为顽石"，因而都进入"慧业之狱"，招到"禁锢"。

而且，小说还让伟大史学家司马迁和班固自污："二人材质卤莽，实未尝敢希作者之林"，"无颜与诸文人为伍"。而且《史记》"于汉以前大都窃取《左传》《国语》《战国策》，汉兴以后窃取《楚汉春秋》等书"，《汉书》则"半窃取于《史记》，半窃取于刘向父子刊定诸书"，二人仅是"第为缮录成书而已"，从而因为"迁、固二人，剽窃旧文，攘夺父辈，胸中实无所有"而得以免罚。文章通过"自诬""自渎"的形式彻底否定了司马迁、班固二人的著作权、文学才华和文学地位。

小说作者现不可考，当为南宋文人。因为受厄文人仅及白居易，未及宋代文人。韩世忠在绍兴二十一年（1151）卒，孝宗乾道四年（1168）被追封蕲王。小说提到蕲王封号，小说的写作应在1168年之后。岳飞绍兴十一年（1141）除夕赐死于风波亭；绍兴三十二年（1162），孝宗下诏平反，恢复官爵［淳熙五年（1178）追谥为武穆；嘉泰四年（1204）宁宗追封鄂王］，其时距岳飞平反复爵已六年有余。文章作者对岳飞还敢于如此诋毁，可见作者之胆量，且自认为在"理"了。

《稗家粹编》与我的因缘际会（代后记）

一　上天对我的学术"眷顾"

1997 年，我进入湘潭大学攻读硕士学位，兴趣在古代小说领域。在导师王澧华先生的指导下，以"三言"的叙事模式研究为选题顺利通过答辩。2004 年进入北京师范大学攻读博士学位后，我一直想在话本小说和叙事学领域继续拓展，导师郭英德先生亦同意以《话本小说的文化生态与生成方式》作为博士论文选题。因为话本资料的特点，在"涸泽而渔"的查找过程中，我对类书特有感情。先后购买了书目文献出版社影印出版的《北京图书馆古籍珍本丛刊》中的《类说》和《顾氏文房小说》，对有"粹编"之名的《胡氏粹编》产生深厚兴趣。不想，天上就掉下来一个"馅饼"！

海内孤本《胡氏粹编》含《稗家粹编》《游览粹编》《寸札粹编》《寓文粹编》《谐史粹编》五种，收录小说、诗词、诙谐文、书信等诸体 1100 多篇（首），其中多珍稀文献，但学界对此几乎没有研究。特别是《稗家粹编》具有明确的出版时间，收录小说 146 篇，其中 20 多篇属于珍稀，有许多重要的富有学术探讨意义的异文，与文言小说的编选、通俗类书的编辑、话本小说和诗文小说改编、汇编型小说的创作有着千丝万缕的关系，对古代小说的版本研究、本事研究、成书研究等具有重要的学术价值。但《稗家粹编》除了被《赵定宇书目》著录外，几百年来，一直未见其他书目著录和文献提及。著名藏书家和文学研究专家郑振铎获得《胡氏粹编》五种（含《稗家粹编》）后，曾撰文对其中的《游览粹编》的价值进行了充分肯定，但没有指出《稗家粹编》的小说性质，也没有继续研究。后来郑氏将其捐献国家图书馆，国家图书馆出版社将其纳入馆藏古籍珍本丛刊于 1988 年影印出版，但也没有引起小说研究者的任何关注。而该书收录《杜丽娘记》《孔淑芳记》，与《宝文堂书目》著录一致。当时"发现"的欣喜之情可以想见。今生在新资料上唯此一个发现，足矣！

为此，我更改博士论文选题计划，以《胡氏粹编》研究作为选题，于 2007 年顺利通过答辩，并得到答辩委员会的高度评价。期间，我使用该资料撰写和发表了一系列论文，并首次在《文学遗产》撰文介绍了《稗家粹编》的研究价值。

2009 年，我转向单位的行政管理岗位，闲余整理完成了《稗家粹编》的点校，被中华书局纳入《古体小说丛刊》出版，并被列入《2011—2020 年国家古籍整理出版规划》。点校期间，我遍查资料，甘苦自知。点校本出版之后，我一直有对该书进行专题研究的计划。

2011 年，我以"新资料《稗家粹编》与中国古代小说研究"为题，独立申报国家社科基金年度项目，成功立项。2015 年顺利结项，结项成果被"国家社科基金专刊"采用。

二 治学路径的转向

由于青少年时代有过文学梦，所以进入研究生学习后，我一直喜爱蒋和森《红楼梦论稿》、王昆仑《红楼梦人物论》、李泽厚《美的历程》等把理性分析和美学鉴赏融为一体的治学思路，对《长生殿》《桃花扇》《红楼梦》等进行解读时也往往包含诗性，所撰论文不乏比喻句和排比句；我也喜欢运用新方法如叙事学理论，对"三言"进行了探讨。但发现新资料《稗家粹编》后，我开始崇尚问题意识和资料意识的有机结合，逐渐从宏观的理论型研究转向文献资料的基础性研究。论文写作具有浓厚的文献考辨色彩，注重资料挖掘，有理有据，不作无根空谈；注重规范，尊重前人成果并有所超越，力求凸显学术发展链条中的地位。

采用新资料，我对学界定论的《牡丹亭》蓝本问题进行质疑和提出新见，引发了《牡丹亭》蓝本问题的讨论热潮；对学界定论的玉堂春故事的本事提出质疑，开辟了玉堂春故事本事考的新路；质疑《鸳渚志余雪窗谈异》作者是周绍濂的学界定论，在中华书局《书品》杂志掀起了热烈争论；首次提出《剪灯新话》早期刊本与晚年定本的概念，后来得到黄正位刊本的验证；考实《游翰稗编》的作者梁溪无名生是无锡谈修，成果被国家图书馆古籍编目采用；提出《宝文堂书目》著录的不全是"书"目、"两种《秋香亭记》，不同自传心态"等新命题。这些，都体现了我的创新学术、敬畏学术的个性。

三　小说研究的阶段性总结

记得郭师英德先生说过：一个学者，要让学界知道你在做什么。由于工作关系和学术兴趣，我有学术评价、编辑理论、小说研究、古典戏曲、文献学等不同成果。由于工作单位是社科院，很少参加学术会议，很多人不知道我的研究重点。因此，趁这次出版的机会，我将自己的小说研究成果予以集中修订，也算是向学界做一个阶段性的学术总结。

本书定位为古代小说研究专著，对《稗家粹编》所涉及的小说世界展开系统、全面的研究，以深入挖掘《稗家粹编》的文献价值、学术价值。本书不仅首次系统研究《稗家粹编》，具有填补空白的学术意义，而且辐射出古代小说研究尤其是明代小说史发展的一个状貌，希望对古代小说的本事及其变迁研究、版本研究、提供新资料引发新问题等方面都具有突破意义，以期深化和推进中国古代小说研究。

本书以求是出新为原则，以细密的文献研究作为文学研究与文学史研究的坚实基础，提出的一系列论点，无不基于细致校读《稗家粹编》以及与之相关的文本，力图做到言之有据、论之有理。囿于写作时间且兼顾《胡氏粹编》五种的整体研究，博士论文无法做到总体上全面、深入。涉及《稗家粹编》的部分，不到8万字，今扩充到20多万字。本书不仅补充了新材料，而且结合当前最新学术成果，进行重新整理和加工。并加强了引文核对，多引用刻本和第一手资料，力求论证更加稳妥，引文更加规范，结论更加可靠。本书最早的成果发表于2006年，距今已有11年多。由于新资料的出现，迫切需要修订完善，涉及《剪灯新话》《牡丹亭》的章节成为本次修订完善重点，但基本结论没有改变。

本书附录三篇。其中两篇分别考证明代玉堂春故事、王娇鸾故事，都与胡文焕编《游览粹编》有关，都具有新资料的性质。另外《韩蕲王太清梦》一篇，提供了关于岳飞的新资料，在历史虚无主义研究方面提供了重要资料，也予以附录。至于笔者的《论〈红楼梦〉"十二金钗"的入选与序次》《表演性：话本小说研究的深化》《"巧合"和"果报"模式在话本中的结构意义》等小说研究论文，见证了我的学术成长之旅，但非基础性研究，与本书风格不合，不予收录。当然，本书也体现了我当前的研究特点和水准。

四 对学术帮助者的感谢

本书许多章节曾蒙《文艺研究》《文学遗产》《文献》《中国典籍与文化》《中国古代小说研究》《书品》《明清小说研究》《古典文学知识》《社会科学辑刊》《社会科学研究》《南京师大学报》《光明日报》《中国社会科学报》等垂青刊布，被《新华文摘》等转摘。

因为《稗家粹编》的研究与出版，我与古体小说研究大家程毅中先生有了一段学术因缘。我在中华书局《书品》撰写发表了关于先生点校本《玄怪录》的读书札记，先生回函与我商榷；我复印《稗家粹编》和打印了部分点校稿与先生，得到热情回复并推荐；先生先后惠赠大著《清平山堂话本校注》和《古体小说论要》，而且在《古体小说论要》中提及这段往事："《稗家粹编》一书是向志柱先生首先发现并介绍给读者的。我在向先生的提示下，查阅了原书，觉得的确很值得一提。"特别感动的是，先生在耄耋之年欣然濡毫题签，令拙著增辉良多！从未谋面的乔光辉教授，慷慨提供《剪灯新话》黄正位刊本的电子版，让我的修订完善工作得以顺利完成。

感谢中华书局的程毅中先生和俞国林先生，让《稗家粹编》的点校整理出版变为了现实；感谢商务印书馆副总经理王齐女士以及责编宋健先生的精心编校，让我有机会把《稗家粹编》的相关研究成果集中推出。

囿于学识与闻见，疏漏难免，欢迎批评指正！

向志柱
2017 年 12 月 5—9 日于长沙
2018 年 4 月 19 日改定

图书在版编目 (CIP) 数据

《稗家粹编》与中国古代小说研究 / 向志柱著 . —
北京 : 商务印书馆 , 2018
ISBN 978-7-100-15934-0

Ⅰ . ①稗… Ⅱ . ①向… Ⅲ . ①古典小说—小说研究—
中国 Ⅳ . ① I207.41

中国版本图书馆 CIP 数据核字（2018）第 044790 号

**本书为 2011 年度国家社会科学基金项目
"新资料《稗家粹编》与中国古代小说研究"
（项目批准号 11BZW077) 结项成果**

《稗家粹编》与中国古代小说研究
向志柱 著

商 务 印 书 馆 出 版
（北京王府井大街 36 号 邮政编码 100710）
商 务 印 书 馆 发 行
江苏凤凰数码印务有限公司印刷
ISBN 978-7-100-15934-0

2018 年 7 月第 1 版　　　开本 880×1240　1/32
2018 年 7 月第 1 次印刷　　印张 9½

定价：56.00 元